NICOLA FÖRG

Donnerwetter

Lesen erleben

Buch

Gerade als Kommissar Gerhard Weinzirl einen freien Sonntag bei bestem Allgäuer Sommerwetter genießt, macht ihm ein neuer Fall einen Strich durch die Rechnung. Denn an der Staumauer des nahegelegenen Lechsees wurde eine Wasserleiche entdeckt. Die Spur führt Weinzirl und seine Kollegin Evi Straßgütl auf den Auerberg und mitten hinein in eine Welt von seriösen Archäologen und versponnenen Sonderlingen. Was geschah am Fuße jenes mystischen Berges, den Esoteriker und einige wirre Keltenfanatiker als Heiligtum sehen? Wurde hier jemand ermordet, weil er eine wissenschaftliche Sensation entdeckt hat? Etliche Weißbiere später wähnen sich Gerhard, Evi, Jo und Baier den Antworten auf diese Fragen schon deutlich näher – doch dann kommt natürlich alles ganz anders.

Weitere Informationen zu Nicola Förg
sowie zu lieferbaren Titeln der Autorin
finden Sie am Ende des Buches.

Nicola Förg
Donnerwetter

Kriminalroman

GOLDMANN

Dieses Buch ist ein Roman.
Handlung und Personen sind frei erfunden.
Ähnlichkeiten mit lebenden oder toten Personen
sind nicht gewollt und rein zufällig.

Verlagsgruppe Random House FSC® N001967
Das FSC®-zertifizierte Papier *Holmen Book Cream* für dieses Buch
liefert Holmen Paper, Hallstavik, Schweden.

1. Auflage
Taschenbuchausgabe März 2015
Wilhelm Goldmann Verlag, München,
in der Verlagsgruppe Random House GmbH
Copyright © der Originalausgabe
by Hermann-Josef Emons Verlag, Köln
Von der Autorin aktualisierte Ausgabe
des gleichnamigen Romans
Umschlaggestaltung: UNO Werbeagentur, München
Umschlagmotiv: Getty Images/Catherine Ledner,
Siede Preis, Tobias Titz
KS · Herstellung: Str.
Druck und Bindung: GGP Media GmbH, Pößneck
Printed in Germany
ISBN: 978-3-442-48136-1
www.goldmann-verlag.de

Besuchen Sie den Goldmann Verlag im Netz

Für Manu, Werner und Gino

Eins

»Baier, altes Haus. Was verschafft mir die Ehre?« Gerhard war heute so aufgelockert, konnte am zweiten Weißbier liegen, das er gerade in der Sonne trank. Eventuell etwas schnell in der Sonne, die nun, an diesem Sonntagvormittag, schon machtvoll schien. Vor einigen Jahren hätte er den großen alten Mann der Oberland-Kriminalistik nicht so flapsig angesprochen, aber sie hatten über die Jahre eine Freundschaft geschlossen, die herb war – und doch innig.

»Weinzirl, wo sind Sie?«

»Ich betrachte alle zwölfe!«

»Was! Sind Sie kegeln und sehen einige Keulen doppelt?«

»Nein, ich versuche, zwölf Seen zu sehen!«

»Haben Sie getrunken?«, fragte Baier angewidert.

Na, getrunken hatte er nicht, nur eben ein zweites Weißbier bestellt.

»Wo werd ich sein an einem freien Tag? Hoch oben, über den Niederungen.«

Doch – er war aufgelockert, und er stieß auf. Was mit der Kohlensäure zu tun haben konnte und damit, dass irgendwo in seinem Hirn ein Bild auftauchte. Sie hatten ihn schon mal von einem Berg geholt, rüde unterbrochen in seiner Feiertagslaune.

»Ich habe gehört, man könne hier zwölf Seen sehen, das

versuch ich gerade. Bannwaldsee, Forggensee, Weißensee und Hopfensee, die Perlen der ›Allgäuer Riviera‹, dazu die kleinen, Hegratsrieder See, Schapfensee, Lechsee, Illasbergsee – macht schon mal acht. Bei entsprechender Verrenkung komm ich noch auf den Schwansee und den Alpsee bei Schwangau. Und wenn diese Pfützen da weiter hinten der Kühmoossee und der Kaltenbrunner See sind, dann wären es alle zwölfe.«

»Ich sage es ungern, Weinzirl. Erstens: Sie haben sie nicht alle. Zweitens: Sie werden sich herunterbemühen müssen.«

Weinzirl musste nochmals aufstoßen.

»Weinzirl?«

»Ja, ich bin ganz Ohr.«

»Haben Sie mal auf Ihr Handy gesehen?«

»Warum?«

»Schauen Sie mal drauf, Sie Lapp!«

Gut, da waren drei Anrufe vom Büro und sieben von Evi. Und eine SMS. Gut, es hatte gekräht, er hatte als Ton einen Hahnenschrei drin, weil Sir Sebastian vulgo Seppi das so toll fand. Aber er hatte auf leise gestellt; dass er nun drangegangen war, lag nur daran, dass er eben im Rucksack ein Schnäuztuch gesucht hatte. Und weil er Baiers Nummer erkannt hatte. Wenn der ihm schon mal die Ehre gab …

»Ihre zuckersüße Kollegin hat mich gebeten, es zu probieren. Hatte die Idee, dass Sie eher drangehen, wenn ich anruf.«

Zuckersüß, das sagte der doch nur, wenn Evi danebenstand. Was sie wohl auch tat, denn aus dem Hintergrund war ihre Stimme zu hören. »Erde an Weinzirl, Erde an Weinzirl, bitte Kontakt.«

Sehr witzig. Die ganze Zeit über hatte Seppi seinen Kopf auf dem Tisch liegen gehabt und quasi meditiert, was bei seiner Größe einfach eine praktische Ablage für seinen Schädel war. Nun schaute er Gerhard strafend an.

»Ist ja gut, Alter!«

»Was sagen Sie, Weinzirl?«, war von Baier zu vernehmen.

»Nicht Sie, ich hab mit Seppi gesprochen.«

Es war ein Knistern zu hören, dann war Evi dran. »Kannst du die Gespräche von Dr. Dolittle mit seinem Wolf mal einstellen und deinen Arsch an den Lechsee bewegen? Hier ist einer, der deine Bekanntschaft machen möchte.«

»Was?«

»Nicht was, sondern Wasser. Genauer: Wasserleiche.«

Gerhard suchte kurz Seppis Blick. Dann setzte er sich aufrecht hin. »Wo ist 'ne Wasserleiche?« Ein paar Leute am Nebentisch starrten ihn entgeistert an.

»Im Lechsee. Inzwischen auf der Staustufe liegend. Inzwischen unter einem Zelt, weil es doch sehr warm ist. Auch wegen eines größeren Interesses von Touristen aller Sprachcouleur. Inzwischen habe ich auch schon den Arzt informiert. Allein der große Meister, mein Chef, wird hier noch vermisst.«

Evi konnte aber auch schön sprechen, vor allem, wenn sie wütend war. Ihm war klar, dass er sich jetzt mit dummen Sprüchen bedeckt halten sollte. Er wurde sachlich, soweit ihm das möglich war, und sprach deutlich leiser. »Eine Wasserleiche wurde wo gefunden?«

»Also noch mal ganz langsam: am Lechsee. An der Staumauer in Urspring. Wo bist du momentan? Sag bitte nicht, im Zillertal oder in der Silvretta.«

»Nein, bloß am Buchenberg. Drum schau ich ja nach den zwölf Seen. Seen sehen.« Er lachte etwas dümmlich. »Buching, das wäre dann ja nahe zum Lechsee.« Er überlegte kurz. »Sind da nicht die Allgäuer Kollegen zuständig?«

Baier hatte Evi das Handy wieder entrissen. »Weinzirl, wann begreifen Sie endlich Ihren Wirkungskreis? Wann kennen Sie sich im Landkreis mal aus? Die Nachbarn im Allgäu drüben nennen sich ›Lechbruck am See‹. Kinkerlitzchen! Mogelpackung! Der See gehört zu Urspring, die Allgeier drüben sollen froh sein, dass sie 'ne Uferlinie geliehen bekommen haben. Auf jetzt, Weinzirl! Finden Sie her? Runter vom Buckel, weiter nach Prem. Das gehört auch zu uns, falls Sie das nicht wissen.«

Zu uns, also zu Oberbayern. Da legte Baier viel Wert drauf. Dabei war er Peitinger und damit alles andere als ein kearndlgfuaderter Bayer aus dem Kernland allen Bayerntums. Aber Baier war, obwohl man ihn sicher eher mit Kässpatzn und Schupfnudeln aufgezogen hatte, eben ein perfekter bayerischer Grantler. Brummig und gradheraus. Und das »isch« hatte er sich aberzogen.

»Ich komme. Etwas wird es aber doch dauern.«

»Dann nehmen S' halt den Lift«, meinte Baier.

»Ob ich da schneller bin?« Die Sesselbahn von Buching war nun alles andere als ein pfeilschneller Highspeed-Lift. Es handelte sich eben um eine gute alte Zweiersesselbahn, wo man zu Berge schaukelte, umhersehen und das Gespräch genießen konnte – sofern man jemanden dabeihatte, der oder die eine genussvolle Konversation versprach.

Und so spurtete Gerhard lieber die Direttissima zu Tal,

Seppi war ihm stets etwas voraus, der hatte eben auch sehr lange Haxn und gleich vier davon.

Gerhard sprang in seinen Bus, durchfuhr die Kurven im Halblechtal, überfuhr fast die Insel am Ortseingang von Prem, wunderte sich, dass dieser kleine Ort noch zu Weilheim-Schongau gehören sollte. Ihm erschien das hier doch sehr allgäuerisch.

In Gründl zögerte er kurz. Rechts- oder linksrum? Er fuhr nach rechts, bog nach einigen Kilometern nach Urspring ab. Hinein in den kleinen Ort, vorbei an hübsch renovierten alten Bauernhäusern, hinunter zu dem See, der da ganz saphirblau lag. Hier war er noch nie gewesen, das musste er zugeben. Links war ein Surfverein, er orientierte sich kurz, schoss nach rechts, und da war der Damm – und ihm auch alles Ausmaß klar.

Zwei Polizeifahrzeuge versperrten den Weg. Gerhard blieb einfach stehen, hüpfte aus dem Auto. Kollegin Melanie hatte lasch die Hand gehoben, ihr lief das Wasser in Strömen herunter. Hinter der Absperrung drängelten sich Menschen und reckten die Köpfe. Räder, Hunde und Kinderwagen verstellten den Weg.

Seppi sprach ja selten, das musste ein Hund seiner Größe auch gar nicht. Jetzt aber schickte er ein sattes »Klöff« in die Runde und knurrte ein ganz klein wenig. Eine Gasse bildete sich, Gerhard zog ein wie ein Gladiator, kletterte den Hang hoch, wo ein Zelt stand. Und Evi und Baier. Und der Arzt. Sie standen unter einem Sonnenschirm. Das hatte eigentlich was von Sommerfrische. Wenn man vom Anlass mal absah. Gerhard grüßte in die Runde. Ein bisschen atemlos. Fünfundvierzig Minuten ab Berg bis See – da konnten die hier wirklich nicht klagen. Gerhard ließ Seppi abliegen, nahm die von Evi hingehaltenen Handschuhe und ging gebückt unter das Zelt.

Der Mann sah gar nicht so schlecht aus. Also für eine Wasserleiche. Da hatte er schon andere gesehen. Der hier war noch recht formstabil. Er hatte einige Verletzungen im Gesicht und an den Beinen. Am rechten Knöchel war eine starke Rötung zu sehen. Am linken hing irgendwas. Der Mann war wohl um die fünfzig Jahre alt, mittelmäßig groß. Er trug eine kurze Hose und ein T-Shirt mit der Aufschrift »It's showtime«. Nun ja ...

Gerhard war wieder unter dem Zelt herausgekrochen. Er wandte sich an den Arzt. »Liegt noch nicht so lange?«

»Nein, ich denke, maximal drei Wochen. Eher weniger. Das Lechwasser ist ja echt kühl. Selbst im Sommer.«

»Und die Knöchel? Diese Rötungen? Dieses Dings?«

»Er könnte rechtsseitig mit etwas beschwert worden sein.«

»Seh ich auch, was ist das da am linken Knöchel?«

»Ich bin Arzt! Nicht beim Quiz. Keine Ahnung, was das ist. Aber das hat ihn wohl kaum hinuntergezogen. Ist ja nicht sonderlich schwer. Außerdem wäre der Tote sonst ja auch nicht an die Oberfläche getreten. Also hing noch was Schwereres am anderen Bein. Hat wohl nicht gehalten. Keine gute Arbeit, muss ich sagen. Ein Mörder, der keine Schleifen oder Knoten binden kann.« Er lachte trocken. »Aber was weiß ich? Da kann die Gerichtsmedizin sicher mehr sagen.«

»Und die Abschürfungen überall?«, fragte Gerhard.

»Da verweise ich auch an die Kollegen. Kann postmortal sein oder aber nicht. Ich würde dann gern weiterziehen.

Heute ist ein wirklich guter Tag für Hitzschläge und Herzklabaster. Ich bin bereits überfällig. Sie haben ja etwas auf sich warten lassen.« Da schwang eindeutig Tadel mit.

Gerhard sagte lieber mal nichts, nickte dem Mann nur zu und drehte sich zu Evi um. »Wer hat ihn gefunden?«

»Eine Familie aus Stuttgart. Die Kinder schauen so gern von der Staumauer runter auf das Treibholz, das da kreiselt. Und da ploppte er quasi rauf.«

Gerhard hatte die Stirn gerunzelt.

»Ich zitiere nur den Vater der Familie. ›Da isch euner raufploppt.‹«

»Und nachdem er geploppt ist?«

»Sind die retour zum Campingplatz, auf dem sie wohnen. Da drüben der Platz. Sie haben Alarm geschlagen. Und das hat Baier mitbekommen«, sagte Evi.

»Ach, Sie zelten in Lechbruck, Baier?«, wandte sich Gerhard an Baier.

»Blödsinn. Stockschießen. Ich geh immer sonntags stockschießen. Mit Walter und ein paar anderen.«

»Mein Gott, Walter, aha.« Gerhard war einfach nicht auf der Höhe. Die Sonne. Das Weißbier. Diese Hektik. Er hatte doch nur einen freien Tag genießen wollen. War das zu viel verlangt?

Baier schenkte ihm einen genervten Blick. »Walter ist ein Dauercamper aus Augsburg. Expolizist. Guter Mann! Die anderen sind ein paar Rentner aus der Umgebung. Der Günther, Universalgenie aus dem Fuiz, zum Beispiel. Aus dem Wasamoos. Sagt Ihnen wieder nichts. Urgesteine. Rentner wie ich. Altes Eisen. Jedenfalls habe ich dann alles Nötige in die Wege geleitet.«

Baier, der überzeugte Oberbayer, warf Eisstöcke auf Beton, und das mit Datschiburgern und zu allem Unheil auf Allgäuer Boden. Denn Lechbruck war eindeutig Ostallgäu. Da reichte sogar sein mieses Verständnis von Erdkunde aus. Baier war ein Kosmopolit, keine Frage. Und Baier schaffte es einfach nicht, im Ruhestand von Leichen fernzubleiben.

Als könnte er Gedanken lesen, sagte Baier: »Hab ich mir nicht ausgesucht, Weinzirl. Aber Sie sind ja nie da, wenn man Sie braucht.«

Auch das ließ Gerhard unkommentiert. »Wer hat ihn rausgeholt?«

»Die Wasserwacht. Auch kein schöner Job. Ist alles schon protokolliert. Sie sind ja …«

»Jaja – an einem freien Tag, am Tage des Herrn, einfach nicht da.« Gerhard rückte etwas weiter unter den Schirm, es war wirklich affenheiß. Und feucht. Es hatte tagelang heftige Gewitter gegeben, wahrscheinlich würde heute Abend auch wieder eines aufziehen. In die Tropen musste schon lange keiner mehr reisen.

»Irgendeine Idee zur Identität?«

»Kein Geldsackerl, kein Handy, kein Schlüsselbund«, knurrte Baier.

»Und es ist auch grad niemand hier am Damm aufgelaufen, der einen Mann oder Vater oder Sohn oder sonst wen vermisst«, maulte Evi hinterher.

Die beiden hatten sicher einen Sonnenstich, dachte Gerhard. Schlecht, dass der Mediziner schon weg war. »Na dann, ab in die Gerichtsmedizin. Und bitte herausfinden, was das für ein komisches Ding da an seinem Knöchel ist. Oder hat hier jemand eine Idee? Ist das eine Radachse?«

»Ich hätte da eine Idee«, meinte Baier.

»Und?«

»Ich würde dazu gern fachkundige Bewertungen abwarten.«

Gerhard sah Baier an, na, der hatte Nerven! Spielten sie hier »Ich sehe was, was du nicht siehst«? Wieder schluckte er Unflätiges hinunter. An Melanie gewandt, die seit geraumer Zeit nun auch unter dem Zelt Schutz gesucht hatte, sagte Gerhard: »Vermisstenlisten checken.« Und er schickte hinterher: »Weitere Befragungen können wir uns wahrscheinlich schenken, der kann ja sonst wo ins Wasser gekippt worden sein. Gibt's hier irgendwo etwas zu trinken?«

»Am Campingplatz oder im ›Drei Mohren‹«, antwortete Baier.

»Da waren wir mal kurz, als wir den Hundefall hatten«, sagte Evi.

Das stimmte. Eine bittere Geschichte war das gewesen, eine Geschichte, die ihm letztlich Seppi beschert hatte. Das Beste, was ihm seit Langem widerfahren war. Es war Winter gewesen, und schon damals hatte sich Gerhard gefragt, was drei Neger in Urspring getan hatten. Also drei Schwarze, »Neger« durfte man ja nicht sagen. Das Lied von den »Zehn kleinen Negerlein« sangen die Kinder heute sicher nicht mehr.

Und wieder bewies Baier seherische Fähigkeiten. »Meine Enkelin singt inzwischen ›Zehn kleine Leutchen mit Migrationshintergrund‹«, sagte er, und Gerhard grunzte.

»Also dann mal zu den ›Mohren‹, egal, wo Urspring diese Mohrenköpfe herhat.« Gerhard glaubte sich zu erinnern, dass das Gasthaus auch eine ganz ansprechende Speisekarte gehabt hatte. Inzwischen war es halb zwei, man musste sich schicken, noch etwas zu bekommen.

Dieses Urspring entpuppte sich auch beim zweiten Hinsehen als eine schmucke kleine Gemeinde. Vor der Kirche plätscherte ein Brünnlein in Kaskaden, grad ins Schwärmen hätte man kommen mögen. Wäre da nicht das käsige Gesicht des Toten gewesen. Na ja, Kässpatzn musste er ja nicht nehmen. War ihm allemal zu fleischlos.

Sie saßen draußen im Biergarten, und Evi hatte sich natürlich entrüstet, dass die Männer überhaupt etwas essen konnten. Sie orderte dann aber doch einen Salat. Der sah gut aus, wenn man sich für Kaninchenfutter erwärmen konnte. Er und Baier nahmen je einen Jägerbraten mit Pilzen und viel Soße.

Seppi hatte einen ganzen Wassernapf leer geschlabbert und lag nun im Kies, sodass man über ihn hinwegsteigen musste.

An einem der Nebentische saßen ältere Haudegen, einen hatte Baier gegrüßt, und was da an Gesprächsfetzen in einem wilden Dialekt herüberwehte, da war Gerhard doch wirklich bass erstaunt, dass das hier Oberbayern sein sollte. Er gab sich keinen Illusionen hin, dass die Kunde von der Wasserleiche noch nicht die wenigen Höhenmeter vom See heraufgeeilt war. Die Männer sahen auch immer mal wieder herüber, fragten aber nichts. Auch die Bedienung, die vor Neugierde schier zu platzen schien, verhielt sich dennoch still. Als sie zahlten, sagte sie nur: »Dann wird man ja dann sehen?«

»Wird man«, sagte Baier.

Ja, genau. Hoffentlich würde man bald etwas sehen. Und

hören. Aber sicher nicht vor morgen oder übermorgen. Sonntage waren ganz schlechte Tage für Verbrechen.

Evi hatte sich erboten, ersten Schriftkram zu erledigen, und sie fuhren ins Büro. Weilheim war menschenleer, klar – die lagen alle an den Seen der Umgebung rum.

Melanie hatte begonnen, Vermisstenanzeigen zu durchforsten. Da war aber nichts zu finden gewesen, bis auf einige schon lange Abgängige, die altersmäßig passten. Aber hätten sie diese am Wehr entdeckt, wäre ihr Zustand sicher anders gewesen. Verwester. Verrotteter.

Gerhard hoffte innerlich sowieso stets, dass das alles Männer waren, die mit einer jungen Frau mit wohlgerundetem Po und Mordsbrüsten irgendwo in Brasilien am Strand lagen. Manchmal überlegte er, ob nicht auch er … Unsinn! Er hatte Seppi, und der wollte sicher nicht nach Brasilien.

Nach Abstimmung mit dem Pressesprecher gab er dem Sonntagsdienst des Tagblatts eine kurze Info durch. Die Chefin selbst hatte das Vergnügen, im Redaktions-Glashaus zu sitzen, statt Sommerfreuden zu genießen. Nette Frau, Gerhard hatte sie über die Jahre schätzen gelernt. Sie war angenehm unaufgeregt. Journalist war eigentlich ein ebenso unerfreulicher Beruf wie seiner. Unmögliche Dienstzeiten, und geliebt wurde man auch nicht besonders, wenn man den Auftritt der lokalen Theatergruppe verriss oder die Fußballer als einen »faulen Haufen« beschrieb.

Zwei

Der Montagvormittag verging mit Telefonaten, Recherchen – es gab keinerlei Hinweise auf den Mann.

Gegen Mittag rief Baier an. »Weinzirl, ich hätt 'ne Idee, wer der Wassermann sein könnte.«

»Ach?«

»Nix ›ach‹. Kommen Sie mal auf den Campingplatz.«

»Zelten Sie jetzt doch?«

Von Baier kam nur ein Grunzen.

»Wo find ich Sie?«

»Vor der Rezeption.«

»Na dann.«

Wieder einmal fuhr er westwärts, strauchelte in einer Baustelle am Hohenpeißenberg. Würde es diese Umgehung jemals geben?

Im Radio kam auf SWR die Til-Schweiger-Parodie. Der gute Til, den Gerhard als Tatortkommissar gottlob nicht hatte ansehen müssen. Aber Frauen gerieten ja angesichts von Nuschel-Til in wüstes Entzücken. Es war doch ein Witz in dieser Republik: Der Frauensänger Nummer eins sang, als hätte er Presswehen, »Flugzeuge im Bauch«, und der Schauspieler-Frauenschwarm vernuschelte jeden Text. »Wsslei« würde bei Til dann wohl Wasserleiche heißen. Und die brauchte nun wirklich mal eine Identität.

Als Gerhard in Steingaden einfuhr, schenkte er dem Gasthof »Graf« einen wehmütigen Blick. Es war Mittag, sein Magen knurrte, und den »Grafen« hatte er in sehr guter Erinnerung behalten. Da er erneut über Urspring fuhr, erreichte er den Campingplatz von hinten. Er musste schier endlos eine Mauer entlangfahren, das war ja ein Hochsicherheitstrakt von gewaltigen Ausmaßen hier. Gerhard parkte rechts vor dem Eingangsgebäude, wo sich Baier im Gespräch mit einer Frau befand, der auf den ersten Blick anzusehen war, dass sie Besseres mit dem Tag vorgehabt hatte und dass sie generell keine war, die Dinge gern aus der Hand gab. In dem Fall einen Schlüssel.

»Braucht's des jetzt?«, fragte sie mit Donnerstimme.

»Ja, ihr habt ihn doch auch nicht mehr gesehen«, meinte Baier.

»Ja i sieh doch it alle jeden Dag. Der Platz isch voll. Bin i dia Polizei? Kontrollier i alle?«

»Nein, aber ich«, sagte Gerhard. »Und wenn der Kollege Baier hier einen begründeten Verdacht hat, um wen es sich beim Toten im See handeln könnte, dürfte es auch in Ihrem Interesse sein, dass wir weiterkommen. Ist ja nicht so werbewirksam, dass an Ihrem Platz Tote vorbeitreiben.«

Das war ein wenig übertrieben, aber es fruchtete. Die Dame wurde etwas milder und gab Baier den Schlüssel.

»Schön gesprochen, Weinzirl.« Baier grinste. »Kommen Sie?«

Sie durchschritten den Platz, der wirklich proppenvoll war.

Der Charme eines Campingurlaubs hatte sich Gerhard immer verschlossen. Wer hockte sich denn freiwillig dichtest auf andere, genoss deren Grillgerüche, deren Beziehungsprobleme, deren schlecht erzogene Kinder? Gerade passierten sie ein Vorzelt mit Blumenkübeln, gegenüber grinste ein Gartenzwerg debil in die Sonne. Zwei kleine Jungs fuhren ihn auf ihren BMX-Rädern fast über den Haufen, von irgendwoher knallte ihm ein Fußball gegen die Brust. Der dreikäsehohe Fußballbesitzer kam herangelaufen, packte den Ball. Sauste ab, ohne Entschuldigung.

Das Gelände weitete sich etwas, und sie standen vor einem merkwürdigen Ding.

»Was ist das denn?«

»Eine finnische Grillkota«, sagte Baier, als sei das an den Gestaden des Lechsees das Normalste der Welt. »Die interessiert nicht, das Schlaffass aber sehr wohl.«

Und tatsächlich war da ein Fass, einem riesigen Weinfass gleich, liegend, farblich in Sauna-Hellbeige gehalten. Vorn hatte es eine Tür, gesäumt von zwei kleinen Bänken.

»Da drin wohnt ein Mann. Er hat das Fass für zwei Monate gemietet. Und Walter meint, er hätte ihn seit einigen Tagen nicht mehr gesehen.«

»Und deshalb muss er gleich die Wasserleiche sein?«

»Nicht unbedingt, aber der Mann ist seltsam, sagt Walter. Er kommt auch gleich.«

»Wer, die Leiche?«

»Nein, der Walter.«

Na, das war ja mal grandios. Ein Dauercamper aus Datschiburg, der hier wohl den Platzwart gab, fand einen Mitcamper merkwürdig, und schwups: Schon wurde der zur Leiche. Wenn es darum ging, hier Menschen merkwürdig zu finden, dann würde dieser See doch überlaufen vor lauter Toten. Camper waren alle merkwürdig.

Gerhard blickte sich um. Zeigte auf zwei merkwürdige Bauten, die so aussahen, als hätte man eine Büchse mit einer riesigen Schere in der Mitte aufgeschnitten. »Und was ist das? Die Entsorgungsanlage? Die Mülldeponie? Hätte man doch etwas besser verstecken können.«

»Weinzirl, das sind die Pods!«

»Wer?«

»Die Pods. Sie müssen mal Ihren Horizont erweitern, Weinzirl. In den Pods schläft man. Es gibt eine Szene, die reist weltweit nur dorthin, wo es Pods gibt!« Baier grinste.

Gerhard tippte sich an den Schädel.

»Weinzirl, Sie leben doch auch in Ihrem Bus.«

»Ich lebe da nicht. Ich habe durchaus eine Wohnung, die ich aber wegen Fällen wie diesem nur selten sehe. Und ein Bus ist eben ein Bus! Ein VW-Bus! Ein beweglicher Bus, den man an schönen Plätzen abstellen kann. An Einstiegen zu Skirouten, zum Beispiel. Keine am Boden festgepappte Konservenbüchse!«

Um eine achteckige finnische Grillhütte gruppierten sich Schlaffässer und Pods? Wo um Himmels willen war er da hingeraten?

In dem Moment kam dieser Walter an, begrüßte Baier überschwänglich, Gerhard sehr höflich und mit Respekt vor der Ordnungsmacht.

»Herr ...?«

»Sagen Sie doch Walter! Sagen alle hier.«

»Walter, Sie meinen, dass der Bewohner des Fasses abgängig ist?«

Wie das klang! Diogenes war abgängig.

»Der war sonst jeden Morgen ganz früh auf. Nahm sein Radl und einen Rucksack und war weg. Jeden Morgen.«

»Wie früh ist früh?«, fragte Gerhard.

»Fünf.«

»Aha, und Sie waren da auch auf?«

»Ja, im Sommer ist es morgens so schön. Noch kühl.«

»Und wann kam er dann wieder?«, fragte Gerhard.

»Meist gegen elf. Und abends ist er auch wieder weg. Immer erst in der Dämmerung. Da fragt man sich doch …« Walter brach ab, als er Gerhards finsteren Blick sah.

Nun, frühes Aufstehen und spätes Weggehen waren nun per se nicht ungewöhnlich. Aber wenn sich einer so gar nicht an den Rhythmus der fidelen Campergemeinde hielt! Gerhard fingerte ein Bild heraus.

»Ist er das?«

Walter starrte das Bild an. Lange. »Oje.«

»Ist er das?«

»Ich glaube, ja, ich meine, er sieht etwas …«

Ja, Wasserleichen waren keine Covergirls, ganz klar. Er war es also. Immerhin.

»Walter, weißt du denn, wie der Mann heißt?«, fragte Baier.

»Nein, eben nicht. Hat sich uns nie vorgestellt. Wir haben mal versucht, ihn ins Gespräch zu ziehen. Auch mal zum Grillen oder Stockschießen einzuladen. Er war immer sehr kurz angebunden.«

Nun, nicht jeder war ein Anhänger geselliger Abende bei fetter Grillwurst und Bierspezialitäten inmitten schenkelklopfender Heiterkeit. Und wenn die Biere im Fall von Walter eventuell von Hasen oder Riegele stammten, dann wäre Gerhard ebenfalls ferngeblieben. Sehr fern! Aber bei der Anmeldung würde der Diogenes ja wohl einen Namen angegeben haben. Und ein Phantom war er ja keines.

Gerhard hämmerte erst mal gegen das Fass. Nichts. Er spähte hinein. Da lag ein Schlafsack, schlapp und menschenlos. Gerhard ließ sich von Baier den Schlüssel geben und öffnete Diogenes' Heimstatt. Rechts und links gab es im vorderen Bereich des Fasses je eine Bank, auf einer Art Empore befand sich eine Zwei-auf-zwei-Meter-Liegefläche. Walter hatte sich an Baier vorbeigeschoben. Gerhard schob ihn sanft retour. »Danke, Walter, das hier wird nun Spielwiese für die KTU.«

Gerhard zückte sein Handy, um die Kollegen anzufordern, bat Baier, die Stellung zu halten, und machte sich dann auf den Weg zur Rezeption. Diogenes musste ja einen bürgerlichen Namen haben.

Die resolute Dame von vorhin ließ ihn wieder spüren, wie lästig er war, suchte ihm aber die Anmeldung heraus.

Peter Palmer, Kopie des Ausweises. Der Mann sah dem Bild leidlich ähnlich, aber als Wasserleiche sah man selten so aus wie frisch aus dem Fotoautomaten. Außerdem: Wer wusste denn, wie alt das Bild war?

Weinzirl hatte immer noch ein Führerscheinbild mit langen, wilden Locken, dem sah er heute auch nur sehr bedingt ähnlich.

Als Beruf hatte der Mann angegeben: Politologe. Ganz schön viele Ps. Peter Palmer, Politologe aus Paderborn.

Er hatte für zwei Monate gebucht, hatte im Voraus bezahlt. War viel geradelt. Warum er hier war, wusste die resolute Dame nicht, aber sie hatte ja auch recht: Man fragte nicht jeden nach seiner Urlaubsintention. Wollte vielleicht einfach mal ausspannen. Einer der Ich-bin-dann-mal-weg-Fraktion womöglich.

Nein, man fragte nicht, sondern war eher froh um jeden Gast, der den Sommer in Bayern verbringen wollte, anstatt auf Malle, in Grado oder zumindest in Kärnten, das im Verdacht stand, mehr Sonne und weniger Regen hervorzubringen. Das wusste Gerhard von Jo, die als Touristikerin ja auch um jeden Gast ringen musste.

Jo sollte er längst mal wieder anrufen, aber wie so oft in ihrer langen Freundschaft war gerade wieder ein Sturmtief aufgezogen. Oder besser: Das Tief war zwar inzwischen abgezogen, aber nun war alles sehr nebulös. Jo hatte sich von Reiber getrennt, er aber mochte Reiber – und sollte ihn doch hassen. Sippenhass sozusagen.

Nachdem Jo ihn als Verräter beschimpft hatte – gut, sie hatte auch einige Ouzos bei Toni zu viel gehabt –, hatte Gerhard beschlossen, auf weniger stürmische Zeiten zu warten. Auf ein Hoch. Momentan war eben Wartezeit.

Er versuchte, sich zu konzentrieren. Peter Palmer hatte jedenfalls mit hoher Wahrscheinlichkeit sein Leben im schönen Bayern ausgehaucht. Der war dann mal wirklich weg.

Gerhard eilte retour zu Baier, der inzwischen eine größere Menge Campingmenschen bändigen musste. Des Menschen Neugier und Sensationslust waren eben überall gleich. Aus einem der Pods – nur einer war bewohnt – hatte sich ein junges Pärchen geschält. Er glutäugig und schwarzhaarig, sie rastalockig in Brünett. Sehr hübsch, dieses schöne Kind. Und sie war sehr jung. Die beiden wirkten verschlafen, und Gerhard packte sein rostigstes Englisch aus. Immerhin erfuhr er, dass sie aus Tel Aviv kamen und auf Pod-Europa-Trip waren. Sie wollten sich von hier aus alle Königsschlösser, München und Augsburg ansehen.

Gerhard glaubte, es aus dem Pod herausrauchen zu sehen. Musste ja auch affenheiß sein, da drin in der Blechschachtel. Oder sie hatten ihren Joint nicht gelöscht, geruchlich sprach einiges dafür. Jedenfalls hatten die beiden den Mann seit einigen Tagen nicht gesehen. Morgens hatten sie ihn eh nie beobachtet, erst abends, wenn er häufig mit einem recht großen Rucksack in der Dämmerung davongeradelt war. Von dem Rad gab es keine Spur, von einem Rucksack auch nicht.

Die KTU war eingetroffen, Gerhard würde später die Allgäuer Kollegen informieren. Aber zuerst brauchte er Nahrung. Bis die KTU etwas herausgefunden hatte, konnte man die Zeit ja auch sinnvoll nutzen. Im Unterzucker konnte er nicht denken. Im Unterweißbier auch nicht. Mit Baier im Schlepptau zog er in den Biergarten des Campingrestaurants. Zumindest die Ernährungslage war hier gut. Die Bedienung brachte die zwei leichten Weißbiere und sah sie herausfordernd an.

»Ich schau grad noch«, sagte Baier.

Sie wandte sich dem Nebentisch zu, wo zwei Ehepaare die Karten studierten. Der eine Mann besprach gerade mit seiner Frau, was man denn wohl nehmen könnte, als die Bedienung dazwischenfuhr.

»Wenn Sie mit Ihrer Frau redn, versteh i it, was Sie wolln.«

Ihr Ton hätte jedem Drillsergeant zur Ehre gereicht. Die vier zuckten regelrecht zusammen und bestellten jeder ganz schnell ein Schnitzel. Dabei hatten sie augenscheinlich doch eigentlich alle etwas anderes bestellen wollen.

»Potzblitz«, grinste Gerhard. »Hier herrschen aber Zucht und Ordnung.«

»Ja, gutes Personal gibt's heute nur noch ab Slowenien«, erwiderte Baier nickend, und sie bestellten beide ebenfalls ganz schnell und ausgesucht höflich. Man wollte unter keinen Umständen ins Gewehrfeuer dieser Dame geraten.

Sie aßen zudem schnell und schweigend und kehrten dann zum Fass zurück, wo die KTU Spuren sichergestellt hatte. Kein Blut, keine sonstigen Körperflüssigkeiten. Natürlich ein Waschbeutel, um DNA zu sichern. Ansonsten war der Bericht kurz und schnörkellos: Peter Palmer war mit leichtem Gepäck gereist, was seine Klamotten betraf. Er hatte allerdings unter der Liegefläche im Stauraum seines Diogenes-Fasses allerlei merkwürdige Werkzeuge gebunkert: Hämmerchen, Schaufeln, Pinsel, Salzsäure. Da die KTU mehrere Ladegeräte für Laptop und Handy und einen Kamera-Akku gefunden hatte, aber keines der Geräte, lag der Verdacht nahe, dass einer – der Mörder vielleicht – das wohl mitgenommen hatte.

Was um Himmels willen hast du hier gewollt, Peter Palmer?, fragte sich Gerhard. Nach kleiner Auszeit klang das nicht.

Baier hatte die ganze Zeit grimmig vor sich hin gestarrt. Als sie nun wieder vor dem Pod standen, waren die beiden Urlauber gerade dabei, sich auf ihre Räder zu schwingen. Sie trug jetzt Hotpants, die so was von *hot* waren. Er war ebenfalls kurzbehost und oben ohne, dieser Idiot mit seinem augenfälligen Waschbrett …

Baier raunzte nun das Pärchen an: »*Did you ever see anybody else here? Or do you only live in a mist of shady shit?*«

Gerhard starrte ihn an. Baier, der Mann überraschte ihn immer wieder. Konnte Englisch, und wie! Walter starrte ebenfalls.

Die beiden Israelis begannen zu stammeln.

»*I'm not interested in your drugs. Was there anybody out there? Visitors? Frequently appearing visitors?*«

Die beiden waren zahm wie Lämmchen und gaben alles, um sich zu erinnern, vorbehaltlich, sie hatten sich nicht bereits ihr halbes Hirn weggekifft. Und was sie sagten, war schon mal nicht übel. Sie hatten nebst ihrem Nachbarn ein paarmal einen weiteren Mann beobachtet. Dass es ein Mann gewesen war, darüber waren sie sich einig. Im Alter zwischen vierzig und sechzig, es war ja dunkel gewesen. Sie hatten keine Gesprächsfetzen aufgeschnappt, sie würden sich auch nicht so sehr für andere interessieren, gaben sie an.

»*And besides the other man in the ton?*«, fragte Gerhard und horchte seinen Worten hinterher, wie das klang. Furchtbar!

Nun – sie strengten trotz seines grottigen Englischs ihre Hirne weiter an, das sah man. Und ja, ein Geistesblitz: Sie hatten den Nachbarn einmal in einem Museum getroffen. Allein sie erinnerten sich gerade nicht, in welchem. Waren so viele gewesen. Aber sie hatten ja ständig ihre Urlaubserlebnisse getwittert. Sie twitterten nämlich sehr häufig, weswegen sie eben auch all die Eindrücke durcheinanderbekamen. Bei der kulturellen Vielfalt hier. Sie würden nachsehen, an welchem Tag das gewesen sei. Ganz klar. Sie waren Wachs in Baiers Händen.

Nach etwas Small Talk über die Vielfalt radelten sie davon:

Sie wollten um den See fahren, weiter nach Prem, den Lech queren, nach Helmenstein und dann retour. Sie hatten eine Radlkarte ausgebreitet, und Baier konnte ihnen nur zuraten. Nicht ohne darauf hinzuweisen, dass der Pfad auf der anderen Seeseite wurzelig und schmal sei. Baiers Englisch war einfach perfekt. Die beiden hatten Mountainbikes, und er, dieser dämliche Schönling, erzählte Baier, dass er häufiger radle. Seine schöne Freundin nickte und himmelte den Mann an. Er, Gerhard Weinzirl, radelte auch häufiger. Aber da zerschmolz niemand.

Gerhard gab sein Wissen telefonisch an Evi weiter und versprach, gleich da zu sein. Ein »gleich«, das eine Stunde später eintrat. Kaum war er im Büro, kam ein Anruf der Gerichtsmedizin und bestätigte im Prinzip, was er spekuliert hatte.

»Ihnen muss ich ja nicht erklären, dass ein an der Luft liegender toter Körper etwa doppelt so schnell verwest wie eine im Wasser liegende Leiche. Er hatte die typische seifenartige Substanz ausgebildet, aber noch in Maßen.«

Ja, das war doch ein interessantes Phänomen. Die Substanz ließ Körper langsamer verwesen, und seine Urgroßtante Anni war da ein herrliches Beispiel. Als man nach der Ruhezeit von dreißig Jahren das Grab öffnete und weitervermieten wollte, war Anni noch gar nicht den Weg alles Irdischen gegangen, wie es sich für eine ordentliche Friedhofsbewohnerin gehörte. Der Friedhof lag nämlich in einem Moorgebiet, und da verwesen die Abgelebten einfach so zach. Im Leben war sie eben auch zaach gewesen, die Anni.

Der Gerichtsmediziner hatte zudem Treibspuren festgestellt. Da Wasserleichen meist in Bauchlage von Strömungen und fließenden Gewässern fortbewegt werden, fand man Treibspuren vor allem am Kopf oder an Knien und Fußspitzen.

»Das heißt, er ist weiter oben reingeworfen worden?«

»Das nehme ich an. Da müssen wir aber noch genauer zu den Strömungsverhältnissen im Lech recherchieren. Was ich Ihnen aber auch noch sagen kann: Er war beidseitig mit irgendetwas beschwert.«

»Ja, das eine Teil hing da ja noch. Was ist das?«

»Habe ich weitergegeben. Merkwürdiges Teil. Am anderen Knöchel haben wir Rückstände gefunden. Von einem Expander, nehme ich an. Der war weniger haltbar, das Gewicht hat sich wohl gelöst.«

Na, da hatte der launige Notarzt ja richtig vermutet. Schlechte Arbeit.

»War er da schon tot?«

»Ohne Frage. Die Verletzungen sind post mortem.«

»Und wann ist er gestorben?«

»Herr Weinzirl, Sie sind doch Profi. Wir haben einen Leichnam, der wohl sofort untergegangen ist. Er war beschwert, er wird also nicht noch wegen der im Körper enthaltenen Luft an der Wasseroberfläche getrieben sein. Sie wissen auch, dass sich etwa ab dem siebten Tag Fäulnisgase durch die Zersetzung bilden. Berechnen wir hier mal die Wassertiefe und die Temperatur ein, haben wir nicht den Fall von flachen, sehr warmen Sommergewässern, wo der Auftrieb schnell geht. Dann müssen wir das Verhältnis von Abtrieb und Auftrieb berechnen, geringe Kräfte wie Wurzelwerk oder Wasserpflanzen können eine Leiche unter Wasser halten, hier hatten wir eine Beschwernis.«

Er holte Luft. Ja, eine Beschwernis hatten sie. Wie wahr! Gerhard fühlte sich auch schwer, fast schwermütig.

»Es ist fraglich, wann sich das Gewicht gelöst hat, und welches Ereignis ihn zum Auftreiben bewegt hat, wissen wir auch nicht. Erinnern Sie sich an Tom Sawyer? Wo man eine Kanone dicht über der Wasseroberfläche des Mississippi abfeuerte, um die potenziell ertrunkenen Jungs durch die Erschütterung zum Aufsteigen zu bewegen? Gut erdacht von Mark Twain.«

»Da aber am Lechsee keiner eine Kanone abgefeuert hat, wie lange war er unter Wasser?«

Der Ton des Gerichtsmediziners wurde schmerzensreich. »Zwölf bis siebzehn Tage. Genauer kann ich es nicht eingrenzen.«

Na prima, wie sollte er da Alibis überprüfen? »Wo waren Sie vor zwölf bis siebzehn Tagen, und bitte sagen Sie uns genau, was Sie jede Stunde so getrieben haben.« Gerhard schluckte den Frust hinunter. »Und an was ist er gestorben?«

»Tja, das ist der Casus knacksus«, wand sich der Arzt.

»Sie wollen sagen, Sie wissen es nicht? Er wurde nicht einfach ertränkt?«

»Lieber Herr Weinzirl, nein, nicht einfach so. Als er zu Wasser gelassen wurde, war er bereits mausetot. Der Mann hat uns nicht mit Einschusslöchern oder Würgemalen erfreut. Wir sind dran. Ich tippe auf eine Vergiftung. Das ist alles etwas merkwürdig. Er hatte eine sehr stark geschädigte Leber. Die Tests laufen noch. Ich wollte Ihnen schon mal einen Zwischenstand geben.«

Gerhard schluckte. »Sie wollen sagen, er wurde mit etwas

vergiftet, dann beschwert, in den Lech gehängt, hat sich losgerissen und ist an der Staustufe herausgeploppt?«

»Was ist er?«, fragte der Arzt.

»Egal! War das die Reihenfolge?«

»Nehme ich an.«

»Wann glauben Sie denn mehr zu wissen?«

»Wenn ich's weiß. Ich melde mich dann umgehend.« Klack, aufgelegt!

Na, das waren ja mal interessante Neuigkeiten. Erst vergiftet und dann den Lechwässern überantwortet. Da hatte sich einer richtig Mühe gegeben.

Evi kam herein; sie hatte rote Bäckchen, was bei ihrem makellos blassen Teint selten vorkam. Aber Evi war auch richtig aufgeregt. »Ich hab in meinem Büro den Kollegen in Paderborn dran. Ich meine den, der Familie Palmer über das Ableben des Herrn Peter Palmer informieren sollte.«

»Ja, und?«

»Komm mit in mein Büro. Ich hab auf Freisprechen gestellt, das willst du auch hören.«

Wollte er? Eigentlich wollte er was zu trinken.

Was der Kollege zu berichten hatte, war aber in der Tat anders als erwartet. Sie waren da oben also ausgerückt zu Frau Palmer, die Ärztin war, Teilzeit arbeitete, an diesem Tag anwesend war und gerade dabei, ein Nudelgericht zuzubereiten. Für den lieben Gatten und den Sohn, einen Studikus, der aber noch zu Hause wohnte.

Der Preißn-Kollege in Paderborn war wohl ein pfiffiges Kerlchen und folgerte, dass eine Frau, die für ihren Mann kochte, das kaum täte, wenn dieser seit circa zwei Wochen im Lech geschwommen wäre. Er tastete sich vor, denn es hätte ja auch sein können, dass die Frau einfach Rituale aufrechterhielt. Man kannte das ja: Menschen deckten den Tisch für einen Verstorbenen, der längst schon in Rauch aufgegangen war oder mit den Würmern schlief.

Aber Peter Palmer, der eine Professur in Politologie hatte, war zumindest in der Frühe noch putzmunter zur Uni gegangen. Und er war auch wenig später putzmunter zur Tür hereingekommen. Sehr lebendig hatte er seine Aktentasche auf einen Stuhl geworfen. Der Kollege hatte sich dann mal weiter vorgetastet und am Ende die Kopie des Ausweises gezeigt, die Evi nach Paderborn gefaxt hatte.

»Ja, und dann?«, fragte Gerhard.

»Herr Palmer hat seinen Geldbeutel gezückt, sein Ausweis war da.«

»Na toll«, sagte Evi ungewöhnlich salopp für ihre Verhältnisse.

»Frau Palmer fiel ein, dass ihr Mann vor einem halben Jahr seinen Ausweis verloren hatte und er sich einen neuen hatte ausstellen lassen. Das ist doch ein Ding, oder?«

Wohl wahr, das war ein Ding. Ein Mister X checkte mit Peter Palmers Ausweis am Campingplatz ein. Ließ sich vergiften und trat als Wasserleiche wieder zutage. Woher hatte der den Ausweis von Palmer gehabt?

»Haben Sie herausfinden können, wann Herr Palmer den Ausweis verloren hat oder wo?«, fragte Gerhard den Kollegen.

»Das habe ich natürlich gefragt. Palmer wusste das auch nicht so genau. Der Verlust fiel ihm auf, als er Anfang März für eine Erbschaftsangelegenheit – eine Tante hatte ihm etwas vermacht – den Ausweis hätte vorlegen sollen. Und

Frau Palmer wusste zu berichten, dass er ihn zumindest Mitte Februar noch hatte, da waren die Palmers nach Norwegen zum Skifahren geflogen. Trysil heißt das. Liegt an der schwedischen Grenze. Muss nett da sein.«

Ob Trysil nett war, ging Gerhard eigentlich am Allerwertesten vorbei. Was war das denn schon wieder für eine krude Geschichte?

»Palmer verliert ihn also innerhalb von circa zwei Wochen im Februar, einer krallt ihn sich und wird im August bei uns zur Wasserleiche«, sagte Evi zögerlich.

»Bizarr, oder?«, meinte der Kollege.

Sie schwiegen eine Weile.

»Hätte denn jemand den Ausweis bewusst klauen können?«, fragte Gerhard nach einer Weile.

»Das habe ich mich auch gefragt«, rief der Kollege triumphierend. »Die Palmers wollen mal überlegen, was in den zwei Wochen so los war. Aber im Prinzip hat Herr Professor Peter Palmer den Ausweis immer in seinem Portemonnaie, sagt er.«

Der Kollege versprach, sich mit etwaigen Neuigkeiten zu melden, und verabschiedete sich fröhlich. Na, der schien den bayerisch-nördlichen Diwan ja zu genießen.

Gerhard sah Evi an. »Der Herr Professor Politologe Peter Palmer aus Paderborn, diese wandelnde Alliteration, lebt. Tot hingegen ist Diogenes, der nun wieder keine Identität hat. Der muss doch irgendwo abgehen!«

Evi hatte ihr Näschen krausgezogen, und einmal mehr überlegte Gerhard, warum Evi eigentlich nie oder nur sehr kurz Beziehungen hatte. Sie war wahnsinnig hübsch, klug, relativ wenig exaltiert für eine Frau. Ihr einziger Fehler war, dass sie keinen Alkohol trank und Vegetarierin war. Aber da gab es auch Kerle. Oder dafür gab es auch Kerle. Er selbst hatte ja auch ein Mal mit Evi ... Aber mit der Kollegin ... Wirklich, Gerhard, jetzt konzentrier dich!, rügte er sich.

»Nicht jeder wird vermisst, außerdem kann das auch ein Ausländer sein«, meinte Evi.

»Ja, dann such mal europaweit oder gleich weltweit. Zumindest die Altersklasse von Peter Palmer hat unser Diogenes ja, und ein wenig ähnlich sah er ihm auch.«

»Hat Palmer etwa einen Zwillingsbruder?«, fragte Evi.

»Evilein, das sind Lösungen in Fernsehkrimis. Zwillingsbruder mit dem Pass des Ebenbilds ist tot. In Wirklichkeit war der andere gemeint. Irgend so ein Scheiß. Dazu ein Ermittler, der säuft, Drogen nimmt oder schizo ist. Oder alles zusammen. Völlig gaga muss er jedenfalls sein. Die Kollegin hingegen hat entweder Epilepsie oder einen Atombusen und in jedem Fall eine schwere Kindheit gehabt. Außerdem ist der Vater der Zwillinge gar nicht der Vater und die Mutter Vergewaltigungsopfer, und ein Kollege ist schwer korrupt. Ach ja, und Kinderpornos müssen auch vorkommen. Und natürlich Mädchenhändler. Und Rumänen. Unbedingt Rumänen.«

Evi tippte sich an die Stirn und verließ kopfschüttelnd das Büro. Das machte sie in letzter Zeit ganz schön häufig. Gerhard grinste und griff zum Hörer. Der clevere Kollege in Paderborn hatte das natürlich auch gedacht. Nein, Palmer war Einzelkind. Er ließ den Kollegen da oben noch wissen, dass er ihm das Bild schicken würde. Eventuell würden die Palmers den erkennen, der Peter Palmer nur gespielt hatte. Gerhard legte auf. Verdammt, und er war wieder am Anfang.

Und sozusagen in der Warteschleife: Kollegen, die Camper befragten. Ein Pathologe, der rausfinden wollte, woran Diogenes gestorben war. Die Palmers, die in sich gehen wollten. Diese ganze Warterei war höchst unproduktiv.

Zu Hause zappte er lustlos im Fernsehen herum. Ein junger Mann, der aussah, als müsse er dringend mal duschen und seine klebrigen Haare waschen, und auch aussah, als könne ihm ein Pickelpräparat helfen, wurde interviewt. Es ging um einen internationalen Hackerkongress, der junge Mann war mit »Blogger« untertitelt. Das also war heute schon eine Identität: Blogger.

Gerhard spürte, dass er ein unwürdiger Wurm war. Er schrieb keinen Blog, er twitterte nicht, wenn ihm ein Schoaß quersaß. Er war nicht auf Gesichtsbuch und stellte keine Fotos von sich, wie er Weißbier trank, ins Netz. Er war ein Nichts. Ein Niemand in einer Welt, die sich immer und überall exponierte. Immerhin, wenn er sich googelte, kam er in ein paar Zeitungsartikeln vor.

Drei

Gerhard hatte eine Runde mit Seppi im Wald gemacht. Seppi war aus Höflichkeit mitgekommen, er war an sich mehr der Ausschlaftyp. Und er würde dann auch den restlichen Vormittag verschlafen, bis ihn Gerhards Vermieter gegen Mittag rausließen und Seppi mit dem Hund der Vermieter ein wenig um die Häuser oder besser: um die Bäume zog – nicht ohne jeden zweiten zu markieren. Das war ein Leben!

Gerhard holte sich, kaum war er im Büro, einen Kaffee, saß noch nicht mal richtig, da erschallte das Telefon, und dran war der Gerichtsmediziner.

»Ich hab's jetzt.«

»Sagen Sie es mir auch?« Gerhard war noch gar nicht so richtig bei der Sache.

»Gestorben ist er an einer Mixtur, *fatal mixture*.«

»Bitte?«

»Wir haben Aconitum und Amanita phalloides gefunden.«

»Geht's auch deutsch?«

»Aconitum, Eisenhut, ist die giftigste Pflanze Europas. In den Knollen, aber auch sonst in der ganzen Pflanze ist das stark wirksame Alkaloid Aconitin drin, das Gift kann sogar durch die Haut eindringen. Und Amanita phalloides ist die zweite Substanz, ungewöhnlich, ist noch gar nicht so die Zeit.«

Gerhard hörte sich schon wieder »Bitte?« brüllen. Er hatte gar nicht vorgehabt, so laut zu werden.

»Vulgo ist der Mann nebst Eisenhut am Grünen Knollenblätterpilz verstorben, und es ist August. Gut, natürlich kann man in der aktuellen Feuchtigkeit jetzt schon Pilze antreffen, der Pilz gedeiht etwa von Ende Juli bis Oktober.«

In Gerhards Hirn ratterte es, und weil er nichts sagte und auch nicht schon wieder ein verzweifeltes »Bitte?« herausschreien wollte, fuhr der Mediziner fort.

»Ich habe einen Kollegen, einen Spezialisten für Mykologie, hinzugezogen. Dieser Wulstling wächst gern mit Eichen und Rotbuchen, auch mit Birken, Esskastanien, Haselnuss. Generell mit Laubbäumen, nicht im Nadelwald. Er kommt eigentlich überall in Mitteleuropa vor, an Waldrändern, auch in speziell angelegten Arboreten oder Parkanlagen. Der Grüne Knollenblätterpilz stellt keine besonderen Anforderungen an den Boden, er mag nur keine stark sauren Böden.«

»Aha.« Mehr fiel Gerhard dazu nicht ein. Er hatte an sich keinen biologischen Vortrag über das Wesen so eines depperten Pilzes gebucht.

»Beim Gift handelt es sich hauptsächlich um verschiedene zyklische Oligopeptide, und ganz wichtig für die Hausfrau: Das extrem toxische Amanitin im Grünen Knollenblätterpilz bleibt auch nach dem Kochen voll erhalten! Die tödliche Dosis von Amanitin liegt beim Menschen bei 0,1 Milligramm pro Kilogramm Körpergewicht, für unseren Freund aus dem See, der fünfundsiebzig Kilo hatte, hätten etwas mehr als sieben Milligramm gereicht. Das haben wir in vierzig Gramm Frischpilz. Das ist nicht viel, Herr Weinzirl, ein ausgewachsener Fruchtkörper kann leicht fünfzig Gramm wiegen.«

»Sie sagen ›hätten‹?«

»Ja, es war deutlich weniger, ich muss annehmen, dass der Mann eine deutliche Vorschädigung der Leber hatte. Hepatitis, Malaria, etwas in der Art. Da reicht ein wenig Pilzlein, und schon ist Ende im Gelände.«

»Meiner endete im Wasser …«, knurrte Gerhard.

»Letztlich ja. Vorher aber dürfte er Brechdurchfall bekommen haben, und das etwa acht Stunden nach dem Verzehr der Pilze. Es gibt auch Fälle, wo Symptome gleich sofort oder aber erst nach vierundzwanzig Stunden auftreten. Die klingen dann aber wieder ab, und nach drei Tagen ist ein komplettes Leberversagen zu vermelden. Derart Vergiftete sterben etwa zehn Tage nach dem Verzehr. Merkt man noch etwas, müsste man die Leber transplantieren.«

»Schön«, sagte Gerhard und fand sich selbst extrem dämlich. Schön war das wahrlich nicht. Aber ihm fehlten angemessene Worte. Um überhaupt etwas zu sagen, meinte er: »Der Mann hat die Pilze also versehentlich mit einem Pilzgericht zu sich genommen oder wurde absichtlich vergiftet? Und das Gericht wurde dann, um sicherzugehen, noch mit diesem Aconitum gewürzt?«

Aconitum? Evi nahm das immer als Globuli zu sich, wenn sie eine Erkältung herannahen sah. Sie schwor darauf – was für Gift fraß das Mädel denn da?

Der Arzt sagte bedächtig: »Ja, das ist auch für uns hier etwas verwirrend. Es ist merkwürdig, dass der Tote Knollenblätterpilz gegessen hat und auch Eisenhut. Beim Eisenhut zeigen sich Vergiftungserscheinungen schon nach zehn bis zwanzig Minuten. Kribbeln im Mund, in den Fingern und an den Zehen, dann Schweißausbrüche und starke Koliken. Der Blutdruck sinkt, der Tod erfolgt durch Herzversagen oder Atemstillstand. Der Exitus erfolgt bei starker Vergiftung schon nach dreißig bis fünfundvierzig Minuten. Ein scheußlicher Tod. Aber auch hier war die Dosierung gering.«

»Pilze mit Eisenhut in einer nicht tödlichen Dosis?«

»Ja, aber für ihn war sie tödlich. Weil seine Leber kaputt war. Der Mann müsste eigentlich irgendwo auf einer Transplantationsliste stehen. Die Leber ist Schrott.«

»Dann wollte man ihn gar nicht töten?«

»Das weiß ich doch nicht! Fragen Sie den Koch dieser Mischung! Angesichts dieses Aufwands möchte man doch eher annehmen, dass es sich um Mord gehandelt hat. Weniger sehe ich hier eine Hausfrau, die mal eine neue Würze probieren wollte. Aber wie gesagt, Ihr Part, Herr Weinzirl. Sie kennen ja den Spruch: In den Händen eines Toren ist Medizin Gift, in den Händen eines Genies ist Gift Medizin. Paracelsus hat das gewusst.« Er machte eine kurze Pause. »Herr Weinzirl, das ist nun wirklich Ihr Part. Würde mich aber interessieren, was da los war. Lassen Sie mich das unbedingt wissen!«

Er verabschiedete sich.

Ja, herrlich. Großartig. Sein Part – und der versprach zäh zu werden. Gerhard gab dem Gerichtsmediziner natürlich recht: Es war eher unwahrscheinlich, dass eine Hausfrau oder ein Restaurant so geschludert hatten, dass sie einen Esser eingebüßt hatten. Und das partout verschleiern wollten.

Genau solche Überlegungen teilte Gerhard anschließend

Baier mit, der ins Büro schneite. Nach eigenen Angaben war er in Weilheim beim Augenarzt gewesen. Genau genommen war Baier im Ruhestand, aber Baier hatte im Oberland in etwa den Status eines Minister- oder Bundespräsidenten. Oder den vom Papst. Und den durfte man einweihen.

»Also gut! Andere Variante zum Gift: Gäbe es denn ein Restaurant, wo er eine Pilzsoße gegessen haben könnte?«, fragte Gerhard nach einigem Hin-und-her-Geplänkel und dachte an das Jägerschnitzel im »Drei Mohren«. Na, da war ihm ja womöglich was erspart geblieben. Da war er dem Pilztod grad so von der Schippe gesprungen ...

»›Lechaue‹, das liegt direkt am Lech. Recht verschwiegen da. Ansonsten hätten wir natürlich einige weitere Gastronomen in Lechbruck und Umgebung. Den ›Lechbrucker Hof‹ können Sie ausschließen, das sind Kroaten, und die setzen konsequent auf Champignons. Gebacken, gebraten und auf der Pizza.«

Ob die kroatische Staatsbürgerschaft an sich einen davon ausschloss, Giftmörder zu werden? Gerhard ließ das mal dahingestellt.

»Also, wenn der in einem Restaurant vergiftet worden wäre, dann wären wahrscheinlich noch einige mehr stark beeinträchtigt gewesen. Schlecht wäre denen allen geworden, und sie hätten sicher Brechdurchfall bekommen, Weinzirl. Das hätte man erfahren. Wenn er bei einem privaten Essen ins Gras beißen musste, hätten die dann den Mann im Lech entsorgt? Und das würde alles ja auch nur greifen, wenn's bloß die Pilze gewesen wären.«

»Und wenn er sich selbst eine Schwammerlsoß gekocht hat?«, fragte Gerhard.

»Ich bitt Sie recht schön, Weinzirl! Dann hat er gleich noch Eisenhut hinterhergenommen und ist im Angesicht des nahenden Todes in den Lech gehupft. Nicht ohne sich vorher noch zwei Gewichte ans Bein zu binden?«

»Apropos Gewicht. Sie wissen doch, was das ist. Also das komische Ding, das noch dranhing?«

»Wissen, nein. Ich habe eine Idee. Aber jetzt warten Sie doch mal die Profimeinung ab.«

Es war klar, dass Gerhard nicht weiterfragen musste. Baier hatte im kategorischen Imperativ gesprochen, und Baier war keiner, den man drängte oder wo man bettelte.

»Also wurde er bewusst vergiftet. Aber wie und wo?«, wechselte Gerhard das Thema.

»Weinzirl, der Mann reiste mit falschem Pass. Wohnte in einer Tonne. Der hatte sicher etwas zu verbergen. Was auf dem Kerbholz. Und jemand war auf seiner Spur.« Baier schüttelte den Kopf und sah grimmig drein.

»Ja, der Giftmörder war auf seiner Spur. Der, der keine Schleifen binden konnte. Weswegen der Mann dann herausploppte.«

»Tja, Weinzirl, Sie Witzbold, Sie. Hätte der Mörder besser gearbeitet, wären Sie vielleicht wie ich in Rente, und Ihr Nachfolger würde um die Lösung ringen. Außerdem kann es eine Mörderin gewesen sein. Frauen lieben Gifte.« Baier grinste diabolisch. »Und deshalb geh ich jetzt auch zu meiner Rentnerbeschäftigung und grab noch ein wenig.«

»Was tun Sie? Sie haben eine Etagenwohnung. Was wollen Sie da graben?«

»Nicht zu Hause, sondern in der Villa.«

»Was für eine Villa? Haben Sie expandiert, Baier?«

»Rustica, Villa Rustica.«

Weil Gerhard anscheinend besonders unintelligent dreinblickte, gab Baier sich Erklärungsmühe: »Ihr Problem, Weinzirl, ist Ihre Engstirnigkeit. Ihre Kulturlosigkeit. Da hat die reizende Frau Straßgütl schon recht. Sie müssen mehr rechts und links blicken. Dann wüssten Sie nämlich, dass in meiner schönen Heimatgemeinde Peiting die Reste einer Villa Rustica liegen, und die graben wir aus. Oder haben wir ausgegraben. Im September letzten Jahres war die offizielle Eröffnung.«

»Wer ist ›wir‹?«

»Wir, die jungen Römer. Eine Rentnergang um meinen Kumpel Jakob Leicher. Wer sonst?«

Wer sonst? Noch mehr Rentner, die mit Stöcken schossen? Klar, wer immer Herr Leicher war und wiewohl das ja nun mit der Wasserleiche gar nichts zu tun hatte, Gerhard zollte Baiers strahlenden Augen Tribut. Es war doch schön, dass Baier sich anscheinend in irgendwas reinkniete. »Gut, Baier, ich bin ein Kulturbanause, und ja: Ich weiß viel zu wenig über den Landkreis, vor allem über seinen westlichen Teil. Also klären Sie mich auf. Über Leicher, den Rustikalen …«

Baier stöhnte, schlug sich die Hand an die Stirn. »Ich kann so nicht arbeiten.« Er lachte. »Also, Weinzirl: Als 1956 römische Reste auf einem Feld vor Kreuth entdeckt wurden, waren Jakob und ich als Buben fast täglich vor Ort. Meist bekamen wir ein ›Schleichts eich!‹ zu hören. Der Spuk einer kurzen Rettungsgrabung war schnell vorbei, das Gelände wurde wieder verfüllt. Kühe grasten, dann wurde eine Gasleitung gebaut und zerschnitt später das Areal. Wen scherten denn ein paar Stoaner! Aber den Jakob und mich ließ das nicht los. 1992 gründete sich der Förderverein Villa Rustica. 2000 nahm der Verein das Gelände in Schutzpacht und begann mit den Freilegungsarbeiten.«

»Und Sie sind dabei, Baier?«

»Als ich noch gearbeitet habe, natürlich weniger, dann häufiger. Oft hätten wir wirklich am liebsten das gemacht, was uns geraten worden war. Uns schleichen. Das war Titanenarbeit. Letztlich waren wir ja bloß fünf oder sechs, unsere Rentnergang im Unruhestand. Gearbeitet haben wir wie die Sklaven. Im September 2012 wurde das Schutzhaus zum dauerhaften Erhalt der freigelegten Mauern feierlich eingeweiht. So war das.«

»Auch wenn das jetzt sicher blöd klingt: Und was sehe ich da?«, fragte Weinzirl und wunderte sich über Baier, der in ganzen Sätzen sprach, gar nicht so unwirsch war wie sonst. Pure Euphorie sprach aus dem Mann.

»Ja, was sehen Sie da, Weinzirl? ›Stoaner‹ werden Sie sagen. Aber das ist ein römisches Privatbad, genannt ›balnea‹, mit einer Hypokausten-Heizung, deren originaler Erhaltungszustand auf dieser Seite der Alpen seinesgleichen sucht!«

Baier glühte regelrecht. Baier würde wunderbare Führungen in dieser Villa machen. Und es versetzte Gerhard einen Stich. Baier konnte Englisch, er wusste alles über Kuba und kubanischen Rum. Das hatte Gerhard früher schon erleben dürfen. Baier hatte eine Bierkrugsammlung. Baier hatte sich mit seiner Frau, die auf ihre Art eben auch großartig war, zusammengerauft. Sie ließen sich leben, gegenseitig. Baier war zudem ein Römerkundiger. Wenn er, Gerhard Weinzirl, einmal alt wäre, was bliebe ihm? Er, der alte Junggsell, der maximal eine Affinität zu Bergen hatte? Und was, wenn er fußlahm würde? Was bliebe ihm dann?

Weil Gerhard schwieg, machte Baier weiter. »Überlegen Sie mal, Weinzirl: 1055 hockte da Welf IV. auf dem Schlossberg, der wurde sogar Herzog Welf I. von Bayern, eine politische Macht, und der lebte in seiner feuchten Holzburg ohne Glasfenster. Und tausend Jahre früher war nahe Kreuth schon Hochkultur. Um 100 nach Christus hat bereits in Rufweite des Schlossbergs ein Römer jenes gewaltige Steinhaus voller luxuriöser Finessen bewohnt. Das muss man sich doch mal vor Augen halten!«

»Wer hat die Villa denn gebaut?«, fragte Weinzirl und hoffte, dies sei eine intelligente Frage.

»Gute Frage, Weinzirl! Wir wissen nicht, wer diese mysteriöse Villa gebaut hat. Es war ja an sich Usus, dass ein verdienter römischer Soldat, der fünfundzwanzig Jahre im Dienst gewesen war, Land erhielt. Das konnten die schon machen, die Römer! Die meisten Soldaten hatte das Reich längst vorher verschlissen. Gefallen, an Krankheiten verendet. Und dann ist die Frage, ob diese Villa als Gratifikation nicht auch zu prächtig gewesen ist. Möglicherweise hat es sich um einen hohen Beamten gehandelt, der in Augsburg tätig war.«

»Ganz schön weit weg, oder?«

»Nicht unbedingt. Nach damaligen Bestimmungen musste man eine Tagesreise weg vom Einsatzort wohnen, mit einer schnellen Kutsche schaffte man es an einem Tag von Peiting nach Augsburg, Weinzirl. Das vergisst man gern.«

»Pfft«, machte Gerhard und merkte, wie ihn das Thema

packte. Das war letztlich auch sein Leben. Rätselraten. Das tat er doch ständig. Suchte nach Puzzleteilchen. Spekulierte. Er fand am Ende meist einen, mit dem er reden konnte. Der Auskunft gab über seine Motive. Hier konnte er keinen mehr fragen, warum er so eine prächtige Villa besessen hatte. So wie er Diogenes auch nicht mehr fragen konnte. Und es wäre in jedem Fall an der Zeit, jemanden zu fragen, der etwas Licht ins Dunkel bringen würde. Er wandte sich an Baier.

»Sie verblüffen mich immer wieder. Die versteckten Seiten des Herrn B. Klingt spannend, das Ganze. Vielleicht war es eine Pferdewechselstelle mit Spa?«

»Weinzirl, Sie sind gar nicht so dämlich! Manche mutmaßen durchaus, es könnte sich um einen Gasthof am Flussübergang gehandelt haben. Gasthof und Besitzerwohnung. Flussüberquerungen waren damals abenteuerlich; gern rastete man vor oder nach dieser Herausforderung. Alles möglich, nichts bewiesen.«

Ja, auch das kannte er. Alles möglich, nichts bewiesen. Und sosehr er nun gern mit Baier weitergeplaudert hätte, so wenig hatte er dazu Zeit. Er musste nun mal herausfinden, wer Diogenes gewesen war.

»Baier, ich schau mir das in jedem Fall mal an, aber jetzt fahr ich auf den Campingplatz. Meine Leute befragen nach wie vor die Camper, das geht alles recht zäh vonstatten.«

»Weinzirl, auch Sie kommen noch in Rente!« Baier grinste.

»Die dann bloß keiner mehr für mich zahlt!«

»Auch Ihr Fehler. Sie gehören zu den Verursachern dieser elenden deutschen Bevölkerungspyramide. Zeugen Sie endlich Kinder!«

»Schöne Idee, wenn's nur das Zeugen wäre …«

Baier enthielt sich jeden Kommentars. Er würde zu seiner Villa fahren, ein wenig gartln im Kräutergarten dieser Villa. Da gab es sicher auch Giftpflanzen. Vielleicht gar Knollenblätterpilze? Und Gerhard würde ebenfalls wühlen, in den Abgründen der Campinggemeinde.

Es war erneut sehr heiß geworden, den See übersprenkelten Tretboote, ein großes Floß mit johlenden Menschen war auch hinausgeschippert. Lechbruck, die Flößergemeinde, klar, irgendwo war ein Hinweisschild auf ein Museum gewesen. Museum, genau. Er musste die beiden Kiffer fragen, in welchem Museum sie Diogenes getroffen hatten.

Evi, Melanie und Felix fand er schließlich in der Finkota. Die hatte man ihnen quasi als Basislager zur Verfügung gestellt. Niemandem war dieser Tage zum kuscheligen Grillen zumute. Sauna hatten die doch schon alle in ihren Zelten und Caravans.

So heiß war es aber gar nicht in der Finkota, wobei den drei Kollegen die Köpfe zu qualmen schienen. Sie wirkten alle etwas echauffiert.

»Und, meine Lieben, konntet ihr euch für einen Campingurlaub erwärmen?«

»Danke! Ich passe!« Dabei sah Evi in ihren Shorts und dem Blüschen aus wie Miss Caravan, wie Germany's Next Topcamperin.

»Und?«

»Und was?«

»Menschen, Tiere, Sensationen?«, fragte Gerhard grinsend.

»Oh ja, zu dem Thema durften wir Bekanntschaft mit Coco machen. Coco wohnt unter einem Sonnensegel in Muschelform, das vor dem Camper steht«, sagte Melanie.

»Und wer ist Coco?« Es war klar, dass Melanie diese Frage erwartete. Gerhard arbeitete seit Längerem daran, ein guter Chef zu werden und auf seine Mitarbeiter einzugehen.

»Coco ist ein Kakadu. Auf der Stange. Unterm Muschelzelt. Und ansonsten sitzt er auf Frauchens Schulter. Ist im Café mit dabei, im Shop und beim Spaziergang.«

»Gut behütet unter einem eleganten Sonnenschirm«, ergänzte Evi. »Im Shop vorne ruft er größte Bewunderung hervor. Weil man ihm eine Nuss anreichen darf, die er dann zierlich nimmt. Eine Siamkatze mit unergründlichen Augen, die an der Leine spazieren geht, war auch im Laden.«

Durch die Tür spitzte jemand herein. Hatte Mineralwasser und Becher dabei. »Sie haben doch Durst, oder?«

Der gute Walter war es. Und er war sicher schon länger da gestanden, denn er wusste sofort zu erzählen: »Und Garfield ist hier auch gestrandet. Er gehörte einer Dauercamperin, die bestimmt schon ein Dreivierteljahr weg war, als der Kater auftauchte. Sie wurde gesehen, wie sie ihn bei uns einfach über den Zaun gekippt hat. Garfield hatte Glück, sowie drei weitere ausgesetzte Platzkatzen. Wir Camper legen für Futter zusammen und für eine umfangreiche medizinische Versorgung: das eitrige Auge verarztet, fünfundzwanzig Zecken entfernt und das Gebiss saniert. Der arme Buale. Aber jetzt hat er einen Sessel in der Rezeption.«

Gerhard verfluchte sich für seine lockere Zunge. Das Stichwort »Tiere« hätte nicht fallen dürfen. Nun würde ihm Melanie, die ziemlich viechernarrisch war, wohl die Lebensgeschichten aller Platztiere erzählen. Und Walter-der-einfach-überall-war bestimmt auch.

»Gäste haben sogar Minischildkröten dabei, und eine ist abgehauen«, machte Melanie weiter.

»Ja, eben. Suchen Sie mal so kleine Dinger in einer grünlichen Tarnfarbe auf einer grünlichen Wiese. Der halbe Platz packte mit an, und wir stellten einhellig fest: ›Mensch, können die schnell laufen, von wegen lahme Schildkröten!‹«, setzte Walter noch einen drauf.

Gerhard versuchte, die Fasson zu wahren. Evi war anzusehen, dass sie auf die Explosion ihres Chefs wartete. Aber diesen Gefallen würde er ihr nicht tun! Stattdessen sagte er wie der liebe Märchenonkel: »Das ist ja alles sooo lieb. Aber das nutzt uns weniger im Falle unseres Toten. Weder Coco noch eine Siam haben unseren Mann in den Lech geworfen, oder? So was tun die lieben Tierlein doch sicher nicht.« Gut, eine gewisse Ironie musste schon erlaubt sein.

Felix gab ein grunzendes Geräusch von sich, Gerhards Lippen zuckten.

»Ganz so unnütz ist das kleine Tierleben aber eben nicht«, verkündete Evi.

»Aha?«

»Nun, als Diogenes Coco mal gesehen hat, da hat ihn das Frauchen, das etwas distanzlos ist, gefragt, wie er heißt. Weil Coco das so schön nachplaudern kann.«

»Großartig!«, sagte Gerhard mit Inbrunst.

»Na, er hat gesagt, er heißt Martin«, rief Felix.

»Und hat er Coco auch seinen Nachnamen gesagt, Anschrift, Telefonnummer?«

»Nein, bloß ›Martin‹«, antwortete Felix, und man sah ihm an, dass er nachdachte.

Es gab Tage, an denen könnt man grad … Gerhard legte alle Ruhe in seine Stimme. »Das kann aber auch eine Lüge gewesen sein.«

»Wer würde einen Papagei belügen?«, fragte Evi. »Das ist ihm spontan rausgerutscht. Martin.«

»Kakadu«, kam es von Walter.

»Was, Kakadu?«

»Coco ist ein Kakadu.«

»Oh ja«, stöhnte Gerhard und sah Evi flehend an.

»Also, es geht ja noch weiter: Bei der Schildkrötenjagd ist Walter mit seinem Kumpel, auch Dauercamper, nochmals los, in der Nacht, weil's da ruhiger ist. Mit Stirnlampen sind sie über den Platz gekrochen, und wo war das liebe Tierlein? Hinter dem Pod.«

»Genau«, sagte Walter. »Wir haben die Lampen dann gelöscht, wir wollten ja niemand erschrecken. Es war eine mondlose Nacht. Und im Fass war noch Licht. Um drei Uhr nachts. Die Tür war offen, da drin wird es ja sehr warm, wenn den ganzen Tag die Sonne drauf brennt. Der Mann saß an dem Ausziehtisch, er hatte Papiere ausgebreitet und den Laptop offen.«

»Gut, dass der eher nachts gelebt hat, wissen wir ja. Das tat der in Bayern so hoch geliebte Kini übrigens auch«, sagte Gerhard nicht gerade freundlich. Das war doch zum Mäusemelken. Oder Kakadubesprechen.

»Ja, aber Walter hat im Schatten der Finkota einen weiteren Mann gesehen, der ein Teleobjektiv eindeutig auf das Fass gerichtet hatte.«

»Genau!« Walter nickte.

»Diesen Mann haben Sie aber nicht gekannt? Erkannt? Schon mal vorher gesehen?«

»Nein, er stand im Dunkeln. Ich hatte das auch vergessen, aber mir sind die Schildkröten wieder eingefallen. Und damit diese Nacht.«

»Und das ist wann gewesen?«

»Also, ich hab das überlegt. Das war an dem Tag, als beim Bogenschießen mit Kindern fast ein Hund hätte dran glauben müssen.«

Der Chef des Campingunternehmens war nämlich eigentlich Arzt und auch sonst ein Tausendsassa, der »wie magisch« fotografieren konnte, das behauptete jedenfalls der gute Walter. Und wenn er nicht gerade auf Expedition in Kamtschatka war, fuhr er Rennrad mit Gästen oder beaufsichtigte das Bogenschießen. Ob der auch mal in seiner Praxis war?, fragte sich Gerhard. Das Bogenschießen war vor vierzehn Tagen gewesen, das hatte sich leicht nachvollziehen lassen. Da hatte Diogenes also noch gelebt.

»Walter, wir danken Ihnen. Sie halten weiterhin die Lauscherchen und die Äuglein auf. Danke fürs Getränk.«

Der gute Walter verstand sehr wohl, dass das ein Rauswurf gewesen war.

»Dank sei Coco, den Schildis und Walter«, rief Gerhard, als Walter weg war.

Wieder streckte jemand den Kopf herein. Es war die junge Frau aus Israel. Sie steckte in einem rotgoldenen Bikini im Bond-Girl-Style, was Gerhard für einen Moment die Sprache verschlug und Felix zu einem Japsen verleitete, als würde er kurz vor dem Erstickungstod stehen. Gott im

Himmel oder Jahwe über Jerusalem: Beim letzten Treffen hatte das Mädchen ein Schlabbershirt und eine Jogginghose getragen. Herausgeschält hatte sich eine bronzefarbene Göttin. Melanies Augen sprühten Giftpfeile, und Evi sah weg.

»Hallo!«, sagte Gerhard. Was war er für ein Depp! »*Hello, can I help you?*« Nur allzu gern würde er diesem Zauberwesen helfen. Bei allem. Immer. Überall. Tags und nachts.

Sie lächelte schüchtern und berichtete, dass sie nun wüssten, wo ihnen Diogenes untergekommen war. Im Auerbergmuseum in Bernbeuren. Sie hatten an diesem Tage getwittert: »*Romans like in Caesarea. Much colder here on the breathy Auerberg.*«

Sie hatten im Museum an einer Führung teilgenommen, der Fass-Nachbar auch. Er hatte wohl kurz gegrüßt, und sie hatten ihn dann aus den Augen verloren, weil sie den Auerberg noch hinaufgewandert waren. Das war aber schon siebzehn Tage vor seinem Tod gewesen. Auch da hatte er noch gelebt.

Während die Göttin noch sprach, kam ihr Lover. In einer Hipster-Hose. Nun riss Melanie die Augen auf, und Evi sabberte. Da war sich Gerhard sicher. Er sah dann besser mal weg und zog unwillkürlich den Bauch ein. Er wollte das Waschbrett nicht unbedingt sehen. Das war sicher aufgeklebt. Zumal der Typ sicher deutlich älter war als die Göttin. Auf Ende dreißig oder gar älter schätzte Gerhard ihn schon. Sie war doch höchstens makellose zwanzig. Was wollte die von dem? Und überhaupt: Gab es solche Waschbretter? Kein Mann konnte sich so was antrainieren. Oder eben doch, wenn man Weißbier wegließ, Leberkassemmeln auch und noch so die eine oder andere Mahlzeit durch Rauchen von Marihuana ersetzte …

Gut, er hatte früher nach dem Genuss von derartigen Tüten immer Heißhunger auf Süßes bekommen. Jo hatte in ihrer Verzweiflung, weil keine Schokolade da gewesen war, dann zweihundert Gramm Kuchenkuvertüre in die Runde geworfen. War ihm übel gewesen! Alles keine Ruhmesblätter, aber solche Jugendsünden machten das Leben erst bunt. Aber auch als junger, recht durchtrainierter Bergsportler hatte er nie so ein Waschbrett besessen. War auch nie so glatt rasiert gewesen wie ein Aal. Man sah den beiden Mädels an, dass es in ihren Fingerspitzen zuckte. Einmal anfassen, bitte!

Gerhard bedankte sich, um das Brett loszuwerden, und rief Evi zum Abmarsch. Im Auerbergmuseum also hatten die Göttin und das Waschbrett Diogenes gesehen. Ab ins Museum. Sonst hatten sie ja nichts, vielleicht würden sie da etwas erfahren. Im Vorbeigehen an der Rezeption sahen sie das Wesen im Shop.

»Wenn du die jetzt weiter mit den Augen ausziehst, Weinzirl, kannst du allein weitermachen. Schon mal was von professioneller Distanz gehört?«, giftelte Evi.

Gerhard verzichtete auf den Hinweis, dass da wenig auszuziehen sei. »Evi, jetzt mildere dein Temperament. Wie könnte ich Augen haben für eine andere – bei der liebreizenden Kollegin.«

»Arsch.«

»Ja, der ist ganz in Ordnung«, konterte er und zückte sein Handy.

Das Museum hatte gerade geschlossen, Gerhard bekam aber Kontakt zum Vorsitzenden des Museumsvereins. Der gerade noch unterwegs war, aber in einer Stunde aufsperren wollte. Das kam Gerhard zupass. Denn womit konnte man Wartezeiten am besten überbrücken? Weißbier und ein gesundes Stück totes Tier. Der Kroate fiel ihm ein, und genau dahin würde er Evi einladen.

Der Kroate hatte sich in einem gewissen »Lechbrucker Hof« eingenistet, der sicher schon mal was anderes gewesen war als so ein mediterranes Objekt. Man konnte draußen sitzen, sie nahmen Platz, am Nebentisch wurde getuschelt. Campingleute, die die Kommissare erkannt hatten. Die Ermittlungen brachten Spannung zwischen Zelt und Caravan.

Es gab eine Mittagskarte, und die war voll von all dem, was ein Mann brauchte. Gerhard entschied sich für Cevapcici, die hatte er sonst ja nie. Evi nahm die gebackenen Champignons; na, was Pilzgerichte betraf, da hatte Baier ja schon Entwarnung gegeben. Das Weißbier kam schnell, präzise, kalt, der Kellner machte ein paar humorige Bemerkungen in einem Dialekt, den Evi wohl anbetungswürdig fand.

»Sag du noch mal was zu mir! So wie du den anflirtest.«

»Das kann man nicht vergleichen!«, sagte Evi in einem Ton, wie ihn nur Frauen beherrschten.

Und der Kellner war auch wirklich sympathisch, dazu professionell. Die Griechen, die Italiener, die Kroaten, die konnten einfach, was so manchem bayerischen Gastronomen fehlte: Hier hatte man das Gefühl, willkommen zu sein. In mancher bayerischen Kneipe hingegen hatte man den Eindruck, sich für jede Bestellung entschuldigen zu müssen. Was, Sie wollen hier was essen ...? Frechheit!

Vier

Die Stimmung war in jedem Fall bestens. Evi feixte, als sie gezahlt hatten und aufstanden. »Weinzirl geht ins Museum, dass ich das noch erleben darf!«

»Sehr witzig, Evilein.«

Sie umkreisten einen überdimensionierten Kreisverkehr. Oberhalb wurde gebaut fürs Traumwohnen im Königswinkel, wie da stand. Die Häuser passten nicht zusammen, jedes spiegelte wohl den Geschmack des Erbauers wider, und manche mussten einen sonderbaren Geschmack haben. Links der Straße ging es bald schon zu einem Golfplatz. Vielleicht sollte er das anfangen, bevor er im Alter gar nichts mehr hatte ...

Links von ihnen lag auch der Auerberg, davor eine bucklige Gegend: bäuerlich, ruhig. Wie bei ihm zu Hause. Gerhard stutzte. War zu Hause noch das Allgäu? Oder war es Weilheim? Er fühlte sich immer noch als Allgäuer, diese Landschaft war in sein Herz und seine Seele eingebrannt.

Bernbeuren war ein gemächlicher Ort, schmuck. Und nach zweimaligem Linksschwenk standen sie vor dem Museum. Er hatte insgeheim gehofft, dass es sich um ein kleines Museum handeln möge und er nun nicht von Evi genötigt wurde, sich das auch noch stundenlang anzusehen. Sein Wunsch wurde erhört: Im Zentrum von Bernbeuren stand ein altes Haus, das schon aufgrund seiner geringen Außenmaße Anlass zur Hoffnung gab.

»Ist das romantisch«, hauchte Evi.

»Ja, wahnsinnig romantisch, so alte Bauernhäuser. Der Kachelofen zog nicht richtig. Im Obergeschoss in den Schlafzimmern hatte es Reif auf den Bettdecken ob der Kälte. Die Leute saßen beim Schlafen mehr, als dass sie lagen. Weil sie alle lungenkrank waren und den Auswurf hatten. Drum gibt es auch so kleine Spucknäpfe auf dem Nachtkastl. Für dich, Evilein, der es bei fünfundzwanzig Grad noch zu kühl ist, sehr romantisch!«

»Du bist grausam, Weinzirl.«

»Ja, die Realität ist eine der grausamsten«, grinste Gerhard und begrüßte Paul Lustig, den Vorsitzenden des Museumsvereins, der zu erzählen wusste, dass rührige Helfer insgesamt rund achttausend ehrenamtliche Stunden Arbeit in das Museum gesteckt und das völlig marode Kiebelehaus renoviert hatten. 2006 hatten sie begonnen und schon 2009 eröffnet – den bayerischen Staatspreis hatte es 2011 gegeben.

»Ein Allgäuer Ständerbohlenbau aus dem frühen 18. Jahrhundert, schätz ich. Das war wahrscheinlich ein Handwerkerhaus mit kleiner Landwirtschaft, in dem Fall war es eher der Schäffler als der Kiebler gewesen, oder?«, sagte Gerhard mit ganz lässig dahingeworfenen Sätzen.

Evi starrte ihn an. Völlig fassungslos. Gerhard grinste in sich hinein. Er hatte gestern ein wenig über die Region gegoogelt. Er hatte sich vorbereitet, aber das würde er Evi nicht aufs hübsche Näschen binden. Außerdem hatte er tatsächlich Ahnung vom Allgäuer Bauernleben, und weil ihn der

Herr Lustig auch anerkennend betrachtete – wahrscheinlich hielt der sonst wenig von der Polizei –, warf er ein: »Eine Freundin von mir lebt in einem denkmalgeschützten Haus, auch in dieser Bauweise.«

Das stimmte ja nun wirklich, Jo hockte in so einem Denkmal, dem man mühsam ein paar Errungenschaften der Moderne aufgezwungen hatte. Heizung, warmes Wasser, Leitungen. Strom sogar!

»Ja, sind selten, solche Häuser. Oft sind sie Bränden zum Opfer gefallen oder abgerissen worden«, sagte der Mann. »Aber Sie haben ja wahrscheinlich ein anderes Anliegen.«

»Sie haben kürzlich mal eine Führung gemacht, bei der ein Mann und eine junge Frau aus Israel dabei waren, einige andere Gäste und ein Mann. Für den interessieren wir uns.«

»An die junge Frau erinnere ich mich.«

»Klar!«, entfuhr es Evi.

Gerhard grinste in sich hinein. »Sie war in Begleitung eines glutäugigen Mannes, so etwa Ende dreißig. Wir aber meinen diesen Mann.« Gerhard hielt ihm ein Foto hin.

Lustig betrachtete es genau. »Das sieht so aus, als handle es sich um den Toten aus dem Stausee? Die Zeitung war ja voll davon.«

»Ja – und der Mann scheint hier gewesen zu sein.«

»Stimmt, da sah er allerdings etwas …«

»… frischer aus?«, ergänzte Gerhard, was ihm wieder einen bösen Blick von Evi einbrachte.

»In etwa. Ja, der Mann war da, und er hat mich nach der Führung über das Museum ausgefragt, über den Stand der Forschung, ob neue Grabungen geplant seien. Er war eindeutig vom Fach, würde ich sagen.«

»›Vom Fach‹ heißt?«

»Historiker, Lehrer, Archäologe – irgendetwas dieser Couleur.«

»Hat er seinen Namen genannt?«

»Nein, er war seltsam verschlossen. Er sprach in jedem Fall ein gepflegtes Hochdeutsch, und sein Sprachduktus war mehr der eines Akademikers. Er wirkte auf mich auch ein wenig gehetzt. Gesund sah er auch nicht aus. Ich hab dann nochmals nachgefragt, ob er Lehrer sei. Er verneinte und erklärte, Römer wären einfach sein Steckenpferd. Zora kam dann noch dazu.«

»Zora?«

»Zora Bach, Biologin und Archäobotanikerin.«

»Archäo... was?«

»Das sind Menschen, die darauf spezialisiert sind, Pflanzenresten Geheimnisse zu entlocken. Auch diese kleinsten Teile und gerade die sind wichtige Puzzlesteinchen. Man findet ja nicht dauernd Krüge oder Stelen, Dolche oder wirklich Aussagekräftiges.«

»Und Frau Bach hat auch mit ihm geredet?«, fragte Evi.

»Ja, ich musste dann weg. Ich organisiere auch Jazzkonzerte. Da bin ich oft sehr eingebunden. Am besten, Sie fragen sie. Warten Sie, ich ruf schnell an. Sie wohnt auch in Bernbeuren.« Er zückte ein Handy, plauderte ein wenig und sagte dann: »Sie ist da.«

Als sie alle vor die Tür traten, radelte ein Mann auf einem Rennrad vorbei.

»War das nicht der Dingsbums, der Witzbold, der ...?«, fragte Gerhard.

»Wigald Boning, der wohnt hier, wie Doris Dörrie auch.

Man schätzt hier die Zurückgezogenheit. Prima Kerl, der Boning, und ein Mordssportler. Ausdauersport, Rennrad, Langlauf, der ist sagenhaft fit.« Herr Lustig lächelte, drückte ihnen noch einen Museumsführer in die Hand. »Ich bin nachher noch da. Kommen Sie doch noch mal vorbei, ich zeig Ihnen unser kleines Schmuckstückchen.«

»Gern«, sagte Evi, und »Von mir aus«, dachte Gerhard und blickte dem Radler hinterher. Ja, es waren oft die weniger plakativen Regionen, die Plätze des Understatements, die sich ganz behutsam in Herzen schmuggelten. Boning lebte hier, ein Exlehrer wusste alles über Römer und stand auf Jazz. Eine Archäobotanikerin arbeitete hier. Es lag so viel hinter den Fassaden. Gerade am Land. Es gab die Welt der Bauernschaft, wie es sie immer gegeben hatte. Aber es gab auch eine Nebenwelt, die Menschen bevölkerten, die anders waren. Denen die urbane Boheme eben zu städtisch war. Die zogen aufs Land. Oft ganz still und unerkannt.

Frau Bach war gerade vor der Garage dabei, ein paar Ähren zu einem Buschen zu arrangieren.

»Hallo. Sie wurden mir angekündigt.« Sie lächelte offen und folgte Evis Blick. »Roggen, Gerste, Weizen. Ich dekoriere für eine Sonderausstellung. Sie sind von der Polizei? Wegen der Leiche im See? Der Mann war vorher bei uns?«

»Ja, er hat wohl auch mit Ihnen gesprochen.« Evi reichte ihr das Bild.

Sie wirkte nicht geschockt. Nur konzentriert. »Ja, der Mann hat mit mir gesprochen. Merkwürdiger Mensch. Aber kommen Sie doch herein. Moment.«

Wenig später öffnete sich die Haustür. Überall standen Pakete herum. »Alles Proben von diversen Ausgrabungen.

Aus ganz Europa. Eigentlich Erdklumpen aus der ganzen Welt. Die muss ich alle noch analysieren.«

»Und wie machen Sie das?«, fragte Evi.

»Kommen Sie ruhig mit. Ich kann Ihnen das demonstrieren.« Sie durchschritten den Keller, wo es in einer Art Waschküche eben auch wieder Schlamm gab, aus dem sie mit immer kleiner werdenden Sieben Partikel herausspülte. Dann ging es wieder nach oben. Sie setzte sich vor ein Mikroskop und heftete die Augen fest darauf. Winzige Fitzelchen lagen darunter. Sie sagte euphorisch: »Das sind Samen von Dill und Koriander, ganz typisch für die Römer!«

»Und das wissen Sie einfach so?«, staunte Evi.

Sie lachte. »Etwa achthundert Samenarten kann ich aus dem Kopf benennen, für die restlichen habe ich Setzkästen mit Vergleichsproben und Bestimmungsbücher.« Sie war aufgestanden und zog Schubladen auf. Da lagerten schier unendliche Mengen von noch mehr Fitzelchen, die für Gerhard alle in etwa gleich aussahen.

»Faszinierend«, sagte Evi. »Und das machen Sie die ganze Zeit?«

Sie lachte. »Nicht unentwegt, aber das hier ist schon Basis meiner Arbeit.«

»Und Sie waren auch am Museum beteiligt?«

»Ja, was die kulinarische und die pflanzliche Seite betrifft, sozusagen. Am Auerberg wurden Dill, Koriander, Sellerie, Feldsalat, Feigen, Birnen und Süßkirsche gefunden, das sind typische Ingredienzien der römischen Küche. Wir haben im Museum Teller aufgestellt, auf denen typische Gerichte stehen. Vielleicht gibt es ja mal einen Kochkurs ›Kochen wie die Römer‹. Ich meine, Sumen, das wäre Schweineeuter, muss ja nicht unbedingt sein. Globuli, das wären kleine Mohnkugeln mit Himbeeren, munden auch heute, genau wie lukanische Würstchen. Die kamen übrigens sogar beim großen Cicero schon vor, sie waren Inhalt seines Briefwechsels mit Paetus!«

Womit sich Menschen so alles beschäftigten! Immerhin hatte es Würstchen gegeben. Und plötzlich hatte Gerhard eine Idee.

»Wie steht es denn mit Pilzen bei den Römern?«

»Pilze, nun ja: Einerseits war man der Meinung, sie hätten eine positive Wirkung. Gewisse Sorten gab es für die Soldaten als Stärkungsmittel, damit sie kühn in den Kampf zogen. Andererseits wusste man durchaus, dass Pilze giftig sein konnten, und zwar nicht per se, sondern wegen äußerer Einflüsse. Pilze, die neben verrostetem Eisen standen oder neben einer Schlangenhöhle oder neben einem Baum mit giftigen Beeren, nahmen das Gift jeweils an. Bleivergiftungen sind ein großes Thema bei den Römern. Giftmörder mischten gern Cocktails mit Pilzen und anderem Gift, da die Todesursache sehr häufig gar nicht feststellbar war oder nur sehr schwer.«

Cocktails, aha. Cocktails, in denen auch Eisenhut enthalten war, vielleicht? Er hielt sich zurück und wartete, was wie immer funktionierte und Leute zum Weiterreden animierte.

»Im Jahr 54 nach Christus wurde Claudius mit Pilzen vergiftet. Seine Frau Agrippina hatte sie gekocht, um für Nero den Weg zum Thron freizumachen«, sagte Zora Bach.

»Was für ein Pilz war das?«, fragte Evi.

»Meines Wissens ein Grüner Knollenblätterpilz. Der ist generell für fast alle Pilzvergiftungen mit Todesfolge verantwortlich. Lange konnte man gar nichts tun, heute kann man

Menschen, wenn man es früh genug erkennt, eventuell auf der Intensivstation noch retten.«

Gerhard sah Evi an, Frau Bach war dem Blick gefolgt.

»Sie wollen jetzt aber nicht sagen, dass …«

»… der Mann am Knollenblätterpilz gestorben ist. Quasi – und das, bevor er in den Lech gefallen ist oder hineingestürzt wurde. Was fällt Ihnen dazu spontan ein?«

Sie überlegte und sagte dann vorsichtig: »Spontan, dass man beim Pilzsammeln nicht genug aufpassen kann.« Sie zögerte. »Aber weil Sie nun gerade mich, die Wissenschaftlerin, fragen, drängt sich mir da ein Gedanke auf. Das ist fast eine Art Zitat. Eine Anspielung auf historische Todesfälle. Auf prominente Todesfälle.«

Da war es! Gerhard spürte das Kribbeln. Er spürte es zum ersten Mal, seit er den Toten gesehen hatte. »Anders gefragt: Wer mordet so?«

Sie überlegte und lächelte verhalten. »Ein Biologe. Ein Historiker. Ein Pilzkundler. Oder eben doch die perfide Hausfrau, die den Gatten weghaben will. Eine moderne Kräuterhexe vielleicht. Es wimmelt hier ja neuerdings von Kräuterpädagogen. Sie alle wissen um die Heilkräfte der Pflanzen und deren unheilvolle Kräfte.« Sie machte eine kurze Pause. »Ein Archäobotaniker weiß viel über Pflanzen.« Sie stockte. »Also, ich war es aber nicht!«

Das hatte Gerhard auch nicht angenommen, wobei er das aber auch nicht ausschließen wollte. Die Frau hatte das Wissen, und sie hatte Kontakt zu dem Mann gehabt. Auch nette Damen morden. Und wie hatte Baier gesagt? Frauen waren nun mal die größeren Giftmischerinnen. Sie hielten sich zurück bei Messern und Schusswaffen. Aber Gift oder das

Ersticken von unliebsamen Zeitgenossen im Bett mit Kissen – da waren sie groß. Überhaupt, die holde Weiblichkeit. Waren Frauen kommunikativer und empathischer? Wäre eine Welt regiert von Frauen eine bessere Welt? Er, Gerhard Weinzirl, bezweifelte das. Frauen waren nicht nur die lieben Mamas, ihre Kommunikation war ein zänkisches Beharren und Empathie auch nur eine Spielart, wenn sie ihnen gerade in den Kram passte. Es hatte auch in der Historie genug böse Frauen in Machtpositionen gegeben. Nein, er, Gerhard Weinzirl, glaubte daran nicht und hätte so was Ketzerisches nie ausgesprochen.

»Herr Lustig sagte, der Mann sei vom Fach gewesen?«

»Ja, bestimmt. Ich meine, ich kann jetzt über seinen Beruf nichts sagen, aber er hatte profundes Wissen über die Römer. Wir haben sehr oft Leute da, deren Hobby Geschichte ist, wir haben Studenten, Dozenten. Der Mann war in der Materie. Ohne Zweifel.«

»Und er hat gar nichts zu seiner Person gesagt?«

»Lassen Sie mich das mal memorieren. Ja, also, ich habe ihn gefragt, ob er hier Urlaub macht. Und er sagte, ja, er würde gern Rad fahren. Ich fragte, wo er untergekommen sei. Er sagte: ›In der Nähe.‹ In der Rückschau war das alles etwas merkwürdig, aber andererseits sind ja auch nicht alle Menschen so geschwätzig.«

Wie wahr, dachte Gerhard. »Und können Sie sich erinnern, was er Sie gefragt hat?«

»Ja, ihm ging es um den aktuellen Wissensstand am Auerberg. Wer forscht, ob neue Ausgrabungen geplant sind. Wie der Stand der Publikationen ist. Solche Dinge. Mögen Sie einen Kaffee? Oder lieber was Kaltes?«

»Wasser wäre schön«, sagte Evi.

Im Wasser ficken Fische, dachte Gerhard. Ein Weißbier wäre toll. »Ja, Wasser wäre sehr schön«, sagte Gerhard.

»Kommt gleich«, sagte sie und hantierte in der Küche, in der auch überall Proben und Plastikbehälter standen; ja, diese Frau lebte für ihre Erdklumpen und deren dem Laien völlig unsichtbaren Inhalt.

Als das Wasser vor ihnen stand, fragte Gerhard: »Ist es denn ungewöhnlich, sich für den Wissensstand zu interessieren?«

»Nein, gar nicht. Es ist nur so, dass der Auerberg jetzt nicht gerade im Fokus des Weltinteresses steht. Sie werden hier in der Region schon genug Leute finden, die keine Ahnung von einer Römerbesiedlung haben.«

So wie er selbst, dachte Gerhard leicht amüsiert.

Sie übersah sein Grinsen höflich. »Aber das wäre ja auch kein Grund. Deswegen kann der Einzelne ja dennoch ein Spezialinteresse haben. Sehen Sie, ich kann das auch nur sehr schwer fassen, aber der Mann war … wie beschreib ich das? Er war irgendwie fiebrig … Verdammt, verstehen Sie, was ich meine?«

Gerhard verstand sehr wohl, was sie meinte. Auch er fand häufig keine Worte oder die falschen oder die zu späten. Er hatte eine Vorstellung. Der Mann war einer, der für die Thematik entbrannt war. Der immerhin zwei Monate hatte bleiben wollen. Einer, der angesichts seiner Ausrüstung ja wohl auch gebuddelt hatte. Er hatte etwas gesucht, der fiebrige Mann aus der Tonne.

»Hatte er etwas dabei, im Museum?«, fragte Gerhard.

»Eine sehr gute Kamera. Das war auffallend, weil die

meisten Menschen ja diese winzigen Dinger haben, die Exponate anblitzen, die natürlich spiegeln und reflektieren. Die Fotos sind sicher alle Schrott.«

Gerhards Handy krähte. »'tschuldigung«, sagte er zu den beiden Damen. »Oh ... okay ... Sie haben mir das alles gemailt? Danke!« Er sagte zu Evi gewandt: »Das war der Kollege aus Paderborn. Wir sollten ins Büro zurück.«

Frau Bach lächelte. »Sie können mich jederzeit wieder kontaktieren. Sie scheinen ja jetzt interessante Neuigkeiten zu haben.«

»Wir melden uns in jedem Fall. Danke, Frau Bach.« Gerhard war aufgestanden, Evi erhob sich notgedrungen auch.

Als sie draußen waren, rügte ihn Evi. »Das war aber ein unhöflicher Aufbruch.«

»Evi, wir wissen wohl, wer Diogenes war. Paderborn hat angerufen. Paderborn hat schwer gearbeitet. Das rechtfertigt Unhöflichkeit. Und diese Römer laufen uns nicht weg. Sie sind schon länger tot. Sehr viel länger als unser Diogenes.«

»Echt? Wer ist er denn?«, rief Evi.

»Das müssen wir erst mal verifizieren, und dazu werden wir unser kühles Büro aufsuchen, Evilein.« Was natürlich ein Joke war, denn das Büro hatte Sauna-Qualitäten.

Er verließ Bernbeuren, und bald schon kam der Haslacher See ins Bild. Moorwasser, jede Menge Luftmatratzen auf dem See. Badespaß, Hochsommergefühl. Wer eine perfekte Urlaubslandschaft hätte erfinden wollen, hätte es nicht besser machen können. Südseitig die Berge als großartige Kulisse, dazwischen hügelige Weite und jede Menge Seen. Zu noch einem Golfplatz ging es hier weg, eventuell musste er wirklich mal über einen Schnupperkurs nachdenken. Er war Mitte vierzig, und Sex hatte er momentan ja auch keinen ... Er durchkurvte Burggen, auch sehr hübsch, und als ihn die Schnellstraße wiederhatte, verflog das gute Gefühl. Er hatte einen Fall! Nicht Auerbergland-Urlaub gebucht. Leider!

Gerhard hatte sich eine Viertelstunde ausbedungen, hatte dann die Infos aus Paderborn sortiert und ausgedruckt. Dann hatte er seine Leute um sich geschart.

»Also, liabe Leit, in Paderborn haben die Palmers mal nachgedacht. Sie haben ihre Terminkalender durchforstet. Und da fiel dem Herrn Politprofessor auf, dass er ein Klassentreffen gehabt hatte. Abiturjahrgang 1980. Es war feucht-fröhlich gewesen, und am Ende war er mit fünf alten Spezln in eine sehr bierselige Laune verfallen. Man hatte in Erinnerungen geschwelgt. Lehrer durchgehechelt. Festgestellt, dass die ehemaligen Klassenschönheiten ziemlich verblühte Schabracken geworden waren, die eher unscheinbaren Mauerblümchen hingegen attraktive Frauen. Man hatte festgestellt, dass die Männer an Kopfhaar verloren hatten, an Bauch dazugewonnen, auch an den Haaren, die aus Nasen und Ohren sprießen. Wie das eben so ist bei Klassentreffen.« Gerhard grinste.

»Danke für eine kleine Philosophie über das Wesen der Schulreminiszenzen. Um was geht es eigentlich? Wollen wir nicht bei der Sache bleiben?«, maulte Evi.

Wie alle Frauen brachte sie ihre Neugier einfach um. Dabei lag in der Ruhe die Kraft. Felix, ganz auf Gerhards Linie, sagte trocken: »Mir warn im ›Hänsels‹. Die Anna, die, wo die Schönste in der Klass gewesen ist, hat gekotzt wie ein Reiher. Und die Julia, die, wo ausgsehn hat wie ein Model, is ausanander wie a Dampfnudel.«

»Du wirst auch schon mal bessere Zeiten gesehen haben!«, rief Melanie und pikste Felix in die kleine Wampe.

»Habt ihr's jetzt!«, donnerte Evi.

»Haben wir. Also, Leute. Der Palmer, der auch alles andere als nüchtern war auf seinem Treffen, erinnert sich, dass sie sich dann bei der zigsten Runde Korn ihre Bilder aus alten Führerscheinen und neueren Ausweisen gezeigt haben. Und sie haben ihre Mitgliedskarten und Firmenausweise und was man eben sonst noch so an Identität im Geldbeutel trägt, auf den Tisch geklatscht und sich beölt, weil der eine Locken gehabt hatte, der jetzt aussieht wie Telly Savalas, und der andere lange eine Pornobremse im Gesicht trug. Und der nächste Minipli. Irgendwie ging alles drunter und drüber am Tisch. Und Palmer meinte, er habe seinen Ausweis nicht mehr eingesteckt.«

»Ja und?«, fragte Felix in seiner legendären Begriffsstutzigkeit.

»Irgendeiner von den anderen vier hat den Ausweis genommen, du Depp!«, sagte Melanie.

»Oder die Bedienung oder der Kellner«, meinte Evi und sah Melanie strafend an.

»Ja, ihr Lieben. Gut erkannt. Nun hat der Kollege im schönen Paderborn das Foto von Diogenes gezeigt, und Palmer hat darauf seinen alten Schulfreund Martin Evers erkannt. Oder zu erkennen geglaubt, weil Evers auf dem Bild als Wasserleiche einfach nicht so gut getroffen ist.«

Es wurde ganz still im Raum. Dann sagte Melanie: »Martin, da habt ihr es. Dann hat er dem Kakadu doch die Wahrheit gesagt.«

»Ja, wer würde denn den Kakadu belügen! Wie konnte ich das nur jemals annehmen?«, grinste Gerhard.

»Reiß dich zamm, Chef! Ist Evers also der Tote?«, fragte Evi.

»Genau das ist nun euer Job. Martin Evers hat Geschichte und Kunst studiert. Wollte Lehrer werden. Bekam wegen sehr mittelmäßigem Abschluss keinen Job. Studierte dann noch irgendwas mit Medien dazu. So weit die Infos von Palmer.«

»Wusste Palmer denn nicht mehr? Die haben sich doch den Abend und die halbe Nacht um die Ohren geschlagen bei diesem Klassentreffen«, sagte Evi.

»Evi! Wann wirst du das Wesen von Männerfreundschaften begreifen? Männer müssen sich nicht jedes Detail ihrer letzten zwei Jahre oder zwei Monate oder zwei Tage erzählen. Wer was zu sagen hat, spricht. Wer eben nichts zu sagen hat, der erzählt vom Auto. Vom Hausbau. Vom Holzhacken. Vom Fußball. Von seiner Stammkneipe. Oder schweigt. Da hakt man nicht nach. Da bohrt man nicht mit kleinen, spitzen Fingerchen rum. Nein, nein, der wahre Wert einer Männerfreundschaft ist das Schweigen.«

»Genau. Bloß nie Position beziehen. Immer davonlaufen. Stets auf der Flucht. Niemals den Dingen ins Auge sehen.« Evi war heute aber wirklich spitzfindig und auf Konfrontation aus. Für die Pubertät zu alt, für die Wechseljahre viel zu jung, dachte Gerhard. Weiber waren sicher nicht die besseren Menschen!

»Evi, die Dinge kommen so oder so. Warum schon vorher

endlos darüber reden. Und wenn sie nicht kommen, noch besser. Dann wäre es ja noch blöder gewesen, darüber zu reden.«

»Wenn du mir jetzt mit dem doofen Satz kommst: ›Wir gehen über die Brücke, wenn wir davorstehen‹, dann töte ich dich!«

»Sag ich den so oft?«, fragte Gerhard verwundert.

»Ich hab ihn von dir schon gehört.«

»Ich bin ein Philosoph, oder, Melanie?«, lachte Gerhard.

»Männer!«, rief die nur mit aller Verachtung dieser Welt.

»Okay, Leute. Ihr bringt Licht in die Vita von Evers. Und versucht mal zartfühlend herauszufinden, ob der Mann irgendwo abgängig ist.«

»Und du?«, fragte Evi.

»Ich muss nun ein wenig mit der Staatsanwaltschaft und dem Pressesprecher plaudern.«

»Hä?«, machte Felix.

»Steigenberger, ›dr Hä isch bei de Henna‹, sagt der Allgäuer. Wir sagen: ›Wie bitte?‹« So sprach er, zwinkerte Evi zu, die bloß noch mit den Augen rollte, und verschwand.

Wenn Diogenes tatsächlich Evers war und damit in jedem Fall ein Mensch mit Faible für Geschichte, was hatte der dann hier gewollt? Gerhards Kernproblem war, dass er einfach viel zu wenig über diesen Auerberg wusste. Da hatte Frau Bach ganz recht gehabt. Und dieses Unwissen musste er ja nicht unbedingt Evi auf die Nase binden.

Er spürte, dass ihm der echte, tiefe Bezug zu dieser Gegend fehlte. Er joggte im Wald seiner Vermieter. Gut. Er ging in Peißenberg zu Toni, trank Ouzo, aß eine Dionysosplatte und selten auch mal zwei, wenn er viel Hunger hatte. Gut.

Aber er fühlte nicht. Er war immer noch wie ein Tourist. Er liebte den Blick von Polling in die Berge, seine Arbeit hatte ihn quer durch den Landkreis getrieben. Er fand Peiting sympathisch, Peißenberg authentisch. Er hatte Schongau als ausgesprochen schmuck erlebt. Weilheim war reizend und ein wenig langweilig.

Aber er verband mit all diesen Orten nicht das, was man verbindet, wenn man irgendwo aufgewachsen ist. All die schaurig-schönen Geschichten einer Jugend in einer Kleinstadt. Wo jeder Platz eine Bedeutung hatte. Die Freitreppe, weil da sein Kumpel Matthias mal so gekotzt hatte, dass er den Notarzt rief. Das alte »Colosseum«, weil er in diesem Kino zum ersten Mal hatte fummeln dürfen. Das »Residenzcafé«, weil er da für seine Mutter sonntags immer Butterzopf hatte holen müssen. Der Stadtpark, weil der Teil der »Allgäuer Feschtwoch« gewesen war. Käszelt, Weinzelt, Bierzelt. Der ganze wunderbare Platz vor der Basilika, weil Kemptens Wochenmarkt eben samstags immer die Auffangstation für alle Gestrandeten der Nacht gewesen war. Der St.-Mang-Platz, weil die Kneipen »Altstadt-Engel« und das »Nest« nahe gewesen waren. Der Ortsteil Lenzfried, weil ein Mädel aus der Clique zu endlosen Nachmittagen voller Gespräche ums Wesen der Welt geladen hatte. Durach, südöstlich von Kempten, weil man dort riesige Torten bei einer Kumpel-Mutter bekommen hatte.

Der »Nieso« und der Eschacher Weiher sowieso, weil da die Mädchen wenig getragen hatten, weil die Achtziger mit der Oben-ohne-Mode eben einfach sehr männerfreundlich gewesen waren. Der Grünten, weil man hier Ski gefahren war mit versoffener Birne und diese so hatte auslüften können. Die gewaltige Mädelegabel, weil da die Clique oftmals aufgestiegen war. Der Bschießer, weil er da seine besten Skitouren gemacht hatte.

Später dann Eckarts und das Bergstätt-Gebiet, weil Jo da gewohnt hatte. Weil sie so oft auf der Terrasse der »Traube« in Diepolz in Weinschorle, Weißbier und Seinerzeit-Geschichten geschwelgt hatten. Wo sie in die Nagelfluhkette gesehen und gewusst hatten, dass Gott ein Allgäuer war. Heimat war da, wo es Geschichten gab. Er mochte seine neue Heimat, aber diese Tiefe, die hatte sie nicht. Er lebte, und er lebte gut, aber er liebte nicht.

Wobei Liebe ja sowieso bei ihm so ein Problemfeld, ein Schlachtfeld war. Pat Benatars »Love is a Battlefield« war seine Hymne. Sein »Pega«, sein geliebtes »Pega«, das längst auch Geschichte war, fehlte ihm bis heute. Sie alle wären nicht zu dem geworden, was sie heute waren. Ohne Gino und das »Pega«. Nun war er hier. Gut angekommen. Gut integriert. Wohlgelitten. Er fühlte sich wohl.

Und er kannte Baier, der aus der Region stammte, der tiefe Wurzeln hatte. Solche, wie er selbst in Kempten hatte. Und Baier besaß eine Eigenschaft, die man nicht genug loben konnte. Er blieb knapp und ohne unnötige Theatralik. Baier wusste sicher viel über den Auerberg und vor allem das, was über das Reiseführer-Niveau hinausging. Auch was über Stammtischparolen hinausreichte. So bärbeißig er manchmal erschien, Baier war der Schöngeist von ihnen beiden! Baier kannte die ganz feinen Nuancen.

Gerhard versuchte, den Schöngeist zu erreichen. Er war aber weder zu Hause noch am Handy. Der sollte noch mal über ihn ein Urteil fällen! War ja selbst unerreichbar. Wahrscheinlich war er mit einer seiner Rentnergangs unterwegs. Baier hatte Glück, dass seine Frau vor lauter Ehrenämtern auch nie zu Hause war. Also konnte er schalten und walten, wie er wollte.

Gerhard hatte das dringende Gefühl, Baier treffen zu wollen, aber das musste jetzt warten. Seine Meetings zogen sich hin. Als er retourkam, überlegte er kurz, ob er Evi nach Neuigkeiten befragen sollte. Aber so übellaunig, wie sie heute war, hätte sie das vielleicht falsch verstanden, sich angegriffen gefühlt, weil solche Recherchen natürlich Zeit brauchten.

Also verschwand Gerhard und sauste mit Seppi durch den Wald. Trank Wein mit seinem Vermieter, der neben Jo der einzige Mensch war, der ihn auch zum Wein statt des Weißbiers animieren konnte. Nach einer Flasche Lugana ging er ins Bett.

Fünf

Als erste Amtshandlung des Tages brachte Gerhard Evi einen Cappuccino mit. Und heute fragte er auch nach Ergebnissen und erhielt die Antwort, dass sie noch dran sei. Aber ihre Laune war besser, und Gerhard wusste, dass Evi es liebte, sich in eine Sache reinzuknien und in den Weiten des Internets zu stöbern. Sie wäre sicher auch eine gute Journalistin geworden.

Gerhard hatte ein paar längere Telefonate zu führen, es war halb elf, als er sich sein Handy griff und Baier dranhatte.

»Gott zum Gruße. Wo sind Sie?«

»Wir sitzen gerade bei Volker. Auf eine Halbe. Frühschoppen. Dazu etwas Kas und Salami.«

Das klang schon mal sehr gut. »Wer ist Volker? Noch so ein junger Römer?«

»Nein, der Herr Doktor. Kommen Sie einfach her.«

»Wo ist ›her‹?«

»Kreuth. Sie folgen der Beschilderung zur Villa Rustica. Lassen diese links liegen. In Kreuth durch die Kurve und dann rechts. Sie sehen uns. Sind im Hof.«

»Kann ich Seppi mitbringen?«

»Klar.«

Gerhard machte den kurzen Umweg nach Tankenrain, holte Seppi aus süßen Träumen und fuhr über Forsts steilen

Anstieg nach Hohenpeißenberg. Er musste endlich mal wieder mehr radeln, dachte er noch.

Er folgte Baiers Angaben, Kreuth bestand aus ein paar Höfen. Da stand irgendwas von »Radlerrast«? Er bog in einen Hof ein und sah sie gleich: Baier und drei weitere Männer. Sie saßen an einem Holztisch. Als Gerhard ausstieg, schossen erst mal weiße Wollknäule auf ihn zu. Kläfften, wedelten. Ein Mann rief sie mit mäßigem Erfolg zurück. Seppi sprang aus dem Bus, und es ward Stille. Die Wollknäule überlegten. Was war das? Seppi ging gemessenen Schrittes auf sie zu. Ein Welpe warf sich auf den Rücken. Seppi stupste ihn an und begann, ihm seinen rosa Bauch zu lecken. Zwei ausgewachsene Hunde kamen dazu, Seppi streckte die Vorderbeine aus, machte quasi einen Diener, bis seine Nase am Boden auflag. Und dann rannten sie. Seppi in himmelhohen Sprüngen, der Wuselhaufen hinterher. Seppi liebte alle Tiere, die kleiner waren als er. Und das waren im Reich der Hunde, Katzen und Kleintiere eigentlich alle!

Gerhard wurde vorgestellt, ein Bier kam. Das Glas hatte sich wahrscheinlich dem Spülen widersetzt oder war gerade nicht in die Verlegenheit gekommen. Was sollte es, Gerhard war ja keine Mimose. Er fügte sich nahtlos in die rustikale Runde, wo ein Ranken Käse – mit Bockshornklee aus der Wildsteig – und Salami standen. Die Salami nur aus dem Fleisch von Murnau-Werdenfelser Rindern, erfuhr er. Einer der Männer, einer von Baiers Mitstreitern, verabschiedete sich, man sah ihm nach.

Und weil Gerhard das, was er Evi erklärt hatte, hier nun konsequent umsetzte, sagte er wenig. Warf ab und zu was ein und wusste dann doch sehr bald, was zu wissen nötig war. Der Herr Professor Dr. Volker war einstmals Chef einer Frauenklinik in Straubing gewesen und war nunmehr seit zehn Jahren im Weiler Kreuth Landwirt – gänzlich unakademisch und wahrlich kein abgehobener Aussteigertyp. Der Mann züchtete bedrohte Haustierrassen wie das Schwäbisch-Hällische Schwein, Bergschafe, das Murnau-Werdenfelser Rind, die Thüringer Waldziege, die Bayerische Landgans, das Augsburger Huhn und den Mittelspitz. Ebenjene pfiffigen Tiere, die hier herumwuselten.

»Früher war das mal *der* Hund auf den Höfen. Wie der Schnauzer auch. Heute kräht kein Hahn mehr nach diesen tollen Hunden. Heute hat man Retriever oder Möpse«, sagte Baier.

Was de facto hier nicht stimmte. Hündin Trixi trieb gerade Hühner in ihren Pferch, und der Hahn krähte aus Protest. Gerhard hatte Bilder vor Augen. Spitze hatte es am Bauernhof seiner Oma immer gegeben.

»Wenn ich hier in Oberbayern einen Wurf Spitze in der Zeitung inseriere, dann finde ich grad so gute Plätze. Wenn ich das Gleiche in Niederbayern mache, dann melden sich dreißig Leute. Da ist der Spitz einfach noch mehr in der Seele der Menschen verankert«, sagte der Professor Dr. Volker.

Einer der Männer nickte dazu und sagte auch was. Gerhard verstand bloß fast nichts. Der sprach einen niederbayerischen Slang, der seinesgleichen suchte. Der Typ gefiel ihm, etwas verhaut eben. So wie das ganze Ambiente eben auch sehr kernig war. Handbepinselte Schilder, eine Tenne als Ausstellungsraum. Bilder von Murnau-Werdenfelser Kühen, Betrachtungen zum Thema »Wildnis wagen«, in einem weiteren Nebengebäude Werkzeug- Raritäten. Alles vom Hof, seit 1726.

Zwei Rennradfahrer schoben ihre Carbonräder über den Hof, sie hatten das Schild »Radlerrast« gesehen und schauten etwas merkwürdig aus der Funktionsradlerwäsche angesichts der Trauerränder an den Gläsern und der Runde, die da saß. Schnell waren sie wieder weg. Die Bierrunde hingegen saß und schwieg und sah Seppi zu, der nun als Lagerplatz für zwei Spitze diente. Und wieder spürte Gerhard dieses Gefühl, das er auch in Bernbeuren gehabt hatte. Hier gab es Menschen, die entzogen sich allen Schubladen.

Evi wäre das alles viel zu langsam gegangen, zumal sie als Abstinenzlerin und Vegetarierin hier ziemlich fehl gewesen wäre. Und dem Käse hätte sie auch nicht vertraut, bloß weil das Messer vorher augenscheinlich etwas anderes geschnitten hatte.

Der Herr Professor und das Sprachwunder zogen von dannen, weil der Nachbar auf einem Bulldog vorfuhr und es etwas zu besprechen gab unter Landwirten.

»Habt ihr euer Graben unterbrochen? Gutes Platzl hier«, sagte Gerhard nach einer Weile.

»Wir graben doch nimmer«, sagte Baier. »Geht momentan nur noch um die Gestaltung der Außenanlagen, um den Küchen- und Heilkräutergarten nach römischem Vorbild. Da ist noch genug zu tun.«

»Ich war mit Frau Bach im Gespräch«, sagte Gerhard.

»Gute Frau, ja, mit ihr sind wir auch in Kontakt. Es geht ja generell darum, dass wir Zusammenhänge herstellen zwischen der Villa, dem Auerberg und der Via Claudia. Auch mit Epfach und Schwangau.«

»Baier, Sie wissen es ja: Ich bin ein Banause in solchen Sachen. Ich meine, ja, das ist toll mit der Villa, aber ...«

»Aber eben bloß Stoaner. Wie ich ja schon erwähnt hab. So denken viele.«

»Nein, so mein ich das nicht. Ich bekomme keinen Zugang. Ich spüre hie und da Sympathie für die Gegend. Große Sympathie. Ich fühle mich wohl. Aber mir fehlt was. Ich, ach verdammt ... Und drum komm ich an den Toten auch nicht heran. Verstehen Sie?«

Baier nickte.

Gerhard erzählte von den Vermutungen, dass es sich um einen gewissen Martin Evers handeln könnte. Der in jedem Fall ein Römerkundiger gewesen war. »War der auch in der Villa?«, fragte Gerhard plötzlich. Wieso war ihm das nicht früher eingefallen?

»In meinem Beisein nicht. Ich hätte ihn erkannt«, sagte Baier.

Daran hatte Gerhard keinen Zweifel. Baier hätte auch aus einer weit über aussehenden Leiche genug herausgelesen. Er reichte ihm das Bild. »Zeigen Sie das mal Ihren jungen Römern?«

»Gern.«

Seppi war gekommen und hatte sich unter den Tisch gelegt. Die Spitze waren zu neuen Abenteuern aufgebrochen, Seppi war zufrieden, nun seine Ruhe zu haben. Die beiden Männer sahen in Seppis unergründliche Augen. Und dann sich an.

»Das Leben ist ein Wunder«, sagte Baier leise. »Das Vertrauen so einer Kreatur. Meine Enkelin, wenn sie schläft. Sie wollen den Zauber spüren, Weinzirl? Sie müssen Zeit haben für ein Kino. Für innere Bilder.« Er nahm einen Schluck Bier. »Was wissen Sie denn überhaupt vom Auerberg?«

»Dass das ein lächerlicher Hügel ist, eigentlich. Knapp über tausend Meter, oder? Kein Berg. Dass die Augsburger da gern hinfahren, wenn sie den Nebel am Lech nicht mehr ertragen können.« Gerhard lächelte.

»Ein Berg wird nicht nur durch seine Höhe und eine felsige Spitze zum Berg. Ein Berg wird zum Berg, weil da Götter hausen. Und Geheimnisse. Wollen Sie eine kleine Geschichtsstunde, Weinzirl?«

»Sehr gern!«

»Zäumen wir den Gaul von hinten auf. Da oben am Berg wurde einst baulich ein gewaltiger Aufwand getrieben. Ursprünglich galten die bis zu drei Meter hohen und drei Kilometer langen Wallanlagen auf dem – übrigens eintausendfünfundfünfzig Meter hohen – Auerberg als keltisch. Ein gewisser Hauptmann a. D. Hugo Arnold wollte um 1880 am Auerberg das lange gesuchte Damasia entdeckt haben.«

»Damasia?«

»Der antike griechische Geschichtsschreiber und Geograf Strabo schreibt von Cambodunum, das dürfte Ihnen als altem Kemptner ja bekannt sein, und Damasia. Letzteres sei die Burg der Likatier, eine Felsenburg, die die Hauptstadt des keltischen Stammes der Likatier gewesen sein soll. Also die Hauptstadt der Bewohner des Lechgebiets. So steht es bei Strabo, und entlang des Lechs wimmelt es nicht von Bergen, also dachte der Herr Hauptmann, es kann nur der Auerberg sein.«

»Klingt doch logisch, oder?«

»Traue nie dem Sichtbaren. Traue nie dem Offensichtlichen! Auch Füssen oder Dießen hätte es sein können. Das ist wie bei der Suche nach Atlantis. Füssen ist ja Foetibus, und Dießen ist keine Höhensiedlung. Aber der Auerberg liegt eben auch recht weit weg vom Lech. Und dann ist es doch merkwürdig, dass eine Hauptstadt komplett aufgegeben wurde. Alle anderen bei Strabo genannten Städte wie Brigantium, also Bregenz, und Cambodunum, also Ihr Kempten, gibt es ja noch.«

»Die Römer könnten das keltische Damasia doch einfach zerstört haben, und es hieß dann eben anders?«, sagte Gerhard, der einen gewissen Spaß an dieser Geschichtsstunde entwickelte.

»Ja, Weinzirl, gar nicht so dumm. Das wäre eine Option, und das ist auch gern genommene Theorie. Und Theorie ist eben nur so gut, bis man das Gegenteil bewiesen hat. Die Lösung liegt oft im Boden. 1901 begann der bedeutende Heimatforscher Christian Kurrat Frank von Kaufbeuren mit Grabungen und konnte über fünfhundert wertvolle Stücke entdecken, und die waren alle römisch, nicht keltisch!«

»Aha, also doch keine Kelten am Berg? Immer schon Römer?«

»Tja, Weinzirl, da fragen Sie schon wieder ganz richtig. Die große intensive Ausgrabungskampagne von Professor Günter Ulbert 1966 bis 1979 erbrachte wertvolle Funde, und die waren auch alle römisch. Das rief bei einigen große Enttäuschung und auch Skepsis hervor. Es gibt bis dato genug Bemühungen, Kelten nachzuweisen. Aber es gibt eben nur Römerfunde. Zum letzten Mal versuchte ein Team um Ulbert 2001 dem Berg weitere Geheimnisse zu entreißen. Das zerstörerische Pfingsthochwasser 1999 hatte auch den

Auerberg mit Rutschungen gepeinigt, aber damit neue spannende Fundstücke ans Licht gespült.«

»Ja, und?«

»Ja, nichts ›und‹!«

»Wie? Nichts ›und‹?«

»Keine neuen Erkenntnisse, Weinzirl. Ein paar weitere Fundstücke. Aber nichts, was Rätsel löst.«

»Und warum reichen die Römer nicht? Hat nicht mal ein schlauer Kopf gesagt: ›Eine Geschichte ohne Römer ist keine Geschichte‹? So betrachtet hat der Auerberg doch Glück. Das macht ihn bedeutsam.«

»Tja, Weinzirl. Das mag schon sein, aber wenn man halt so gern Kelten hätte!«

»Warum, was ist an Kelten denn so toll?«, fragte Gerhard.

»Die Kelten sind sexy. Sie waren kriegerisch, geheimnisvoll, sie hatten Druiden. Es gibt heute eben immer mehr Menschen, die den Kelten verfallen sind. Die darin ihre Wurzeln sehen. Alles Verklärung, aber mei. Der liebe Himmelpapa hat einen großen Tiergarten.«

»Okay, Baier. Ich verstehe also richtig, dass die Römer als gesichert gelten. Und was haben die am Berg gemacht?«

»Und wieder die gute Frage, Weinzirl. Sie sind ja doch nicht ganz umsonst Kriminaler! Also: Über die Dendrochronologie, eine Methode der Altersbestimmung von Holz, weiß man ganz klar: Im Winter 12/13 nach Christus begann die Befestigung und Bebauung des Auerbergs durch die Römer, die ihn allerdings um 45 nach Christus schon wieder verließen. Nur dreißig geheimnisvolle Jahre lang. Ein Wimpernschlag. Aber warum? Keine der eben erwähnten Ausgrabungen hat das bisher beantworten können.«

»Warum waren die so kurz da? In der Kürze liegt die Würze?«

Baier stöhnte. »Das eben, Weinzirl, ist bis heute die Frage. Wer lebte hier in dieser ältesten dörflichen Siedlung der Römer in Bayern? Mit welchem Ziel? Was wurde in den architektonisch wirklich aufwendigen Holzbauten gemacht?«

»Ja, aber das muss man doch rausfinden können!«

»Der Herr Kommissar! Muss man? Wenn Sie so wollen, Weinzirl, ist der Auerberg ein *cold case*. Viele Theorien, viele Spekulationen. Das hat doch einen gewissen Charme, oder? Jeder darf träumen, Geschichten spinnen. Nur keine Entzauberung.«

»Ich würde schon gern wissen, warum ein paar sandalenbewehrte Römer hier rumgetappt sind. Und das nur so kurz«, lachte Gerhard.

»Tja, Weinzirl, Sie haben eben den Beruf. Wühlen, wühlen, Puzzleteilchen zusammensetzen. Kommen Sie noch schnell mit zur Villa?«

»Gern.«

Gerhard folgte Baier, zwischendurch rief er Evi an, um ihr zu sagen, dass er schwer am Recherchieren sei und bald Interessantes zu berichten hätte. Evi versprach ihm im Gegenzug Interessantes zu Herrn Evers. Zu Martin, der den Kakadu nicht belogen hatte.

Inzwischen waren an der Villa alle anderen entschwunden. Das Licht war milder geworden. Ein gewitterfreier Nachmittag war angebrochen, und man konnte auf einen ruhigen Abend hoffen.

Baier hatte einen Schlüssel zur Villa. Ein großes Glashaus war quasi über die Ruine gebaut worden, und es war sehr einfach, Baiers Erläuterungen zu folgen. Man konnte das Haus auferstehen sehen.

Baier deutete: »Am Schnittpunkt der auf der linken Seite des Lechs verlaufenden Römerstraße Via Claudia Augusta lag diese mehrere Hektar große Anlage. Das ist eines der in Deutschland seltenen Atriumhäuser, das zudem anstatt der sonst üblichen Eckrisalite zwei Apsiden aufweist. In der einen Apsis auf der Südseite des Bades hat wahrscheinlich ein Kaltwasserbecken zur Entfernung des Grobschmutzes gestanden, die Apsis war sogar doppelt verglast! Glas, keine Holzverschläge, Weinzirl!«

Gerhard nickte und wartete.

»Die Römer dieser Zeit konnten schon betonieren – der Name ›Zement‹ stammt vom römischen ›*opus cemaentitium*‹ –, und ihr Zement war sogar wasserdicht. Da müssen sich Maurer ja heute noch anstrengen, das waren Meisterleistungen, das können Sie nicht ermessen.«

»Irgendwie schon, Baier. Das Areal ist viel größer, als ich dachte. Hatte der denn auch Tiere?«

»Gut möglich. Ein Kernproblem ist, dass beim Bau der Umgehungsstraße und vorher schon beim Bau einer Gasleitung vieles zerstört wurde. Funde verlangsamen Bauprozesse der Moderne. Also schnell mal weg mit allem Auffälligem, was einen Baustopp bedeuten könnte.« Baier seufzte. »Das ist eben auch Geschichte, Geschichte der Auto- und Wohnmoderne. Und um auf Ihre Frage zu antworten: Man könnte annehmen, dass der Mann, der hier lebte, auch Nahrungsmittel für Cambodunum erzeugte, wo sechstausend Mann standen.«

»Schon faszinierend«, sagte Gerhard, der so oft auf ebenjener Umgehungsstraße Richtung Schongau gebrettert war. Nicht wissend, dass hinter dem Wall die Villa stand. Er folgte Baier nach draußen, wo im römischen Küchen-und-Heilkräuter-Lehrgarten Pflanzen und ihre Nutzung in römischer Zeit beschrieben waren.

»Ja, Weinzirl!«, sagte Baier nach einer Weile. »Wir sind bloß einen Wimpernschlag hier zu Gast. Da waren längst andere da. Wenn sich der Mensch nicht so wichtig nähme. Sich und seine Besitztümer ...«

»... dann müsste er auch nicht morden, Baier?«

»Wenn Sie so wollen. Was hat den Tonnenmann angetrieben? Was hat er besessen? Wem war er im Weg?« Baier klang auf einmal düster.

Das Klingeln von Gerhards Handy unterbrach Baier. Es war ein Mann aus München, der mit der KTU zusammenarbeitete. Gerhard lauschte. Verstand nicht.

»Das ist was?«

»Die Spannbuchse eines Katapults.«

Gerhard hatte den Eindruck, immer noch nicht ganz folgen zu können. »Wer bitte hat ein Katapult?«

»Heute keiner mehr. Aber die Römer hatten welche. Unsere Spannbuchse ist aus Bronze gegossen, eindeutig römisch, für Katapulte mit drei Fuß langen Pfeilen. Eine mittelschwere Waffe«, sagte der Anrufer.

»Und so eine Spannbuchse hing an dem Toten? Wo kriege ich die her? Im Supermarkt wohl kaum.« Ein Seitenblick auf Baier besagte, dass der die Stirn gerunzelt hatte und seine wachen Augen Feuer sprühten.

»Aus einem Museum«, sagte der Mann. »Aus einer Sammlung. Vielleicht besitzt jemand so eine Spannbuchse, ohne zu wissen, was das ist. Herr Weinzirl, meine Aufgabe sind die Fakten. Die Interpretation ist dann Ihre.« Er hatte aufgelegt.

Eine Spannbuchse vom Katapult. Museum? Villa Rustica? Gerhard sah Baier an. »Das Ding am linken Fuß sei eine Spannbuchse von einem Katapult.«

»Hab ich befürchtet.«

»Baier, Sie wussten das!«

»Ich hatte eine Ahnung, Weinzirl. Ich wollte keine falschen Fährten legen. Es ist immer besser, Tatsachen als Ausgangspunkt zu haben.«

»Jetzt haben Sie Ihre Tatsache. Woher stammt das Ding? Aus der Villa?«

»Ich befürchte, aus dem Museum! Die Römer haben auf dem Auerberg sogar Bronze zum Bau von Katapulten geschmolzen. So ein Katapult steht im Museum.«

»Und da müsste nun eine Spannbuchse fehlen?«, fragte Gerhard leise.

Baier nickte.

»Wir müssen dahin. Baier, haben Sie die Nummer von dem Lustig?«

Baier nickte wieder, telefonierte und kündigte sich und Gerhard an.

Sie fuhren im Konvoi, Gerhard folgte Baier und wunderte sich über dessen rasante Fahrweise. Er hatte Kurventechnik, er kannte die Gegend, das war klar.

»Wollen Sie nun doch unser kleines Museum besichtigen?«, fragte Paul Lustig.

»Wo ist das Katapult?«, fragte Gerhard nur. Ohne weitere Erklärungen und in einem so scharfen Tonfall, dass der Mann regelrecht zusammenfuhr.

»Oben.«

Gerhard nahm zwei Stufen auf einmal. Da stand es. Baier war neben ihn getreten. Nickte dann.

»Herr Lustig, fällt Ihnen etwas auf?«, fragte Baier.

Der lustige Paul blickte völlig konsterniert drein.

»Sehen Sie hin!«

Und da machte es *klick*. »Die Spannbuchse fehlt.« In seiner Stimme lag Aufruhr. »Diese Spannbuchse ist ein Originalabguss nach einer im Wasserbecken der Fabrica gefundenen Gussform. Wie kann sie fehlen?«

»Sie fehlt hier, weil sie nämlich an einem Toten hing. Wie kommt die Spannbuchse des Museums an den Knöchel eines Mannes, der hier in Ihrem Museum viele Fragen gestellt hat?«

»Ich weiß es nicht. Mir ist das Fehlen nicht aufgefallen!«

»Wer hat Schlüssel zu dem Museum?«, plärrte Gerhard.

»Es gibt mehrere Schlüssel: Einer liegt bei der Gemeinde, andere sind in den Händen diverser Vorstandsmitglieder. Ich habe einen Schlüssel, oh Gott, wieso ist mir nicht aufgefallen, dass die Buchse fehlt!«

»Ist das Museum überwacht?«

»Ja, videoüberwacht und alarmgesichert.«

»Dann müssen wir die Videos sehen.«

Die Frage war nur, von welcher Zeitspanne. In jedem Fall vor dem Tod von Diogenes.

Und so schauten sie fern, was im Falle des Museums eher übersichtlich war. Das war besuchermäßig eben nicht die

BMW-Welt oder Neuschwanstein. Und dann fehlte etwas. Es fehlte ein ganzer Tag.

»Was war da los?«, fragte Baier.

»Wir hatten einen Kurzschluss. Stromausfall wegen der ständigen Gewitter. Kein Licht, kein Strom, na ja …« Lustig klang gar nicht mehr lustig.

»Das heißt, diesen ganzen Tag lang war das Museum unüberwacht?«

Ja, das war wohl so gewesen. Der Tag war identisch mit dem Tag, an dem Walter den Mann bei seiner Spionagetätigkeit am nächtlich illuminierten Fass gesehen hatte. Also fünfzehn Tage vor seinem Tod. Und Lustig selbst hatte an diesem Tag seinen ehrenamtlichen Dienst als Aufsicht getan. Er hatte die Buchse eingebüßt, was ihm auch gerade klar wurde. Er war blass geworden, sah gar nicht gut aus.

»Wer war an diesem Tag im Museum? Denken Sie nach!«

Lustig blätterte hektisch im Gästebuch. »Da steht eine Schulklasse drin. Und dann haben sich zudem acht unterschiedliche Personen eingetragen. Aber es gibt durchaus welche, die sich nicht eintragen. Ich habe notiert, wie viele Karten verkauft worden sind. Einundzwanzig an diese Schulklasse und dann noch weitere dreizehn Stück.« Der Mann war völlig aufgelöst.

»Wer war also noch da?«

»Ich kann mir doch die Leute nicht alle merken!«

»Waren Sie nicht mal Lehrer? Die merken sich die Schüler, die kein Latein gelernt haben, doch Jahrzehnte.« Gerhard war nun echt in Fahrt. Er hatte sich das Buch gegriffen. »Das nehme ich mit.«

»Also, ich weiß es wirklich nicht mehr. Aber dass mir das Fehlen nicht aufgefallen ist!« Lustig war wirklich sehr betroffen.

Das alles konnte man glauben oder nicht. Gerhard warf Baier einen Blick zu. Er war eigentlich geneigt, dem Mann zu glauben. Man hatte innere Bilder abgespeichert. Der Mann war sicher Tausende Male hier vorbeigelaufen. Er hatte das Bild ebendieses Katapults irgendwo im Hirn sitzen, und ihm wäre das fehlende Stück vielleicht wirklich nicht aufgefallen. Oder er log. Und er schauspielerte. Warum dann aber?

Die Fragen und Antworten gingen hin und her wie Pingpongbälle; am Ende blieb nur, dass Paul Lustig das alles gar nicht lustig fand und keine Angaben dazu machen konnte, wie das Ding abhandengekommen war.

Sie standen ratlos vor dem Haus. Baier schüttelte den Kopf.

»Am wahrscheinlichsten ist doch, dass dieser Evers-Diogenes die Spannbuchse genommen hat. Aber er wird sie sich kaum selber ans Bein gebunden haben.«

»Aber an den Mann hätte sich Lustig doch erinnert. Der war ja zu dem Zeitpunkt zwei Tage vorher erst da gewesen. Und selbst wenn nicht: Warum hätte er sie nehmen sollen?«

Baier zuckte mit den Schultern. »Keine Ahnung, Weinzirl. Ich für meinen Teil hab noch eine Verabredung mit meiner Enkelin. Lassen Sie was hören?«

»Klar, und danke für den lehrreichen Nachmittag.« Das kam sarkastisch rüber, und Gerhard hatte es gar nicht so gemeint.

Baier hob die Hand und ging zu seinem Auto. Seppi eskortierte ihn und kam in großen Sprüngen retour. Gerhard hatte sein Handy gezückt und Evi an der Strippe. Er bat darum, dass alle Mitglieder des Museumsvereins mal durchleuchtet würden. Das waren ja nicht allzu viele.

»Schon wieder ein neuer Auftrag? Willst du nicht endlich mal was über Evers wissen?«, fragte Evi.

»Doch, morgen. Meeting um acht.« Er berichtete von der Spannbuchse und schloss: »Am wahrscheinlichsten ist es doch, dass einer von diesen Museumsleuten die Buchse entwendet hat, oder, Evi?«

Evi fand das alles sehr bizarr und versprach, noch mehr zu arbeiten. Dieser Sarkasmus war so gemeint.

Gerhard sah Seppi an, als könne der ihm helfen.

»Und was machen wir nun, Alter?«

Seppi sah in jedem Fall so aus, als wolle er nicht nach Hause.

»Machen wir einen Abendspaziergang auf diesen Auerberg?«, fragte Gerhard und nahm Seppis Einverständnis mal an.

Er fuhr wieder nach Bernbeuren, parkte hinter dem Ortsausgang, und ein geschnitzter Römer mit Helm grüßte ihn. Und Crispus. Genau, Herr Lustig hatte ihm im Museum auch erzählt, dass er diese Römerwege betextet hatte, oben am Berg.

Eine erste Etappe führte entlang verschiedener Stationen zu Feld und Wald, zur Landwirtschaft und Geologie. Es ging immer sanft hinauf, durch die Feuersteinschlucht, die längst im Schatten lag und wo Kühle ihn umfing. Eine Horde Kinder war ihm gleich zu Beginn entgegengekommen. Die hatten Seppi bewundert, man hatte ein wenig geplaudert. Hätte Gerhard das nur früher gewusst, wie attraktiv man als Hundebesitzer für Frauen war. Wie leicht man ins Gespräch kam. Die eine Mutter, die wäre schon sehr hübsch. Man gab keiner wildfremden Frau die Handynummer, oder?

Nein, er hatte das auch nicht getan und stieg zügig bergan, überflog die Tafeln nur, gelangte hinauf, wo sich der Parkplatz leerte, wo einige Motorräder davonknatterten und ein Pärchen auf Rennrädern talwärts flog. Ein Tag ging zur Neige, rotes Licht machte sich am Himmel auf.

Er schritt südwärts an den Wallanlagen vorbei, weit hinein in eine Wiese, wo der Blick bis Neuschwanstein ging. Man sah es im Felsen kleben, die Seen im Vordergrund. Seppi hatte sich hingelegt, die langen Vorderbeine nach vorn gestreckt, die Schnauze darauf gelagert. Er sah in die Berge und seufzte tief.

Gerhard setzte sich zu ihm. Der Boden war noch warm, und auf einmal sackte er zusammen. Verschmolz mit dem Untergrund, seine Schultern erschlafften, seine angespannte Stirn glättete sich. Er tat es Seppi gleich. Seufzte, spürte seinen Atem ganz langsam und tief gehen und war glücklich. Sekundenlang glücklich. Dann schloss er die Augen und legte sich rücklings hin. Sah in den Himmel, der farbig wurde und dunkler. Und auf einmal war ihm Diogenes egal. Und das Katapult.

Es war acht Uhr, als er aufstand. Es war acht Uhr, als er begriff. Dieser Berg war eine Fliehburg. Hier entfloh man den Niederungen des Alltags. Auch wenn der Berg nur eintausendfünfundfünfzig Meter hoch war. Er war voller Energie. Evi glaubte an Kraftorte, Kassandra hatte das getan.

Kassandra, eine weitere grandiose Frau, die er vertrieben hatte. Jo glaubte sowieso an Dinge zwischen Himmel und Erde, die ihm eigentlich viel zu verwaschen waren.

Er lebte von Beweisen. Nur davon. Aber hier und heute, im weichenden Licht, in einer Luft, die nach Heu roch und Blüten, fühlte er sich dankbar. Dankbar dafür, Freunde zu haben. Dankbar dafür, dass seine Eltern noch lebten. Dankbar für Seppi, für sein Leben, das bisher ganz ohne größere Blessuren abgegangen war. Es hatte Unfälle gegeben, auch Arbeitsunfälle, die sein Leben bedroht hatten. Es hatte emotionale Verletzungen gegeben, vor allem, dass Miri gestorben war, eine Frau, die er hätte lieben können. Die ihn hätte lieben können. Aber gemessen am Lauf der Welt war das alles nichts. Das begriff er und dass dieser Auerberg zaubern konnte. Dass er die Angst nehmen konnte. Kelten, Römer, die heutige Welt: Wer immer hier herumgespukt hatte, sie alle hatte der Berg sicher in seinen Bann geschlagen.

Er schlenderte zum Parkplatz, in einer der Sprechblasen sagte Großnase Crispus: »Faber est suae quisque fortunae – Jeder ist seines Glückes Schmied.«

Gerhard nahm sein Handy und schrieb an Jo eine SMS: »Weißbier und Weinschorle?«

Es dauerte nicht lange, bis zurückkam: »Wenn du das Weißbier trinkst!«

»In jedem Fall. Wann?«

»In 'ner Stunde. Wo?«

»Gasthof Graf, Steingaden?«, simste er retour, weil ihm der einfiel und weil der in der Mitte ihrer Wege lag.

»Okay.«

Gerhard trabte den Berg hinunter, diesmal die Straße

entlang. Seppi immer ein wenig voneweg. Er konnte, ohne sich umzusehen, genau einschätzen, wann Gerhard schneller werden würde, wann langsamer. Eigentlich war Seppi der Gott.

Jo saß schon im Biergarten. Sie hatte eine Weinschorle vor sich, trug die Haare, die momentan eher sehr brav und seriös brünett waren, zurückgesteckt. Haarfarbenwechsel waren bei Jo an der Tagesordnung. Sie hatte eine Karobluse an, einen Knopf zu viel offen, aber auch das war eher normal. Sie war braun, hatte ein paar Fältchen mehr und sah ihn an. Abwartend, ein wenig provozierend.

Also kein Küsschen auf die Wange.

»Servus«, sagte Gerhard nur. Sonst nichts. Da gerade eine Bedienung vorbeikam, bestellte er ein Weißbier. Jo streichelte und herzte Seppi, der sich dann aber unter den Tisch legte.

»Gibst du dem Hund nichts zu essen? Der ist ja dürr!«, rief Jo.

»Seppi ist nicht dürr. Er ist elegant. Er frisst genug, er setzt eben nicht an.«

»Anders als wir«, sagte Jo.

Sie hatte »wir« gesagt. Nicht »als du« oder »als ich«. Im ersten Fall hätte er auf beleidigt machen müssen, im zweiten Fall natürlich die unsägliche Diskussion führen müssen, dass Jo keineswegs zu dick war. Gespräche, bei denen man immer nur verlieren konnte, die einen immer aufs Glatteis führten. So aber sagte er: »Wir sind eben Allgäuer. Kerniges Bergvolk eben.«

Jo sah ihn genau an. Er liebte ihre Augen. Diese seltsame

Farbe zwischen Blau, Grün und Grau. »Wir sind Deppen«, sagte sie.

Wieder ein »wir«. Keine Schuldzuweisung an seine Adresse. Nun musste er sich auch bewegen. »Sind wir.« Er prostete ihr zu. Er hätte das Thema Reiber natürlich am liebsten ausgespart, aber es regierte Jos Gedanken.

»Es war unfair, Reibers Partei zu ergreifen«, sagte sie nach einer Weile.

»Ich habe niemandes Partei ergriffen. Genau das wollte ich nicht. Ihr seid beide meine Freunde.«

Er wusste, dass in Jo Sätze tobten wie »Aber ich muss dir wichtiger sein«, »Wir kennen uns seit hundert Jahren«. Solche Sätze. Aber auch das unterließ sie. Für Jo war das äußerste Beherrschung.

»Ist eben blöd gelaufen«, stieß sie hervor.

»Darf ich fragen, warum ihr euch nun wirklich getrennt habt?«, fragte Gerhard.

»Letztlich, weil das Ammertal und Berlin zu weit auseinanderliegen. Weil Volker nie hierhergekommen und ich nie nach Berlin gegangen wäre.«

Nun war es an Gerhard, die Schnauze zu halten, denn ihm lag auf der Zunge zu sagen, dass Reiber viel eher wegen Jo Berlin verlassen hätte. Sie aber nie von ihren Tieren und Bergen weggegangen wäre.

Jos Beziehungen zerbrachen, aber vorher hatten sich fast alle ihre Männer für sie zum Affen gemacht. Das sah sie ganz anders. Das war Gerhard klar. Aber ihre Beziehungen und Affären und Part-Time-Lover hatten alles für sie getan und alles veranstaltet, um sie zu beeindrucken. Es gab nur ein Problem: Jo war kaum zu beeindrucken. Und dann war sie eben wie ein Murenabgang. Immer ganz oder gar nicht. Nie zufrieden. Jos hübschen Kopf zu haben, war sicher eine Bürde. Jo Kennerknecht zu sein, konnte grandios sein, weil sie klug war, pfiffig, brillant und kühn. Weil sie sich an die Dinge heranwagte und nicht zurückschreckte. Aber was diese Frau wohl alles dachte, was sie wohl beschäftigte, was sie dadurch erleiden musste – er beneidete sie nicht um diesen wachen und hochsensiblen Geist.

Er, Gerhard Weinzirl, konnte einfach mal wegdenken. Er konnte Gedanken verbannen. Er konnte sie wegpacken, einfach mal nur in die Berge gehen, einfach mal nur Weißbier trinken – ganz ohne zu denken. Jo hatte immer gestichelt, dass nur Männer wegdenken konnten. Frauen dächten immer. Nun ja, Gerhard hätte da einige Exemplare nennen können, die sicher nicht immer dachten. Oder nie. Aber Jos Kopf rotierte eben immer. Jo war für Jo eine Belastung. Jo litt unter Jo. Und Männer litten mit. Es gab wenige Männer, die das lange aushielten, ausgehalten hatten. Reiber war ein ziemlich guter Kandidat gewesen, weil er Jo das Wasser hatte reichen und viele Facetten hatte abdecken können, aber die Distanz hatte eben doch überwogen. Gerhard liebte Jo. Sie war einzigartig, und er war unendlich weit davon weg, ihr das Wasser zu reichen.

Nach einer Phase des Sich-Umkreisens war alles wieder wie immer. Auch dass Gerhard mit zu Jo fuhr, wo es einige Weißbiere mehr gab. Jo war eine begnadete Erzählerin. Man konnte Geschichten immer auf zwei Arten erzählen: voller Traurigkeit und realistischem Blick oder aber mit Humor und Ironie. Jo hatte auf ihr Leben immer voller Ironie geblickt. Ihr Humor war, wenn man trotzdem lachte. Deshalb hatte sie überlebt. Immer opulent, immer barock. Immer am Limit. Immer wieder auf die Füße gekommen. Auch weil sie sich nach einer gewissen Zeit im Bodensatz und Schlamm eben doch wieder nach den Sternen gestreckt hatte. Das half, die Füße auf den Boden zu bekommen. Mit Ironie redete sie über Reiber, mit viel Selbstironie über ihre unrühmliche Rolle. Reiber war also gar nicht schuld gewesen, nur er, Gerhard Weinzirl von und zu Unsensibel, hatte mal wieder falsch reagiert. Als Freund, als Mann.

Er umschiffte im Verlauf des Abends das Thema Kassandra, vor allem auch das Thema Miriam, und sie gerieten in die Jetztzeit. Die gar keine Jetztzeit war. Denn Gerhard schlug sich mit Römern herum. Jo hatte natürlich von der Wasserleiche gehört, zudem war sie mit Evi befreundet. Jo wusste auch längst von Baiers Römer-Engagement. Sie war mit ihm sogar in Kontakt, weil sie gemeinsam an einem touristischen Konzept für die Via Claudia saßen. Ein Projekt, das Römerorte verknüpfen sollte. Jo hatte ein paar kühne Ideen, sicher zu kühn für einige Bürgermeister und sonstige Bauernschädel, die zu entscheiden hatten. Sie hatten mittlerweile eine ganze Flasche Ramazzotti geleert. Dazu gab es Queen, Pavlov's Dog, Pink Floyd und Alan Parsons. Später auch noch die Pet Shop Boys.

Bis Gerhard auf der Couch einschlief. Auf der er um sieben erwachte, weil er dachte, er müsse ersticken. Das lag aber nur an zwei Katzen auf seinem Brustkorb. Jo war schon weg. Sie hatte ihm einen Zettel hingelegt. »Muss zu 'nem Meeting nach Tirol. Grüßli.« Eins musste man ihr ja lassen. Sie war rigoros. »Wer saufen kann, kann auch aufstehen«, war immer ihre Maxime gewesen.

Seppi hatte im Bus übernachtet, das Katzenpack war unter seinem Niveau. Nachdem er Seppi zu Hause abgegeben hatte, kam Gerhard ziemlich angeschlagen ins Büro. Er warf das Gästebuch auf den Schreibtisch und traf auf Evi.

Sechs

Evi sah so aus, als hätte sie wenig geschlafen. Wenig bis gar nicht. Bei Evi machte sich das in Form einer extremen Blässe bemerkbar. Dagegen war kalkweiß noch sehr farbig. Er selbst sah ebenfalls angeschlagen aus. Er war auch erst um drei eingeschlafen.

»Warst du die ganze Nacht hier?«, fragte er Evi.

»Nein, aber gestern ziemlich lange. Du warst ja unterwegs, um lieber mit Baier zu plaudern.« Evi bemühte sich um einen neutralen Ton, der ihr nicht ganz gelang.

»Das war kein privater Ausflug, falls du das meinst. Ich wollte dir eh ...«

»Egal«, schnitt ihm Evi das Wort ab. Was sie selten tat. Sie war übermüdet.

Gerhard zauberte einen Becher mit Cappuccino hervor. »Ein Kaffee zum Gehen ist besser als der hier im Büro.«

»Danke. Schon wieder Kaffee. Bist du krank?«

»Croissant dazu?«

»Was ist denn mit dir los? Bist du krank oder auf Drogen?«

»Weder noch. Da bringt man seiner reizenden Kollegin etwas mit und wird auch noch beschimpft«, alberte er herum. Die reizende Kollegin war vor allem gereizt.

»Also gut. Danke. Im Gegenzug mein Mitbringsel: Martin Evers ist ein Tramp.«

»Was ist er?«

»Martin Evers hat seine Wohnsitze schneller gewechselt als andere Unterhosen. Er hat auch mal im Studentenwohnheim, in der Pension ...«

»Langsam, ganz langsam, Evi. Bitte der Reihe nach. Ich würde noch Melanie und Felix dazuholen. Moment!«

Wenig später saßen sie alle, und Evi begann von vorn. »Also, Martin Evers, geboren am 3.4.1960, Schule in Paderborn mit Abitur 1980, Studium in Bielefeld auf Lehramt. 1985 keine Anstellung in Sicht. Zweitstudium Mediengestaltung. Dann hat er jede Menge Jobs. So richtig fertig mit dem Abschluss ist er 1990. Evers geht dann für zwei Jahre nach Xanten und hilft, Sonderausstellungen zu konzipieren. Da wohnt er in einer WG. Dann macht er eine etwa zweijährige Reise.«

»Woher weißt du das?«

»Jetzt wart halt!«

»Er macht eine zweijährige Reise durch den Mittelmeerraum, Nordafrika und den Nahen Osten, immer auf Römerspuren. Das weiß ich, weil sein Name dann im Januar 1995 in Mainz auftaucht, wo er wieder Sonderausstellungen konzipiert und als Museumspädagoge beschäftigt ist. Da habe ich mit jemandem telefoniert. Die haben mir auch seinen Lebenslauf gefaxt. Nach einem Jahr Mainz gibt er die Festanstellung auf und wird selbstständig. Ab dann wird es etwas komplizierter, aber sein Name taucht immer wieder in Zusammenhang mit Ausstellungen auf. Trier, Köln, es folgen Lücken in der Vita. 2006 ist er in Lienz in Osttirol in Aguntum. Da wohnt er in einer kleinen Pension. Er ist bei einer Ausstellung dabei, die sich mit Austern beschäftigt.«

»Hä?«, kam es von Felix.

»Das hatten wir doch erst, Felix«, sagte Gerhard mit einer gewissen Schärfe. Bei aller Bemühung, ein guter Chef zu sein, dieser Steigenberger konnte ihn wirklich nerven mit seiner schlappen und beratungsresistenten Art.

»Austern wurden wohl lebend, auf Eis und mit Stroh isoliert, auf den Römerstraßen in den Norden gefahren. Evers machte da ein Projekt: ›Warentransport auf Römerstraßen‹ – da ist Mainz auch wieder im Boot. Weitere Stationen folgen. Ende letzten Jahres taucht sein Name am Germanischen Nationalmuseum in Nürnberg auf. Und dann war er dieses Jahr in der Schweiz in Vindonissa. Da wohnte er auf einem Campingplatz in einem gemieteten Caravan. Und da ist er auch noch gemeldet, aber seit zwei Monaten nicht mehr gesehen worden. Also am Campingplatz, nicht im Museum, denn da hatte er auch nur wieder einen projektgebundenen Vertrag. Die Dame dort meinte, er habe eine Bayernreise geplant und komme im Oktober wieder, für eine Winterausstellung, die er aufbauen wolle.«

»Da wird er wohl nicht mehr kommen«, entfuhr es Gerhard.

»Tja ...«, sagte Evi.

»Also ist der Tote wirklich Evers?«, fragte Melanie.

»Mit sehr hoher Wahrscheinlichkeit. Die Bayernreise passt ja. Ich bin dran mit Zahnärzten, und die Kollegen in der Schweiz besorgen uns aus dem Caravan genetisches Material. Das geht direkt an die KTU.«

»Klasse, Evi. Und das in der Kürze der Zeit!«, sagte Gerhard und wusste, dass Evi sich sicher endlose Stunden keine Pause gegönnt hatte. Das zarte Geschöpf konnte sich hineinbeißen in solche Recherchen. »Okay, Leute. Wie Evi sagt: Mit sehr, sehr hoher Wahrscheinlichkeit ist Evers unser Toter. Hat den keiner vermisst?«

»Die Eltern sind beide schon vor Jahren verstorben. Er ist ein Einzelkind. Er war nie verheiratet, er hat nach meinem Kenntnisstand auch keine Kinder. Er war, wie gesagt, mit einem Projekt fertig. Vermisst hat ihn also auf der Arbeit niemand.«

»Hat der nicht 'ne Homepage?«, fragte Melanie. »So als Freiberufler?«

»Ja, hätte man meinen können. War auch meine Idee«, sagte Evi. »Hat er aber nicht. Du findest ihn im Internet natürlich immer mal in Zusammenhang mit speziellen Ausstellungen. Siehe diese Austern. Ich habe ein paar alte Zeitungsartikel gefunden, wo er auch mal zitiert wurde. Ich habe aus Xanten, Mainz, Lienz und aus dem Aargau …«

»H…«, kam es von Felix, der sich verschluckte und nur noch glotzte.

»Aargau, ein Kanton in der Schweiz, in dem Vindonissa liegt. Windisch eben«, blökte Gerhard.

»Weinzirl, du überraschst mich«, lächelte Evi.

»Allgemeinbildung«, sagte er und grinste in sich hinein. Er hatte mal mit seinen Kumpels eine Radtour vom Bodensee zum Vierwaldstättersee gemacht, und dabei hatten sie auf einem Campingplatz ganz in der Nähe übernachtet. Irgendwas mit »Bötz« oder »Böz« oder so ähnlich. In der Nähe also hatte Evers später gearbeitet, auch gecampt, und keiner hatte ihn vermisst. Das war beklemmend. Ein Mann verschwand einfach so, und das scherte keinen. Keiner würde nun trauern? Vielleicht wenigstens die alten Schulfreunde?

Und wer würde um ihn, Gerhard Weinzirl, trauern? Wer stünde auf seiner Beerdigung? Seltsam, dass ihn in letzter Zeit solche Gedanken ansprangen. Ohne diese ganz abschütteln zu können, wandte er sich wieder an Evi. »Hast du sonst etwas über ihn erfahren?«

»Dass er ein Eigenbrötler gewesen sein muss, sehr verschlossen, aber wohl sehr gut gearbeitet hat.«

Gerhard war aufgestanden und zum Fenster gegangen. Er sah hinaus in einen Himmel, der dunkel wurde. Wo sich Wolken aufbauten. Es würde bald wieder krachen und blitzen wie beim Jüngsten Gericht. Der Gewittergott hatte nur eine kurze Pause gemacht, aber nun grollte er wieder. Und wer hatte über Diogenes gegrollt und gerichtet, der nun sehr wahrscheinlich Martin Evers hieß? Martin, schließlich belog man keinen Kakadu. Das würde er nie vergessen.

»Der Eigenbrötler Evers, der geheimnisvolle Römerkenner, wird noch mysteriöser: Er hat die Spannbuchse des Katapults aus dem Museum am Fuß hängen gehabt.«

»Was?«, fragte Melanie.

»Ja, Melanie, das war unter anderem eine meiner gestrigen Großtaten. Ich hatte Evi gestern schon kurz ins Bild gesetzt. Paul Lustig gibt an, er habe keine Ahnung, wann und wie die Spannbuchse verschwunden ist. Baier spekulierte, dass Evers sie selbst genommen hat. Bloß wird er sie sich nicht ans Bein gebunden haben, oder?«

Alle schwiegen. Dachten nach. Man hörte die Hirne rotieren. Keiner sprach.

Also machte Gerhard weiter: »Lassen wir die Buchse mal kurz weg. Der Mann lebt von und mit den Römern. Er mietet sich hier am Campingplatz ein, was für ihn ganz normal ist.

Er stöbert herum, ist sehr früh und sehr spät unterwegs. Er hat Grabungsutensilien bei sich. Hatte er hier denn einen Auftrag? So wie bei all den anderen Ausgrabungsstätten und Römermuseen. Das böte sich doch an«, sagte Gerhard.

»Im Auerbergmuseum schon mal nicht«, meinte Evi.

»Und in der Villa Rustica auch nicht. Das hätte Baier gewusst«, sagte Gerhard. »Was käme dann noch in Frage?«

»Eine Frage, die ich mir längst gestellt habe. Epfach, Schwangau, Füssen. Eventuell Kempten oder Augsburg. Das müssen wir überprüfen«, sagte Evi.

»Okay, Melanie und Felix, ihr macht genau das. Alles, was mit Ausgrabungsstätten und Museen in der Region zu tun hat, dahin gehend checken! Hatte Evers da einen Auftrag für Konzept, Realisation oder Museumspädagogik? Was auch immer.«

Als die beiden draußen waren, sagte Evi: »Es gäbe noch die Via Claudia als Ganzes. Da läuft momentan ein touristisches Konzept ...«

»... und das will wandern, radeln, reiten entlang der Via Claudia. Mit kulinarischen Erlebnissen und so weiter«, ergänzte Gerhard. »Also doch Schweineeuter«, schickte er lachend hinterher.

»Woher weißt du das?«

»Von Jo. Ich hab sie gestern Abend noch getroffen.« Er warf das so hin. Dabei wusste er genau, dass Evi mit Jo in engem Kontakt stand und ihre Kommunikationspause – er nannte das jetzt mal so – mehr als bescheuert fand.

»Ach, ihr sprecht wieder?«

»Ja.«

»Deshalb siehst du so verknittert aus? Was musstest du trinken?«

»Ein paar Weißbier und einige Ramazzottis.« Er verzichtete darauf zu erwähnen, dass er bei Jo übernachtet hatte. Das würde Evi sicher bald von Jo erfahren.

»Na dann! Herr im Himmel, ich danke dir. Hattest du eine Eingebung oder so was? Eine Erscheinung? Dass du deinen Sturschädel mal vergessen konntest?«

»Jo ist auch stur«, begehrte er auf.

»Ja, aber du bist schlimmer.«

Gerhard sagte nichts, und irgendwie hatte ihn der Auerberg ja auch geläutert. »Jedenfalls hat sie mir davon erzählt, dass einige Anrainer der Via Claudia von Donauwörth bis rüber nach Tirol, bis über den Reschen, dran arbeiten. Ein Martin Evers ist nicht im Boot. Jo fragt aber auch nochmals in Tirol nach und in Südtirol.«

»Was hat er hier nur gewollt?«, fragte Evi.

»Ich würde vorschlagen, wir warten die Analyse ab. Und die Ergebnisse, ob er irgendwo vorstellig geworden ist.«

»Ich helfe den beiden. Geh du zu deinem Termin mit dem Pressesprecher.«

Was Gerhard tat. Es musste abgestimmt sein, was herausgegeben werden sollte. Und sie waren sich einig, dass momentan gar nichts an die Öffentlichkeit gehörte, solange die Identität nicht eindeutig geklärt war.

Gerhard hatte noch zwei weitere Meetings, die zeitweise im Krachen des zürnenden Himmelsvaters untergegangen waren. Um die Mittagszeit war ein Gewitter durchgefegt, die Bäume hatten Schräglage angenommen. Was für Gewalten, und das bald täglich! Früher waren Gewitter am Abend aufgezogen und nicht *high noon*. Alles geriet aus den Fugen. Nicht nur das Wetter.

Als die Flutwelle durch war, hatte er sich beim Biomichl eine Käsesemmel geholt. Es geriet wirklich alles aus den Fugen: Nun aß er schon Käsesemmeln ...

Nachdem er die schnell und mit viel zu viel Kaffee verdrückt hatte, hatten die drei anderen Neuigkeiten, die eben keine waren. Nirgendwo war Evers aufgetaucht. In Kempten, im Archäologischen Park, hatte man mit seinem Namen etwas anfangen können, aber aktuell war auch dort nichts in Arbeit. Melanie und Felix zogen ab. Evi wartete. Gerhard betrachtete Evi, die wieder etwas Farbe angenommen hatte.

»Er hatte also hier nirgends einen Job. Keiner hat mit ihm gesprochen. Er hat sich folglich auch nicht beworben oder so etwas.«

»Gut, er könnte ja eventuell an etwas gearbeitet haben, was er später erst präsentieren wollte«, meinte Evi.

»Ja, eventuell, aber ich finde es unwahrscheinlich, dass er in so einem Fall nicht doch irgendeine Kontaktperson hatte. Mit jemandem gesprochen oder so. Er arbeitet doch nicht im luftleeren Raum.«

»Warum war er dann hier?«

»Evi, dazu würde ich gern Baier hinzuziehen. Wir setzen uns bei Toni unter die Markise. Es scheint ja schon wieder die Sonne. Auf dem Weg dahin erzähl ich dir ein wenig von Baier. Wusstest du, dass er 'ne Villa Rustica ausgegraben hat? Also er mit einer Rentnergang?«

»Ich bin versucht, wie Felix ein ›Hä‹ herauszuspeien!«

Gerhard lachte.

»Lass uns zu Toni fahren, ich erklär dir das, so gut ich kann.«

Sie durchfuhren Weilheim, verließen die Stadt. Polling schien direkt vor den Bergen zu stehen – in der gereinigten Luft.

Bis Peißenberg hatte Gerhard Baiers Erläuterungen zu Villa und Berg zusammengefasst.

Baier kam wenig später. Evi trank sogar den Ouzo. Musste an der Übermüdung liegen. Gerhard setzte auch Baier ins Bild, dass der Diogenes immer mysteriöser wurde.

Baier hatte einen Russ genommen, Gerhard auch. Evi ihr Wasser. Sie prosteten sich zu. Bestellten. Baier Moussaka, Gerhard den Symposionteller, Evi Bauernsalat mit Pita.

Nach einer Weile sagte Baier: »Mann sucht keinen Kontakt. Mann ist im Dunkeln unterwegs. Mann buddelt. Mann drückt sich im Auerbergmuseum rum. Was hat ihn noch mal am meisten interessiert?«

»Wie der Stand der Forschung ist. Ob es neue Grabungen geben wird.«

»Weil er auf einem anderen Stand war.« Baier sah düster aus und schwieg auf einmal wieder.

Gerhard starrte ihn an. »Sie meinen, Baier, er hat etwas entdeckt, was noch keiner entdeckt hat?«

»Naheliegend!«

»Eine Schatzkarte? Einen Römerschatz? Das Gold vom Auerberg?«, witzelte Gerhard.

»Weinzirl, das ist gar nicht so albern, wie Sie tun. Aber Sie denken in der Kategorie von Abenteuerbüchern und dümmlichen Filmen. Sie sind nicht Indiana Jones. Wissen Sie denn nicht, was der wahre Schatz wäre? Wertvoller als Gold.«

»Nein ...«, sagte Gerhard gedehnt.

»Wenn einer etwas wüsste, was bisher noch keinem gelungen ist nachzuweisen, wenn ... ja wenn ... Verdammt, nicht auszumalen!«, rief Baier.

»Und das wäre?«, fragte Evi.

»Zum Beispiel, dass der Berg eben doch keltisch war. Dass die Anlagen eben doch von Kelten gebaut worden sind.« Er wandte sich an Evi. »Ich habe das dem Weinzirl schon erzählt: Hauptmann a. D. Hugo Arnold wollte das lange gesuchte Damasia entdeckt haben – vom römischen Geschichtsschreiber Strabo als Hauptort und Fliehburg eines keltischen Stammes beschrieben. Er fand aber nichts. 1901 begann der bedeutende Heimatforscher Christian Frank mit Grabungen. Alles römisch. Dann haben wir noch Heinz Engl, der als Lehrer an die Grund- und Teilhauptschule nach Bernbeuren kam, als Zuagroaster aus München und als einer der vom Auerberg Infizierten. Auch er fand nur Römisches. Wobei sich eben die Ansicht hartnäckig hält, dass der Berg ein keltisches Heiligtum gewesen sein muss. Und angeblich sind in den Stützmauern der Kirche auch keltische Steine verbaut. Man kommt da eben nur nicht hin.«

»Ist es nicht so, dass frühe Kirchen oft auf kultischen Kraftorten gebaut worden sind, nicht zuletzt, um das Heidnische auszumerzen?«, fragte Evi.

»Völlig richtig. Das haben wir ja häufig in Irland. Nehmen Sie den Rock of Cashel. Und dass die Kirche seit fünfhundert Jahren dem heiligen Georg geweiht ist, halten einige für ein weiteres Indiz, denn der drachentötende Georg ist oftmals quasi der Nachfolger des blitzeschleudernden Wotan«, erwiderte Baier.

»Wer ist ›einige‹?«, fragte Gerhard.

»Nun, von ernst zu nehmenden Leuten aus der Wissenschaft über weniger wissenschaftliche Keltenromantiker und schrullige Künstler bis hin zu irren New-Age-Jüngern, die hinter dem Altar einen keltischen Gang vermuten. Aber es gibt keinen Beweis, schon gar nicht den, dass bis zu fünfzehntausend Menschen da gelebt haben sollen. Humbug. Man denke an die unwirtliche Gegend bei extrem harten Wintern.«

»Aber die Winter hatten die Römerchen da oben ja auch. Vielleicht sind sie deshalb wieder abgehauen. Sandale nix gut für Auerberg!«

»Weinzirl, Ihr Humor in Ehren. Ich hatte immer schon den Eindruck, Sie sollten das Weißbier pur trinken. Limo schadet Ihnen. Der Zucker verklebt Ihr Hirn.«

Evi gluckste.

»Bitte schön, ganz im Ernst: Die Wissenschaft sagt also, es gibt keine keltische Vorgängersiedlung dort, das hieße, die Römer haben sich bewusst auf diese Bergkuppe gesetzt?«, fragte Gerhard.

»So ist es.«

»Vielleicht war es ihnen im Tal einfach zu sumpfig, oder sie mochten Kempten nicht.« Die Stadt, die Gerhards Jugend geprägt hatte, lag nun einmal auch im Loch. Unten an der Iller, was im Mittelalter wegen des Fließwassers natürlich sinnvoll gewesen war und später lebensnotwendig für die Textilfabriken. Die Römersiedlung Cambodunum lag zwar höher, aber nicht so aussichtsreich wie der Auerberg. Er persönlich hätte auch lieber auf dem Berg gelebt.

»In der Tat steht durch die Analyse des archäologischen

Materials fest, dass Kempten um einiges früher besiedelt wurde als der Auerberg«, sagte Baier.

»Na eben, vielleicht waren ja auch nur die frische Luft und der schöne Ausblick der Grund, dass die Römer umzogen. Oder die ersten Römer waren lungenkrank und brauchten einen Luftkurort?«

»Ach, Weinzirl!«

»Na, so abwegig ist das nicht. Auch nicht abwegiger als viele andere Theorien. Was für ein dämlicher Job, ein Leben ganz ohne Beweise. Immer nur Theorien, Hypothesen.«

»Ja, Weinzirl, das gefällt dem Kriminaler natürlich nicht. Und Archäologen hätten auch gern Beweise. Drum wäre ja so ein Keltennachweis auch eine Sensation!«, sagte Baier.

»Und der ist Diogenes, der wahrscheinlich Martin Evers heißt, gelungen?«, fragte Evi.

»Arbeitshypothese, meine Schöne«, brummte Baier.

»Aber was hätte er denn dann finden müssen? Ich meine, für so eine Sensation?«, fragte Gerhard.

»Nicht bloß eine Scherbe. Oder eine Münze. Schon etwas Gravierendes. Eine Inschrift vielleicht. Eine, wo auch der Name Damasia fällt.«

»Und wie sähe diese Inschrift aus?«

»Tja, eine Steintafel vielleicht. Oder auch Holz, falls sich das irgendwo hermetisch abgeriegelt erhalten hätte. Da bin ich zu wenig in der Thematik, um zu wissen, ob das möglich wäre.«

Gerhard überlegte. »Wenn er also ein frühes Verkehrsschild gefunden hat, auf dem ›Damasia, Hauptstadt der Kelten, noch fünf Kilometer‹ steht, dann ist er der King?«

»Wenn Sie das so profan formulieren wollen«, sagte Baier

missbilligend. »Ja, dann wäre er der King. Der König der Archäologen.«

»Aber wie passt das denn dann zusammen? Sie sagten doch, es gäbe unumstößliche Beweise für die Römer. Und zwar die für eine Hochkultur der Römer, nicht der Kelten.«

»Ja, sicher. Die sind auch nicht wegzudiskutieren. Und wie Frau Straßgütl sagt: Wenn die Römer bewusst den Berg gewählt haben, um das keltische Damasia zu eliminieren, wäre das immer noch die Sensation. Zweifellos haben die Römer auf dem Auerberg Bronze geschliffen. Sie hatten dort das schönste Glas, das man nördlich der Alpen gefunden hat. Es gab die edelsten Dolche. Alles war von sehr hoher Qualität. Es müssen hochstehende Persönlichkeiten am Auerberg gewesen sein. Alles völlig richtig. Aber ein Beweis für die Ansiedlung der Kelten vor den Römern wäre und bliebe eine Sensation.«

Gerhard, der sich nun ein richtiges Weißbier bestellt hatte, nahm einen tiefen Schluck. »Sie wollen also sagen, Diogenes hat Damasia gefunden oder kann Damasia beweisen, das nur einmal von diesem St… St…«

»Strabo!«

»Genau, von diesem Strabo erwähnt worden ist?«

Gerhard war versucht, ein »*So what?*« hinterherzuschicken. Was war denn daran nun so wichtig, ob da vorher Kelten gehaust hatten und dann eben Römer? Das war der Lauf der Welt. Menschen kamen und gingen. Zivilisationen stiegen auf und zerfielen. Was geblieben war, war der Berg, und der strahlte etwas weit jenseits der Menschen und über sie hinaus aus. Da war sich selbst ein Agnostiker wie Gerhard absolut sicher.

Und Baier, der wieder einmal seine Hellseherqualitäten bewies – oder einfach sein Einfühlungsvermögen und feines Näschen –, sagte tadelnd: »Weinzirl, Ihnen mag das alles nicht so wichtig vorkommen, aber wir haben es hier mit einer Spezies Mensch zu tun, die eifersüchtig über ihre Erkenntnisse wacht. Die sich in ständigen Gelehrtendisputen mit Andersdenkenden und Andersforschenden befindet. Die all diese Laien und Amateure, die sich nicht an die hehre Wissenschaft halten, verachtet. Können Sie das nicht ermessen, Weinzirl? Alle forschen und puzzeln und freuen sich über winzigste Funde, und dann kommt einer, der alles bisherige Wissen sprengt? Der ihr Lebenswerk torpediert. Alle Publikationen wären nichts mehr wert. Alle Beweisketten Lachnummern.«

»Dafür würde ein Archäologe morden, oder?«, fragte Evi leise.

»Vielleicht.«

»Wir suchen also einen, der unbedingt den Damasia-Beweis verhindern will?«, fragte Gerhard.

»Oder jemanden, der den Beweis als den seinen verkaufen will. Und deshalb den echten Entdecker umbringen musste, um die Lorbeeren einzuheimsen«, rief Evi und bekam ein zartes Rosé auf den Bäckchen.

»Und der mordet mit Knollenblätterpilzen und bindet dem Typen eine Spannbuchse an den Fuß? Das ist doch nicht normal«, sagte Gerhard.

»Nein, normal ist das nicht. Da will uns einer etwas sagen«, brummte Baier.

»Er tötet, wie Römer gemeuchelt hätten. Er verwendet ein römisches Utensil. Was heißt das für uns?«, fragte Evi.

»Römisches tötet, es leben die Kelten!« Gerhard fand sich selbst blöd. Und die Blicke, die ihm Baier und Evi zuwarfen, waren auch aussagekräftig genug.

»Arbeitshypothesen, wie gesagt«, erklärte Baier nach einer Weile. »Alles Hypothesen. Legen Sie sich nicht zu früh fest. Bleiben Sie offen.«

»Wir hatten dennoch schon schlechtere Konstrukte«, meinte Gerhard. »So, liabe Leit, wir warten nun mal ab, ob der Evers der Evers ist. Du, Evilein, schläfst dich endlich mal aus. Dein kurzer Anflug von Farbe ist schon wieder in Kalkweiß umgesprungen. Und entdecke ich da nicht Falten auf deiner makellosen Stirn?«

Evi warf ein Bierfuizl, und zur Abwechslung tippte sich Baier mal ans Hirn. »Ich lade euch ein mit meiner spärlichen Rente. Verschwinden Sie, Frau Straßgütl.«

Evi entschwand tatsächlich, und zwar mit Gerhards Bus. Sie wollte ihn morgen früh abholen. Gerhard hatte nämlich beschlossen, doch noch einem Weißbier zuzusprechen. Sie gingen schließlich hinein, draußen war Schicht im Schacht. Wegen der Nachbarn. Am Nebentisch saßen ein paar ältere Peißenberger Haudegen, ein weiterer trat gerade auf den Plan. Einer, der die Frauen ganz gern sah.

»Do kimmt der ›Bachelor‹«, witzelte einer.

Dröhnendes Lachen. Stimmengewirr. »Do is desmol aber nix Gescheits dabei«, meinte einer.

Gerhard war nahe dran, vom Glauben abzufallen, hätte er einen klar definierten besessen. Früher hätte es vielleicht geheißen »Do kimmt der Holzer-Schorschi« oder »Do kimmt der Rosserer-Hias«. So weit war es mit dieser Welt. Männer weit über sechzig schauten den »Bachelor«. Zu Hilfe!

»Mir wird schlecht«, sagte Baier.

Was Toni hörte und flugs einen Ouzo herstellte. Dass Baier mit zwei Ouzo und zwei Russ noch fahrtüchtig war, bezweifelte Gerhard in keinster Weise. Und auch wenn Baier sturztrunken gewesen wäre, hätten ihn die wenigsten Kollegen bei einer Verkehrskontrolle belangt. Man würde einen Kollegen nicht reinreiten.

Gerhard hatte beschlossen heimzulaufen, so ein Nachtspaziergang von einigen Kilometern in milder Luft war klärend für das Hirn. Gedanken kamen und gingen, machten neuen Platz, wirbelten umher, blieben hängen. Noch immer mochte er seinen Job, und doch wusste er, dass viele Kollegen nicht die Krone der Schöpfung waren.

Um es mal vorsichtig auszudrücken: Einer, der betrunken fahren würde, war da nur die Spitze eines sehr tief liegenden Eisbergs, was das Vertuschen in Polizeikreisen betraf. Da wurden Beweise unterschlagen, Asservatenkammern geplündert. Da ging es auch um Geld, Polizistengehälter waren nicht gerade üppig – schon gar nicht, wenn man in München oder dem Umland lebte.

Es war schwer, anständig zu bleiben, wenn man am längeren Hebel saß. Und wenn dann einer auch noch mit dem Staatsanwalt die Leichen im Keller teilte, waren solche Bündnisse für die Täter oder Opfer in Kriminalfällen manches Mal fatal. Es gab so viele Grauzonen, Grenzfälle, wenn man die Staatsmacht war. Macht korrumpierte. Gerhard war heilfroh, dass er mit Evi eine absolut integre Kollegin hatte. Melanie hielt er auch nicht für gefährdet, für Felix hingegen hätte er seine Hand nicht ins Feuer gehalten.

Mit solchen Gedanken durchschritt er zügig den Hahnenbühel, zwei raufende Kater unterbrachen ihr Tun. Wer stört? Pferde, die auf einer Koppel dösten, warfen die Köpfe herum und starrten den nächtlichen Wanderer an. Wer stört? Irgendwo flog ein Käuzchen auf. Wer stört?! Es war seltsam. Kaum verließ man die Bahnen gewohnten Tuns, kaum durchbrach man die Regel, nachts zu schlafen, war das Leben voller neuer Begegnungen.

»Bleiben Sie offen«, hatte Baier gesagt. Das würde er tun, er konnte gar nicht anders. Er war und wurde das immer mehr: ein schwer vermittelbarer Querkopf.

Als ihn Seppi, den er geweckt hatte, auch noch mit so einem Wer-stört?-Blick bedachte, musste er grinsen.

Es war nach zwei, als Gerhard ins Bett ging.

Sieben

Dennoch fühlte er sich erholt, als Evi um halb acht auf den Hof fuhr. Heute war sie das blühende Leben. Gerhard hatte erneut eine Besprechung, die mit Umstrukturierungen und Reorganisation zu tun hatte. Zu Deutsch ging es darum, Geld zu sparen, dafür aber mehr zu arbeiten.

Als er retourkam, hatte Evi Neuigkeiten. »Also, es ist Martin Evers. Ohne Zweifel. Ich habe Melanie beauftragt, irgendwelche Verwandten aufzuspüren. Sie soll auch den Professor nochmals kontaktieren, vielleicht hat der eine Idee. Die Schweizer Kollegen wissen auch Bescheid und wollen helfen herauszufinden, ob er vielleicht engere Kontakte in der Schweiz gehabt hat. Freundin oder so.«

Gerhard unterdrückte ein »Gut«. So ein dahergesagtes »Gut«. Denn das war gar nicht gut. Ein Mann war ermordet worden. Nicht gut. Er blieb mysteriös. Er blieb ein Fantomas. Diogenes, über den sie fast gar nichts wussten. Noch viel weniger gut.

Weil Gerhard nichts sagte, machte Evi weiter: »Ich habe mit Jo gesprochen. Du hast bei ihr übernachtet! Also echt!«

Gerhard wartete.

Evi hatte den Mund verzogen. »Also, Jo wiederum hat mit den Tirolern geredet. Niemand weiß etwas von einem Auftrag für Evers. Es läuft momentan ein LEADER-Projekt:

›Alpenrand in Römerhand‹. Da ist einiges in Bewegung. Aber ein Evers taucht nirgends auf.« Evi blickte düster drein.

»Evi, schau nicht so zwider!«

»Wie soll ich schauen, das ist doch alles sch... alles ziemlich unergiebig.«

»Oder eben nicht. Er hatte keinen Auftrag. Er verhielt sich geheimnisvoll. Stellen wir uns doch mal der Hypothese, er habe etwas entdeckt. Bleiben wir bei der Hypothese: Er hat den Beweis, dass Damasia wirklich am Auerberg gelegen hat. Er kann diese einzige Erwähnung bei Strabo nun mit einem echten Beweis belegen.«

»Aber das wäre doch toll!«

»Nicht, wenn man einer ist, der Damasia zu hundert Prozent leugnet.«

»Und wo finden wir den?«

»Na, unter den Professoren. Unter den Archäologen. Auch im Museum. Im Prinzip kann das jeder und jede sein. Die müssten ja ihr ganzes Museum umräumen, neu gestalten.«

»Dann könnte aber der gesamte Museumsverein verdächtig sein. Auch die nette Zora Bach.«

»Du sagst es! Drum sollt ihr die Mitglieder ja auch überprüfen.«

»Gerhard, dir ist aber schon klar, dass das uferlos ist. Wie sollen wir da denn vorgehen?«

»Wir brauchen bloß die Person, die wusste, dass Evers Damasia beweisen kann.«

»Bloß! Toll, Weinzirl!«

»Der Evers hat das sicher nicht an die große Glocke gehängt. Wir wissen ja auch von unseren Kiffer-Israelis, dass ihn jemand bespitzelt hat. Wir wissen das von Walter. Diese Person müssen wir finden.«

»Ja, das ist echt supereinfach. Ein Römerfan, der keine Keltenbeweise mag. Ich glaube, wir machen einen Denkfehler!«

»Ja? Welchen?«

»Ich weiß auch nicht. Irgendwas stört mich.«

»Gut, zweite Variante: Welche Keltenhysteriker leben in der Region? Wer versucht seit Unzeiten, diese Kelten zu beweisen? Denn wenn dann einer von außerhalb kommt und den Ruhm einheimst, ist das doch ewig peinlich, oder?«

Evi sah Gerhard an. »Weinzirl, du Schlaumeier! Irgendwie gefällt mir das auch besser. Da stecken bestimmt Fanatiker dahinter.«

»Nicht dramatisch werden, meine Liebe.« Gerhard grinste. »Aber weil die Idee so gut ist, fragst du Baier mal aus. Er hat das Szenewissen. Wer spinnt am Berg der Römer? Und Melanie soll weiter diese Museumsleute durchleuchten. Ich hab einen Termin, wir treffen uns in einer Stunde. Ich freu mich auf Baiers Ideen. Bis dann!«

Eine gute Stunde später war Gerhard tatsächlich retour.

»Grüße von Baier. Er sitzt auf seiner Terrasse, liest Zeitung und freut sich des Lebens, soll ich dir sagen«, erklärte Evi grinsend.

»Danke, das baut auf.«

»Also, ich hätte drei Varianten zu bieten, was die G'spinnerten betrifft. Alles irr genug.« Evi schüttelte den Kopf. »Leute gibt's!«

Gerhard wartete.

»Also, Baier, wie du richtig vermutet hast, kennt natürlich

alle Menschen, die hier um den Berg herumgeistern. Wir hätten da erst mal eine Keltengruppe: ›Eponas Erben‹.«

»Epona, ist das nicht was mit Pferden? Heißen Gestüte nicht so? Hab ich da nicht in Ungarn mal auf einem gewohnt?«

»Ja, ganz richtig. Epona, die gallische Fruchtbarkeitsgöttin. Ihre Symbole waren das Pferd und das Füllhorn. Diese Erben waren früher mal Westernfans. Waren in so einem Club. Davon haben sie noch die Pferde. Sie sind dann historisch etwas rückwärts in der Zeitleiste gewandert und wurden Kelten.« Evi grinste.

»Na, das nenn ich Flexibilität!«

»Hm! Gut, dann hätten wir Chakra Houbertis, Künstlerin.«

»Wen?«

»Mit realem Namen Maria Müller. Daher Künstlername. Weil Müller zu allerweltlich ist, sagt Baier. Sie erfreut, laut Baier, die Welt mit Traktaten zur Geschichte des Auerbergs, sendet ellenlange Dossiers ans Denkmalamt und an die Bürgermeister. Sie sieht sich in der Rolle der Entdeckerin von Damasia und will seit Jahren da oben einen Altar bauen und Zeremonien veranstalten. Sie kann alle abstrusen Allgäuer Sagen auswendig, die irgendwas mit dem Auerberg zu tun haben. Sagt alles Baier. Und dass er mitgeht, wenn wir die Dame besuchen. Weil er um unser Leben fürchtet.«

»Puh!«

»Ja, puh! Und dann hätten wir als Numero drei zur Abrundung des Ganzen noch den echten Eigentümer des Auerbergs.«

»Wie kann man der Eigentümer eines Berges sein?«,

fragte Gerhard. »Berge sind der Sitz von Göttern. Oder von solchen Leuten wie Frau Müller.«

Evi prustete. »Da sprechen wir von einem modernen Gott des Kommerzes. Der Mann besitzt die Wirtschaft da oben und sehr viel Grund, der dazugehört. Und er wollte ein Hotel bauen.«

»Moment, meine Beste! Ich hab da so was im Hinterkopf, dass diese Wirtschaft seit Ewigkeiten einer Familie gehört.«

»Du wirst ja immer unheimlicher, Weinzirl. Schon wieder gestrebert? Schon wieder vorbereitet? Also, pass auf: Da oben war tatsächlich die Familie Stechele, die immerhin seit 1601 eine Land- und Gastwirtschaft auf dem Berg betreibt. Urkundlich verbrieft: Seit vierhundert Jahren Stecheles am Berg! Früher versahen sie auch das Mesner-Amt. Als der Mesner einmal vergaß, den Auerberger Mittag Punkt zwölf zu läuten, kam sofort ein Kritiker und beschimpfte den Mesner, dass seine Uhr nicht nach dem Sonnenlauf ginge. Darauf der Stechele-Mesner: ›Schlampet d' Sunn rum, wie sie wöll, mai Ührle gaut rächt.‹«

Das klang nun aus Evis Mund etwas schräg, aber gut. Gerhard wollte diese Bemühungen um den Auerbergler Dialekt nicht weiter kommentieren.

Evi fuhr fort. »Das nur als Anekdote am Rande. Aber der letzte Spross hat eben trotz aller Tradition verkauft – und der neue Besitzer hat eine Business-Card, auf der steht: ›Eigentümer des Auerbergs‹. Sagt jedenfalls Baier.«

»Okay, und was war mit dem Hotel?«

»Dazu hab ich dir ein paar Sachen zusammengestellt. Vor allem hat sich der Bund Naturschutz da engagiert. Das hätten zwei Gebäude werden sollen, deren Grundfläche je dreihundert Quadratmeter gewesen wäre. Die Traufhöhe wäre sechs Meter fünfzig gewesen, und dann hätte man weder das Lechtal noch die Kirche gesehen. Moment, ich lese vor: ›Der Auerberg hat Würde, verlangt Respekt und ist ein Georgi-Berg, ein heiliger Berg!‹ Insofern hast du schon recht mit deinem Göttersitz.«

»Ja, und weiter?«

»Es gab ein Bürgerbegehren, den Auerberg zu erhalten. Ergebnis: Baugenehmigung abgelehnt. Kein Hotel. Aber ...«

»Aber was?«

»Wenn da wirklich einer der Sensation auf der Spur ist und tatsächlich weitergegraben würde, wie fände das der Besitzer des Auerbergs? Der spielt doch sicher auf Zeit. Neue Politiker, neue Zirkel, neue Einflussbereiche. Irgendwann klappt das schon mit der Genehmigung. Und wenn da nun auf seinem Grund Dinge zutage träten, die von großem Wert sind, ist es doch vorbei mit jedem weiteren Ausbau.«

Gerhard nickte. »Gut gebrüllt, Löwchen. Und wo finden wir den Mann?«

»Gar nirgends. Ist im Urlaub.«

»Verdammt. Aber das passt doch. Der meuchelt den Evers und ist dann mal weg!«

»Na ja, Evers' Tod liegt nun etwa zwei Wochen zurück.«

»Wir müssen wissen, ob seine Abreise mit dem Zeitpunkt der Auffindung der Leiche zu tun hat!«

»Hab ich überprüft, du Schlaumeier. Er ist drei Tage vorher weg. Wäre er der Mörder, wäre er auch nicht direkt nach dem Mord geflüchtet. Das passt alles nicht. Aber er kommt in einer Woche wieder.«

»Sch…ade! Und die anderen?«

»Nun, die Kelten lagern momentan irgendwo bei Burggen. Auf einer Wiese in Richtung Lech, die einer Sympathisantin gehört. Und Frau Müller-Houbertis ist wohl zu Hause. Sie wohnt in Tannenberg. Baier meint, sie bereitet sicher schon wieder Traktate vor. Baiers Frau kennt sie auch. Und du kennst Baiers Frau: *politically correct*, so was von einem Gutmenschen. Wenn aber die Müller-Houbertis auftaucht, versteckt sie sich im Keller!«

»Das ist allerdings bedenklich. Sehr bedenklich.« Gerhard lachte. »Also komm, wir fahren mal zu diesen Irren. Besser als nichts tun. Die anderen sind noch an den Museumsleuten dran?«

»Ja, aber bisher nichts Auffälliges. Fahren wir zuerst mal zu Eponas Erben.«

Ja, es war eine seltsame Welt. Der moderne Mensch wurde Cowboy oder tauchte ins Mittelalter ab, ein früherer Fall hatte Gerhard abgrundtief in diese Welt geführt. Er hatte sehr wenig Lust, schon wieder bei den Zeitreise-Fanatikern fündig zu werden.

»Hast du schon mittaggegessen?«

»Du denkst immer nur ans Fressen, Weinzirl!«

»Hast du oder hast du nicht?«

»Nein, hab ich nicht. Ist auch schon ein bisschen spät.«

»Gut, dann essen wir heute mal im ›Lido‹.«

»Am Starnberger See?«

»Nein, in Schongau.«

»Das ist aber ein Umweg!«

»Kaum. Wir wollen ja schließlich an den Lech. Ich ruf Baier an, dass er auch kommt. Und dann fahren wir erst zu dieser Frau Chakra in Tannenberg und dann über Burggen zu den Kelten. Meine Liebe, ich kenn mich aus!«

Es war drei, als sie im »Lido« eintrafen. Den Wagen oben abstellten und hinunterstiegen an den Fluss. Am Bootshaus »Lido« dümpelten die Boote. Sonnenanbeter übersprenkelten die Liegewiese, zwei Schäferhunde spielten See-Hund. Ein Segelboot gab alles, was bei totaler Flaute einfach zu wenig war.

Gerhard fühlte sich schlagartig wie im Urlaub und rügte sich einmal mehr, dass er einfach viel zu wenig unternahm in seiner Wahlheimat. Vielleicht hätte er mit einer Frau zusammen ... Quatsch.

Sie setzten sich unter einen Schirm, Evi blickte sich verwundert um angesichts eines Ambientes, das zwischen Mediterranem und Freak-Bar schwankte. Noch ein wenig Asien dazu und ein fischiger Geruch aus dem Wasser. Die Tische waren nicht alle gefüllt, an einem saß wohl Schongaus Szene. Die Mütter um die vierzig waren offenbar etwas spät berufen und deshalb umso besorgter um die Kinderlein. Die Väter mit Designerbrillen und schwindendem Haar – die Brillen wie bei Puck, der Stubenfliege, aber das war ja gerade in. Selbst der Generalsekretär der allbayerischen Partei trug so ein Ding. Schön war anders – aber Gerhard war nun mal selbst auch keine Stilikone. Evi konnte sich irgend so was Asiatisches in Curry ordern, Gerhard beließ es bei Schinkennudeln.

Als Baier kam, kam auch das Essen. »Bilden Sie sich schon wieder weiter, Weinzirl?«

»Wegen des Essens?«

»Nein, was die Flößerei betrifft. Sie sind hier am Lehrpfad. Den Höhepunkt hatte die Flößerei Mitte des 19. Jahrhunderts. Viertausend Flöße im Jahr, an hundertfünfzig Werktagen fuhren zwanzig Flöße pro Tag, sie mussten immer eine halbe Stunde Abstand halten, zu gefährlich war der Lech. Mit dem Bau der Lech-Staustufen war es vorbei mit der Flößerei, und der Lech wurde zum Energiefluss. Dreißig Kraftwerke und vierundzwanzig Stauseen für Laufwasser- und Speicherkraftwerke nutzen seine Gewalt nun; der größte Stausee ist der Forggensee bei Füssen, der maximal hundertachtundsechzig Millionen Kubikmeter Wasser zwischenspeichern kann. Er ist die Staustufe eins. Numero zwei liegt bei Prem, die drei eben bei Urspring. Der See war schon lange da. Er ist ein Relikt aus der Eiszeit, das nur später aufgestaut wurde. Und da war auch die Wasserleiche.«

Dass Baier einen immer so rüde in die Realität holen musste! Da schmeckte ja das Essen nicht mehr. Sie aßen aber doch in Ruhe weiter und lauschten Baier, der in Fahrt war.

»Die Stufe sechs ist Naherholungsgebiet, aber es gibt auch unverbaute Lechabschnitte wie bei der Litzauer Schleife. Da lagern eure Kelten. Flusshänge waren oft schütter bewachsen, weil die Hänge durch die Erosion bei Hochwässern untergraben wurden und nachrutschten. Mit dem Bau der Lech-Staustufen wurden die Steilhänge ihrer natürlichen Erosion weitestgehend beraubt; hier in dieser Urnatur gibt es noch den Offenwaldcharakter mit all seiner Flora und Fauna, die hier an den Hängen die Sonne anbeten kann. Am Lech kommt man nicht vorbei.«

Schließlich zahlten sie und fuhren westwärts, an der Abfallentsorgungsstation vorbei und hinauf nach Tannenberg, das am Abhang eines weiteren kleinen Berges kauerte.

»Weichberg«, sagte Baier. »Angeblich verstrahlt die Sendestation da oben die Leute von Tannenberg.«

Nun, im Fall der guten Frau Chakra schien das ja zuzutreffen. Total verstrahlt. Baier hatte erzählt, dass sie mit so ziemlich allen Menschen im Clinch lag. Dass sie in Bernbeuren immer mal wieder die Wanderschilder verdrehte und die Leute sich dann verliefen. Dass sie schon die Erklärungstafeln zu den Römern am und um den Berg überklebt hatte mit ihren Keltenhypothesen. Dass sie die Sagen von Weitnauer umgedichtet und immer mal wieder so eine Geschichte auf die Tafeln geklebt hatte. Nicht ohne sie ordentlich gummiert zu haben. Sie hatte auch schon die Villa Rustica im Visier gehabt und dort Schilder verändert.

Baier hatte sogar eine Kopie einer Auerberg-Sage à la Chakra Houbertis.

> *In alter Zeit war das Tal ein riesiger See. Der See entstand bei der Sintflut, und Menschen retteten sich auf den Gipfel einer Insel. Unser Berg war diese Insel! Die geretteten Menschen huldigten ihren Göttern. Das sah der Gott mit dem Absolutheitsanspruch nur ungern, und der Auerberggipfel ist eingebrochen und hat die ganze Stadt mit sich in die Tiefe gerissen. Der ganze Berg ist hohl, und noch immer leben sie in dieser Anderswelt. Sie sind gesegnet, und wer am Berg gräbt, stürzt ebenso in die Tiefe und wird nie mehr herauskommen.*

»Aha«, sagte Gerhard. »Die isländische ›Otherworld‹ mit Kritik am Christentum?«

»So was Ähnliches. Die Originalsagen handeln eigentlich

immer davon, dass ungläubige, übermütige Menschen den einzigen und echten Heiland missachtet haben und deshalb bestraft worden sind. Mari hat das eben etwas umdefiniert. Bei Weitnauer ist eine gottlose Stadt versunken, und bis heute gibt es Öffnungen, die von armen Seelen bewacht werden, damit sich kein guter Christenmensch darin verirrt. Und dann ist der Auerberg angeblich ein Blutberg, von dessen Gipfel ein Blutbach rinnt, wenn es Krieg gibt.«

»Na, hoffentlich rinnt da in nächster Zeit nix«, sagte Gerhard.

»In solchen Sagen steckt immer ein Körnchen Wahrheit!«, schimpfte Evi. »Du bist so was von profan!«

»Sicher, Frau Straßgütl. Der ist profan! Aber ein wenig profan kommt das alles auch daher: Wenn da die Rede von unterirdischen Gängen ist und dass alte Leute auf Mauerwerk gestoßen sind, dann stimmt das sicher. Bloß war dieses Mauerwerk mit hoher Wahrscheinlichkeit nicht von der versunkenen Heidenstadt, sondern das war alles römisch. Römische Stoaner. Und die wurden zu Ställen und sonst was auch allem verbaut, und da scheißen jetzt Kühe, Goaßn und Hühner.«

Gerhard lachte, Evi schmollte, und ihrer aller Aufmerksamkeit wurde nun von Maria Müllers Haus in Beschlag genommen.

Ihr altes Bauernhaus war umstellt von merkwürdigen Skulpturen aus Eisen und Draht. Man hatte den Eindruck einer bewehrten Festung, wahrscheinlich würden sie gleich mit Teer übergossen werden. Ein grauer Hund voller Zotteln kam angeschossen, dahinter eine Katze. Oder eher ein Kater, der aber leider nicht schwarz war, wie es sich für einen

Hexenkater gehört hätte. Er war getigert mit Weiß, hatte allerdings derartige Vampirzähne, dass das zu denken gab. Riesig war er auch.

Die Dame des Hauses trug einen gelben weiten Sari, der ihre dünne Figur umspielte. Sie ging langsam und wirkte so, als würde ihr das Gehen Mühe bereiten. Sie hatte auch keine roten Haare und keinen Besen, dafür aber tonige Hände und wirres weißes Haar, das überallhin wallte, und ein fein geschnittenes Gesicht mit weniger Falten, als das weiße Haar hätte vermuten lassen. Sie war als junge Frau sicher eine Schönheit gewesen. Etwas an ihr war anziehend, etwas abstoßend. Diese ganze zierliche Erscheinung war pure Energie. Es war nur unklar, ob diese Energie gut oder schlecht war.

»Baier, alter Kretin. Was hast du da für ominöse Gestalten dabei?« Na, das war doch mal 'ne Begrüßung.

»Mari, es freut mich auch, dich zu sehen.«

»Ich heiß nicht Mari«, zischte sie. »Mich freut's nicht. Also, was wollt ihr?«

»Ihre Kunst bewundern?«, sagte Gerhard in einem Tonfall, der nicht gerade freundlich war.

»Kinkerlitzchen. Wenn du mit dem da unterwegs bist, bist du ein Hüter des Gesetzes einer Unrechtsrepublik namens Germania. Und das Häschen da ist auch eine bittersüße Bulette?«

»Das Häschen auch. Können wir mal kurz reinkommen?«, fragte Evi mit Blick auf einen Himmel, an dem Wolken in rasender Geschwindigkeit aufzogen.

Sie wedelte unwirsch mit den Händen, und sie fanden sich in einem alten Haus mit sehr niederen Decken wieder, in dem alles ineinander überging. Der Küche fehlte eine Wand, sodass diese in eine Stube, die mehr ein Atelier war, mündete. An den Wänden waren Symbole aufgemalt, keltische wahrscheinlich.

Mari-Chakra war Gerhards Blick gefolgt. »Mitsu Domu, das Rad des Schicksals, dreht sich unaufhörlich weiter. Das Triskel, das Sonnenrad, ist Symbol für das ewige Leben und geistige Veränderungen. Das Sonnenrad spendet schöpferische Energie. Die könnte Baier brauchen, oder, altes Haus? Oder das keltische Dreieck: Es schafft eine harmonische Verbindung von Körper, Seele und Geist. Ich empfehle euch ein solches Amulett. Es schützt vor Phantasielosigkeit, langweiliger Lebensgestaltung und Depressionen. Ihr seht aus, als hättet ihr Depressionen.«

»Ich befürchte, ich neige eher zur Aggression«, sagte Gerhard. »Besonders hier und heute.«

Es passierte nichts. Sie standen im Eingang und warteten. Gut, dass Mari-Chakra so kleine Füße hatte, denn es war kaum ein Quadratzentimeter Boden frei. Bücherstapel, Blätter, Pläne. Tonsäcke, Eimer, gefüllt mit Schrott, Holzstangen. Bunte Decken, Stoffe, Klamotten. Mari-Chakra bezog einen Lehnsessel, der am Küchentisch stand, ihr Refugium mitten im Chaos. Da kaum zu erwarten war, dass sie ihnen einen Platz anbieten würde oder gar etwas zu trinken, quetschten sich die Besucher auf die Küchenbank. Sie räumten ein paar Pläne zur Seite, die wohl den Altar auf dem Berg darstellen sollten. Wahrscheinlich wäre da das Hotel noch die bessere Bebauungsvariante gewesen. Der Wind fuhr in die Perlenschnüre, die den Eingang zierten, es grummelte bedrohlich.

»Also, was wollt ihr Unseligen? Habe ich falsch parkiert?«

»Du hast gar kein Auto«, knurrte Baier.

»Stimmt! Dann hab ich Steuern hinterzogen, entzogen, weggezogen. Es gibt nur zwei Dinge, die man in Deutschland keinesfalls darf. Falsch parken und Steuern hinterziehen sind die Todsünden, die dich in den Orkus des Gesetzes bringen. Ob du Kinderficker bist oder als Großbanker Milliarden veruntreust, interessiert in dieser dumpfen Republik keinen.«

»Steuern zahlst du eh keine!«, maulte Baier erneut.

»Ja, Baier, du Alpdruck, du Nachtmahr, was dann?«

Gerhard begann, dem Ganzen ein gewisses Amüsement abzugewinnen. Sprachlich war diese Dame doch wirklich mal eine Abwechslung im Einerlei der sonstigen Befragungen. Nachtmahr – das würde ein Wort sein, das er in seinen aktiven Sprachschatz aufnehmen wollte.

»Ja, Mari, was dann? Hast du nicht letztens wieder in einem Leserbrief die Gemeinderäte von einigen Auerbergland-Gemeinden verunglimpft?«, knurrte Baier.

»Das Kaschperletheater von Bärabeira, ja sicher. Und noch ein paar andere. Nur Debile. Nur Kretins in unseren Gremien.«

»Weil Sie der Meinung sind, dass Sie einen keltischen Altar auf dem Berg bauen müssen und das bisher einfach keiner so recht wollte?«, fiel Evi ein.

»Ich verachte den matten Gleichmut, mit dem man hier den Keltensitz leugnet. Wir haben von Strabo eine klare Beschreibung, wo Damasia liegen muss. Muss! Nicht kann oder könnte, ihr Ungläubigen. Am Auerberg ist dieser Göttersitz!«

»Was Sie aber nicht beweisen können. Was keiner beweisen kann«, sagte Gerhard scharf.

»Komm mir nun nicht mit diesen ridikülen römischen Funden. Partizipiert ihr auch bei Baiers verblendeten Römeranhängern? Hündisch hängt ihr an diesen vermaledeiten Römern.«

Es blieb eine Weile still. Man musste das auch wirklich auf sich wirken lassen. Draußen zuckte ein Blitz.

»Was wäre denn, wenn jemand Beweise hätte?«

»Keiner hat sie. Ich habe sie. Ich bin die Nachfahrin der Druiden. Das ist in mir. Das ist meine Aura.«

Ja, sie war völlig verstrahlt, keine Frage. Und eines war klar: Diese Frau duldete keine Götter neben sich. Gerhards Blick war zum Herd geglitten, über dem eine Schnur gespannt war, an der allerlei aufgefädelt hing. Kräuter, Früchte, Pilze.

»Was haben wir da denn alles Schönes?«, fragte er.

»Druiden haben das Wissen. Die Macht. Wir sind Medizinkundige.«

»Auch ein Pilzchen dabei? Ich würde mir da gern ein paar Pröbchen mitnehmen«, sagte Gerhard.

»Habt ihr einen Befehl der Durchsuchung? Nichts nehmt ihr mit. Das sind geweihte Güter.«

Draußen tat es einen markerschütternden Schlag. Blitz und Donner lagen sehr nahe beisammen. Es war ein Sommer voller Donnerwetter. Und als hätte dieser Knall Gerhard aus seiner leicht amüsierten Zuschauerhaltung in einem absurden Theater gerissen, brüllte er auf einmal.

»Passen Sie auf, Frau Müller! Ich werde zu Ihrem Nachtmahr, das schwöre ich Ihnen. Ich schicke Ihnen ein Bataillon zur Durchsuchung Ihrer Chaosburg hier. Und glauben Sie mir: Sie verfluchen den Tag. Abschneiden, die Schnur. Sie kennen das Wort mit den zwei ›t‹. Flott!«

Dass sie sich wirklich aus ihrem Stuhl schälte und die Schnur abnahm, war verblüffend. Den Blick, den sie Gerhard schenkte, würden sie alle drei nicht vergessen. Und labilere Gemüter als Gerhard hätten diesen Fluch wohl auch ein Leben lang tragen müssen. Evi war ganz blass geworden.

Gerhard hingegen war aufgestanden und hatte sich zudem das Schneidebrett und das scharfe kleine Messer gegriffen und beides in eine Tüte bugsiert, indem er diese überstülpte, ohne die Gegenstände angefasst zu haben. Im Prinzip die Technik, die man anwandte, wenn man Hundekacktüten beim Spazierengehen befüllt. Sie sah ihm zu, schickte blitzende Pfeile aus ihren Augen, sagte aber nichts.

»Wie sieht es mit Knollenblätterpilzen aus?«, fragte Gerhard.

»Alle Dinge sind Gift, und nichts ist ohne Gift; allein die Dosis macht's, dass ein Ding kein Gift sei, sagte schon Paracelsus. Ein winziges bisschen, ein Stäubchen. So vieles kann die Sinne erweitern. Aber das entzieht sich euch Uneingeweihten.«

Magic mushrooms, halluzinogene Pflanzen – Gerhard hatte keinen Zweifel, dass diese Frau über ein gefährliches Wissen verfügte. Er hielt ihr ein Bild von Evers hin. Nicht das als Wasserleiche, sondern eines, das ihnen aus der Schweiz geschickt worden war.

»Und?«

Sie nahm es, sie drehte es und ließ es dann zu Boden flattern.

»Kennst du den Mann, Mari?«, brüllte Baier gegen den Platzregen an, der Blitz und Donner gefolgt war.

»Nein«, sagte sie nur, und Gerhard war sich sicher, dass sie log. Da war etwas durch ihr Gesicht gezuckt, als sie das Bild berührt hatte. Das Verdammte an diesem Fall war eben, dass sie kein klares Wissen über den Todeszeitpunkt hatten. Die Zeitspanne war einfach zu groß, um nach Alibis zu fragen.

»Sicher?«

»Sicher ist nur der Tod. Den Lebensodem hauchen wir alle aus.«

»Ja, und der Mann hat den seinen ausgehaucht. Haben Sie diesen Mann schon mal gesehen?«

»Leidet der an Taubheit?«, fragte sie an Baier gewandt.

»Mari, überreiz es nicht!« Baier hatte sich erhoben, und die anderen beiden folgten seinem Beispiel.

Die Naturgewalt war durchgezogen. Die Straße dampfte, sie standen in Nebelschwaden, die vom Boden aufzüngelten. Mari war in ihren Türstock getreten. Irgendwie wirkte sie schief. Die Perlenschnüre hingen herab wie langes, wirres Haar. Dazwischen stand sie und hatte die Hand provozierend zum Gruß gehoben.

»Was für eine Irre!«, sagte Evi. »Sie macht mir Angst. Kennen Sie die schon lange, Baier?«

Baier knurrte. »Es gibt so viele irre Menschen, ich kann mich nicht um alle kümmern.«

»Das ist keine Antwort«, sagte Evi überraschenderweise.

Baier blickte hoch. »Sie war mit mir in der Schule. Ich war mal in sie verschossen.«

»Sie hatten mal was mit Chakra Houbertis?« Gerhards Stimme brach.

»Mit Maria Müller aus Peiting. Die schöne Maria. Alle haben sie verehrt. Die später Bildhauerei studiert hat. Die lange irgendwo durch die Welt getingelt ist. Die mit einem gut zweijährigen Kind, das sehr exotisch ausgesehen hat, retourgekommen ist. Die dieses Kind verloren hat, als es fünf war.«

»Verloren?«

»Eine Herzgeschichte. Der kleine Junge war nicht zu retten. Danach verschwand auch Maria und wurde nach und nach Chakra. Sie war wohl mal sehr krank, munkelt man. Mir macht sie auch Angst, weil sie nichts zu verlieren hat.«

Die Kommissare schwiegen. Immer noch standen sie im Dunst des abgezogenen Gewitters. Gerhard fühlte eine merkwürdige Schwere. Immer wieder hatte Baier etwas offenbart. Immer wieder hatte er ihn überrascht. Was schlummerte noch in dem Mann, der so klar und bodenständig wirkte? Wohin packte er sein Leben? Wo hatte er seine Leichen gestapelt? Hatte er sie längst verbrannt und die Asche über die Felder des Vergessens gestreut? Hatte er sie begraben und ging nun leichtfüßig über die Gräber?

Etwas sagte Gerhard, dass Baier nichts davon getan hatte. Er hatte Maria nie aufgegeben, und das wusste wohl auch Baiers Frau.

»Hat sie gelogen?«, fragte Gerhard, ohne Baier anzusehen.

»Ich nehme es an.«

»Sie kennt den Mann?«

»Sie kennt etwas von ihm«, sagte Baier und klang ebenso kryptisch wie Mari-Chakra selbst.

Gerhard war klar, dass er momentan nicht weiterfragen konnte. Auch Evi wusste das, und in solchen Momenten dankte er Gott und allen Heiligen, dass Evi seine Kollegin war und nicht etwa Jo. Die hätte nämlich die dreckigen Finger sofort in die offene Wunde gepresst. Es war auch klar, dass das letzte Wort mit der Dame noch nicht gesprochen war. Vorerst würde er die Pflanzen analysieren lassen, das Schneidebrett auch. Er würde über einen Durchsuchungsbefehl mit der Staatsanwaltschaft reden, wohl wissend, dass er bisher nichts hatte, was diesen rechtfertigen würde.

Die Sonne war wieder herausgekommen, das himmlische Donnerwetter war vorbei, die feuchte Hitze eines Dampfbades machte müde und schlapp. Gerhard musste sich anstrengen, ganz locker zu klingen.

»Nun, dann fahren wir jetzt mal zu den Kelten. Wir sind ja gerade drin in den alternativen Lebenskonzepten.« Immer noch vermied er es, Baier anzusehen. Es war gut, dass Baier dabei war.

Sie ratterten über Feldwege, und da war dann auch der Blick auf diese Litzauer Schleife. Unweit davon, an einem Waldrand, standen merkwürdige Hütten, in einem Holzverschlag auch Pferde. Durch die ständigen Gewitter und insbesondere das letzte gerade eben war der Boden purer Matsch, lustig ist das Keltenleben.

Eine Frau in einem roten Rock und einem rostfarbenen Oberteil kam auf sie zu. Ihre Sandalen waren lehmig. »Seid gegrüßt. Kann ich helfen?«

»Bisschen groß für Keltengäule, oder?«, fragte Gerhard. Dank Sarah, der Tochter der Vermieter, und Kollegin Melanie wusste er, dass es sich hierbei um zwei Kaltblüter und drei Westerngäule handelte. »Oder zu klein«, ergänzte er im Hinblick auf zwei gescheckte laufende Meter mit sehr viel Mähne, unter der die Augen kaum herausschauten.

Alle hatten sich gewälzt und sahen aus wie die Schweine. Halbtrockener Schlamm umgab sie. Kein Wunder nach dem Donnerwetter.

»Sie haben recht. Die Pferde waren eher so um die eins fünfunddreißig groß. Sind Sie vom Tierschutz? Wir haben alle Genehmigungen!«

»Tierschutz, ach was! Wir sind lediglich die Mordkommission.«

Die Frau blickte nicht intelligenter als das gähnende Kaltblut hinter ihr.

»Frau ...?«

»Epona.«

»Frau Epona?« Oh ja, man konnte sich nicht um alle Irren kümmern, aber manchmal musste man genau das tun.

»Epona ist mein Name hier im Dorf.«

»Ja, das freut mich außerordentlich. Und fürs Protokoll? In der realen Welt da weit draußen heißen Sie wie?«

»Marion Heuberger.«

Ein Mann kam dazu, der sich als Cernunnos vorstellte. Er war etwa vierzig, seine weite Hose war ab den Knien patschnass. Ansonsten war er oben ohne, hatte gottlob kein Waschbrett, sondern war eher dürr. Sein Pferdeschwanz war auch etwas schütter. Das war wohl der Herr Heuberger, nahm Gerhard mal an. Seine Frau setzte ihn ins Bild, der Herr Cernunnos-Heuberger ließ Gerhard, Baier und Evi auf ein paar Holzstümpfen Platz nehmen.

»Mordkommission? Wegen der Wasserleiche?«

»Ach, die Kelten hatten schon Zeitungen?«

Baier gluckste. Er schien sich vom Zusammentreffen mit der Vergangenheit etwas erholt zu haben.

Der Mann sah irritiert von einem zum anderen. »Liebe Herrschaften, wir sind hier im Sommer an den Wochenenden. Wir wollen, dass die Kinder was anderes tun, als vor dem PC zu sitzen. Oder dem Fernseher. Wir sind zwei Familien, und wenn Sie das blöde finden, ist das Ihre Meinung.«

Der Mann war etwas aggressiv, fand Gerhard. »Haben Sie mich etwas Wertendes sagen hören?«, erwiderte er scharf.

Der Mann stöhnte. »Entschuldigung, aber wir müssen so oft hören, dass wir verrückt sind, diese dauernde Verteidigungshaltung macht etwas mürbe.«

»Na ja, vom Western zu den Kelten, Sie entschwinden gern mal in andere Realitäten?«

»Die Westernranch kam daher, weil wir Westernpferde reiten. Aber dieses Gehocke am Lagerfeuer und dieses dauernde Steakfressen und Dosenbiersaufen war nicht so unseres. Wie gesagt: Wir wollten, dass die Kinder draußen sind.«

Ach, Steaks und Dosenbier, damit hätte sich Gerhard gut anfreunden können. Er sah Baier leicht grinsen. »Wo sind die denn? Die Kinder?«

»Vier Kids und ein befreundetes Ehepaar sind unterwegs, Pflanzen sammeln.«

»Wir betreiben ja quasi experimentelle Archäologie«, fiel seine Frau ein. »Wir haben schon viel gelernt. Wir spinnen …« Ein strenger Seitenblick auf Gerhard folgte. »Wir spinnen Wolle, weben und färben. Sie glauben ja gar nicht, was die Natur für ein Füllhorn ist. Keltische Kleidung war bunt, Haselnussblätter färben gut, aber auch Waid und Kamille färben. Großartig, oder? Und wissen Sie was: Wenn man Rost oder Essig zugibt, kann man Farbtöne stark verändern.«

»Sehr interessant«, sagte Gerhard lahm.

Sie war gar nicht mehr zu bremsen. »Mein Sohn lernt von einem Goldschmied, wie man die keltischen Fibeln, also diese Gewandspangen, macht. Großartig, oder?«

»Jaaa.«

»Wollen Sie gar nicht wissen, wie das geht?«

»Doch, unbedingt ...«

»Man benutzt einen sogenannten Faulenzer, das ist ein Brett mit Stiften, darum windet man das Material. Großartig, oder? Das wussten die Kelten schon vor zweitausend Jahren.«

»Wahrscheinlich möchten unsere Gäste aber nichts über die Kelten lernen«, sagte Herr Heuberger und lächelte etwas müde.

»Durchaus. Ich weiß bisher nur, dass das ziemlich blutrünstige, stinkende Kerle gewesen sind«, sagte Gerhard.

»Sehen Sie, da geht es doch schon los. Die Bezeichnung Kelten kommt vom griechischen ›*keltoi*‹, und das heißt ›die Kühnen‹. Und alles, was wir über die Kelten wissen, stammt von römischen oder griechischen Autoren. Das ist natürlich tendenziös. Hatten Sie Latein in der Schule?« Er wartete die Antwort gar nicht erst ab. Polizisten hatten in seinem Weltbild wohl kein Latein gehabt. »Wir bekommen ein Bild von blutrünstigen Barbaren, die den Feinden die Köpfe abgeschlagen haben. Wenn man aber Julius Caesars ›De bello Gallico‹ liest, dann spricht er sehr respektvoll von den Druiden, die für religiöse Riten zuständig, aber auch Lehrer und Richter waren.«

»Jaja, *Gallia est omnis divisa in partes tres, quarum unam* ...«, sagte Baier so in die Landschaft hinein.

Gerhard liebte diesen Mann und unterdrückte ein Lachen. Auf die bleierne Schwere vor Maris Haus war nun doch wieder eher Amüsement gefolgt. Humor ist, wenn man trotzdem lacht? So wie Jo das tat. Ihr Bild huschte vorbei. Jo hätte hier sicher auch ihre Freude. Und Jo hätte Mari wahrscheinlich sogar gefallen. Er wandte sich wieder an die Ersatzkelten: »Herr und Frau Heuberger. Dann haben Sie als Kelten doch ein ganz spezielles Verhältnis zum Auerberg? Zu Damasia?«

»Ach, Sie meinen die Fragestellung, ob Damasia ein keltischer Königssitz war? Damasia, die Burg der Likatier? Eigentlich ist uns das egal. Die Vindeliker siedelten wohl tatsächlich im nördlichen Alpenvorland zwischen Bodensee und Inn. Das ist klar. Ob die Teilstämme nun die Brigantier bei Bregenz, die Estionen bei Kempten und die Likatier diejenigen am Lech waren, ist uns egal. Uns geht es um unsere Wurzeln, auch um unser Urwissen. Wir finden chinesische Medizin oder Ayurveda unpassend für unsere Gegend. Meine Frau ist Heilpraktikerin, ich bin bei der Post. Wir wollen einfach etwas mehr über die Ahnen wissen und von ihnen lernen.«

Die Antwort war enttäuschend. Und Gerhard glaubte dem Mann mit dem keltischen Pferdeschwänzchen. Ein keltischer Postler, der Latein konnte und einen Hang zu den Ahnen hatte. Großartig, oder? Gerhard zückte ein Foto. »Haben Sie beide den hier schon mal gesehen?« Gerhard präsentierte ihnen nun auch das Bild, das den Mann in seiner unversehrten Form zeigte. Er selbst hatte immer die Wasserleiche im Kopf.

Und überraschenderweise sagten sie sehr schnell: »Ja.«

»Sie kennen ihn?«, fragte Baier.

»Nein, ›kennen‹ wäre falsch«, meinte der Keltenpostillion. »Wir haben ihn gesehen. Wir machen gern mal Wanderritte. Wir sind dem Lech gefolgt und dann rüber nach Bernbeuren und rauf zum Auerberg. In einem Hohlweg, ziemlich abseits der normalen Wege, war der Mann zugange. Er hatte Grabungswerkzeuge dabei und erschrak heftig, als wir ums Eck kamen.«

»Ja, genau«, ergänzte die heilpraktische Keltin. »Wir haben ihn angesprochen, was er da macht. Ob er von der Uni wäre.«

»Und?«

»Er hat gar nichts gesagt. Er hat seine Sachen gepackt und uns damit sehr deutlich zu verstehen gegeben, dass wir stören. Wir sind weitergeritten, und was komisch war …«

»Ja, bitte?«

»Wir haben noch einen Mann getroffen. Also auf dem Weg ist sonst ja nie einer.«

Gerhard versuchte, seine Unruhe zu unterdrücken. »Noch einen?«

»Ja, ich hab noch zu Max gesagt, es käme mir vor, als hätte der den anderen beobachtet.« Na Gott sei Dank nannte sie ihren Mann nicht Cernunnos, sondern ganz banal Max.

»Frauen geheimnissen doch immer und überall was rein«, meinte der.

»Wie hat der Mann ausgesehen?«

»Ausländisch«, sagte er.

»Wahnsinnig gut«, meinte sie, und das war der Gesichtsausdruck, den Gerhard bereits kannte.

»Groß, gut gebaut. Dunkle, feurige Augen, etwa vierzig?«,

fragte Evi, die auch schon wieder das Glitzern in den Augen hatte.

»Ja, genau«, sagte sie.

Das Waschbrett, zu Hilfe! Die Beschreibung passte doch wie die Faust aufs Auge zum Waschbrett!

»War der Mann allein?«, wollte Gerhard wissen.

»Ja.« Die beiden sahen die Ermittler fragend an. Irritiert.

»Gut«, sagte Baier, und in dem Wort lag all seine Autorität.

Gut, Gespräch beendet, weitere Fragen zwecklos. Er verabschiedete sich dann auch gleich mal für sie alle drei und bat die Neuzeit-Kelten, in jedem Fall nochmals nachzudenken, ob ihnen noch was aufgefallen war im Auerbergland. So auf ihren *Flashback-in-time*-Touren. Baier sagte: »*Salvete*«, und Gerhard und Evi folgten ihm wie kleine Lehrlinge.

»Wir fahren jetzt noch mal auf den Campingplatz, hurtig«, rief Gerhard.

»Weinzirl, es ist fast dunkel. Verschieben wir das auf morgen. In der Frühe sind die Herrschaften sicher noch in Morpheus' Armen. Wer weiß, wo die momentan unterwegs sind. Gönnen Sie sich und der lieben Kollegin eine Pause, Sie sehen beide nicht wirklich gut aus«, meinte Baier.

»Danke!«, sagte Evi.

»Gut, dann gehen wir was trinken und essen«, sagte Gerhard.

»Du hast eben erst gegessen!«, empörte sich Evi.

»Das ist Stunden her, und das waren mickrige Nüdelchen. Baier, Sie als Kind der Region. Wo esse ich sonst noch gut?«

»Nun, Weinzirl, wenn Sie den Landkreis kurz verlassen wollen, würde ich Ihnen Sameister anempfehlen. Also den

›Adler‹. Das ist eine Wirtschaft, die gibt Ihnen den Glauben wieder. Ich hatte ja nur Frühstück, ich würde durchaus ...«

Baier grinste.

»Sagt mal, wollt ihr nicht einen Gastronomieführer schreiben? Den großen Baier/Weinzirl?«

»Das wäre mein Traumjob!«, sagte Gerhard und zwinkerte Baier zu.

»Wisst ihr was, ihr Fresser? Ich fahre heim und ihr nach Sameister«, schimpfte Evi.

Was sie dann auch taten. Und Baier hatte nicht zu viel versprochen. Das war eine Gastwirtschaft nach Gerhards Geschmack. Schöne Stuben ohne Kitsch. Ein Stammtisch. Ein Service, der wusste, dass Gastronomie eine Dienstleistung ist. Adrette Damen im Dirndl, die einheimisch sprachen, nicht in irgendeinem Dialekt aus dem Sachsenlande, wie er die Ohren oftmals quälte. Und so herrliche Gerichte vom toten Tier. So konnte der Tag ausklingen, und das hatten sie sich doch nach Mari-Chakra und Eponas Erben auch verdient.

Acht

Gerhard war mit nach Peiting gefahren und hatte ein Taxi genommen. Was in einer fast taxilosen Gegend immer etwas dauerte. Nun hatte er Evi an diesem Samstagmorgen abgeholt. Fast eine Woche war vergangen, und sie hatten außer ein paar Irren und außer ein paar irren Hypothesen nichts.

»Na, da freust du dich aber. Hoffentlich hat das Mädel wieder einen Bikini an. Oder noch weniger«, zickte Evi zur Begrüßung.

»Ja, das wäre schön«, sagte Gerhard mit Inbrunst und zwinkerte Evi zu. Dabei war ihm gar nicht so launig zumute. Warum hatte das Waschbrett den Toten beobachtet? Es war doch kein Zufall, dass er neben ihm in diesem albernen Pod wohnte.

Allmählich wurden ihm die Fahrstrecken hier im Westen seines Wirkungskreises zu einer lieben Gewohnheit. Auch jetzt hinter Burggen war der Blick in die Berge gewaltig. Die rein gewaschene Luft ließ die Berge wie frisch poliert glänzen. Er passierte wieder den Kreisel und schenkte dem »Lechbrucker Hof« einen sehnsüchtigen Gedanken. Hunger hatte er auch schon wieder. Er hatte nichts gefrühstückt. Er grinste Evi an: »Soll ich dich lieber bei dem scharfen Kellner rauslassen?«

»Es geht nicht um scharf, er war einfach sympathisch. Außerdem haben die sicher noch zu.«

»Sympathisch, jaja, ich weiß: Bei euch Frauen ist das ganz was anderes.« Und wahrscheinlich war es das auch.

Frauen hatten ganze Anforderungskataloge an Traummänner. Eierlegende Wollmilchsäue in Gestalt eines Adonis. Klug und humorvoll, liebevoll und gut aussehend war gefragt. Selbstbewusst, aber nicht selbstherrlich. Geld schadete meist nicht, war aber bei Mädels wie Jo oder Evi zweitrangig. Aber reden musste man können mit den Typen. Reden? Natürlich ging es ihm als Mann um scharf. Die junge Frau aus Israel war scharf. Warum hätte er mit ihr reden wollen? Zumal bei seinem schlechten Englisch. Es ging um scharf, nicht ums Reden!

Sie parkten gegenüber der Rezeption und schlenderten in Richtung der Pods. Sie trafen zwei der Platzkatzen und sahen das Frauchen mit Coco auf der Schulter. Sie versteckten sich flugs hinter einem Caravan, um von der Dame nicht zugetextet zu werden. Im Weiterschlendern bemerkten sie mit Verwunderung, dass Baier und Jo im Reigen einiger weiterer Leute im Biergarten des Restaurants saßen. Es gab Weißwürste und Weißbier. Na, die ließen es sich gut gehen. Gerhards Hunger wurde bohrender.

Jo redete gerade. Mit großen Gesten. So wie sie eben war. Sie hatte die Durchschlagskraft einer Mure. Nur war ihre Diplomatie eher die eines Minenkreuzers. Evi winkte hinüber. Jo stand auf und kam herüber.

Küsschen und Umarmung für Evi. Knuff für Gerhard. »Und?«, fragte Jo.

Baier war Jo gefolgt und machte eine angedeutete Verbeugung vor Evi. »Frau Straßgütl, meine Verehrung! Sie sehen heute ganz entzückend aus. Der Schlaf der Gerechten hat Ihnen gutgetan.« Baier war nun wieder ganz der Alte.

»Was macht ihr hier?«, unterbrach Gerhard rüde eventuelle weitere Lobpreisungen auf Evis Schönheit.

»Eine Sitzung mit Geldgebern, Touristikern und allen Vertretern römischer Anlagen. Hier am Alpenrand eben«, sagte Jo.

»Aha. Und sonst?«

»Ich versuche, mehr Geld rauszuleiern.« Jo lachte.

Ein erneuter Seitenblick auf Jo sagte Gerhard, dass sie gute Chancen hatte. Wegen ihrer Fähigkeit, mitzureißen, sicher auch wegen eines Shirts, dessen frontseitiger Reißverschluss eindeutig zu weit offen war. Jo hatte immer schon gewusst, was sie kaschieren musste und was in den Blick rücken. Und auch wenn Jo natürlich wie alle Frauen über Falten und ihre angebliche Cellulite lamentierte, er fand sie heute mindestens so attraktiv wie vor zwanzig Jahren. Eigentlich schöner!

Weil keiner etwas sagte, meinte Baier: »Nun, wir vier ... das ›Hübschen‹ lass ich weg, weil es ja nur für die Damen gälte, sollten dann mal jeder unserer Wege gehen.« Er sah Gerhard scharf an.

Na, Baier war ja wirklich wieder gut drauf. Und er sagte ihm durch die Blume, dass Jo hier nichts verloren hatte. Da sie die Zeugen nochmals befragen mussten, denn aus dem Zeugen war auf einmal ein höchst interessanter Mann geworden. Wenn die Kelten recht hatten, war er Diogenes-Evers gefolgt! Hoffentlich war er heute weniger bekifft, und hoffentlich würde seiner Erinnerung etwas Neues entsteigen – zum Beispiel, was er da am Abhang des Auerbergs gemacht hatte.

»Ich komm mit euch mit. Moment«, sagte Jo.

Gerhard versuchte noch abzuwiegeln, aber sie war schon weg. Sie ging zurück zum Tisch, flüsterte einem Mann etwas ins Ohr und schien da irgendwas regeln zu wollen. So war das nicht geplant gewesen. Von irgendwoher und wie durch Zauberkraft tauchte auch noch Walter auf, es war ein Tross, der in Richtung der skandinavischen Hütten und der englischen Konservenbüchsen zog. Walter bog dann irgendwo ab. Im Gegensatz zu Jo hatte er so was wie Einfühlungsvermögen.

Im und um den Pod aber war keiner. Trotz der vergleichsweise frühen Stunde. Sie sahen sich um. Entdeckten Walter, der unschlüssig herumstand.

Baier winkte ihn heran. »Eine Idee, Walter?«

»Die Herrschaften aus Israel wollten heute früh ein wenig radeln, und anschließend wollten sie in Lechbruck ins Flößermuseum gehen. Das hatte ihnen nämlich bis dato noch nicht in den Besichtigungsplan gepasst. Ich habe ihnen zugeraten. Ist ja sehr interessant.«

»Als ob die einen Plan hätten! Die schlafen ja immer bis mittags«, maulte Evi und sah Walter missmutig an.

»Heute nicht«, kam es von Walter.

»Nun, an seiner Stelle tät ich auch länger im Bettchen bleiben«, erklärte Baier grinsend.

Evi schüttelte nur noch den Kopf.

Jo fragte: »Ja, und jetzt?«

»Und was? Jo, wir sind die Polizei. Wir müssen schweigen«, verkündete Gerhard süffisant.

»Du Depp! Ich bin von der Polizei auch schon zu dieser Sache befragt worden. Ob ich was über einen Martin Evers wüsste. Erinnern Sie sich, Herr Kommissar? Da werd ich doch ›Und?‹ fragen dürfen.«

»Und mich als Depp bezeichnen? Das ist Beamtenbeleidigung.«

»Quatsch. Sei mal dankbar, dass wir uns alle so reinknien«, schimpfte Jo.

»Werte Frau Kennerknecht. Wir alle sind hier der Willkür unterworfen. Zivilpersonen dürfen Fragen beantworten, Erklärungen abgeben – so ist das als gute Staatsbürgerin.« Baier lächelte und zeigte sehr viel schauspielerisches Talent. »Walter geht es doch ebenso. Immer zu Diensten und kein Dank.«

»Ihr bekommt gleich alle eine Verwarnung von der Staatsmacht wegen gefährlicher Neugier. Es gibt nichts zu wissen. Ihr wisst sowieso schon wieder Details einer laufenden Ermittlung, die euch nichts angehen«, sagte Gerhard.

Walter machte eine angedeutete Verbeugung. »Und deshalb empfehle ich mich zu Fabrikpreisen.« Und diesmal entschwand er zügigen Schrittes. Jo hingegen blieb stur stehen und sah Gerhard provozierend an.

»Herrschaftszeiten, Jo! Du weißt doch schon alles: Evers ist Evers. Er hatte Kontakt zu einem anderen Mann, der eventuell sein Mörder ist. Das haben die beiden im Pod ausgesagt, und sie haben uns ins Auerbergmuseum geführt. Wir wissen den Tag, weil sie an dem Tag getwittert haben, dass es am Auerberg kälter ist als in Caesar-Dingsda. An dem Tag hat er also sicher noch gelebt, ganz genau erinnern sich die Poddies nicht mehr, wann sie ihn zum letzten Mal gesehen haben. Aber wenn man mal die Aussage vom pfiffigen Walter hinzunimmt, dann ist er frühestens vierzehn Tage vor seiner Auffindung ermordet worden. Mehr weiß hier keiner!«

Sie alle schwiegen für den Moment, die Campingplatzgeräusche wehten und wirbelten durch die Luft. Es roch nach Grillgut und Sonnencreme.

»Was hat der getwittert?«, fragte Jo plötzlich. »Sag mir den genauen Wortlaut!«

»*Romans like in Caesarea. Much colder here on the breathy Auerberg*«, sagte Baier wie aus der Pistole geschossen.

»Wow!«, rief Jo. »Merkt ihr nichts?«

»Verreck, Herrgott, Sakrament. Warum ist mir das nicht früher aufgefallen?« Baier schrie regelrecht.

»Was bitte? Habt ihr einen Sonnenstich?«, fragte Gerhard, und Evi stand wohl auch auf dem Schlauch. Was auch immer das für einer war.

»Warum erwähnt er Caesarea? Mensch, Gerhard!«

Es war ja peinlich zuzugeben, dass ihm Caesarea nichts sagte. Gut, irgendwas mit Caesar. Die Peinlichkeit blieb ihm erspart, weil Jo weitersprach.

»Es gibt viele Städte zu Ehren Caesars, aber er meint sicher Caesarea Maritima in Israel. Von Herodes gegründet. In Caesarea wurde der erste außerbiblische Nachweis der Statthalterschaft von Pontius Pilatus gefunden. Man entdeckte eine Inschrift. Warum fällt jemandem, der schnell eine Nachricht twittert, Caesarea ein?« Jo blickte triumphierend in die Runde.

»Wenn er nicht selber etwas mit Römern und Altertum zu tun hat. Das meinst du?«, sagte Evi staunend.

»Er könnte einfach nebenan wohnen«, sagte Gerhard etwas lahm. Diese Aussage war umso blöder, als der Typ ja von den Kelten gesehen worden war. Natürlich hatte das Waschbrett Dreck am Stecken.

»Weinzirl!«, schallte ihm ein dreistimmiger Chor entgegen.

»Er ist vielleicht auch Archäologe. Und er wohnt nebenan im Pod. Das ist doch kein Zufall«, rief Evi.

»Sicher nicht.« Baiers Augen blitzten.

»Auch das Waschbrett wird sich angemeldet haben«, stöhnte Gerhard, dem all diese Menschen, die im Erdreich und damit in der Vergangenheit wühlten, echt auf den Nerv gingen. »Wir gehen zur Rezeption. Mit ›wir‹ meine ich Evi und mich. Baier und Jo plaudern noch weiter mit all den Römerseligen und Römersinnigen.«

Dass ihm der Vogel gezeigt wurde, das kannte Gerhard ja nun. Er hatte Evi an den Schultern genommen, sie in Fahrtrichtung gedreht und angeschoben.

»Los jetzt!«

Unter irgendwelchen unflätigen Ausrufen auf Fränkisch erreichten sie die Rezeption. Eine Praktikantin war sich nicht sicher, ob sie Daten herausgeben durfte. Es bedurfte eines Telefonats bis zur Chefin des Platzes, die seltsamerweise in Steingaden eine Apotheke besaß. Gut, der Mann war ein Multifunktionstalent, das Arzt war, warum sollte sie dann nicht Apothekerin mit Campingplatz sein? Die Daten wurden von höchst pharmazeutischer Instanz freigegeben. Der Podbewohner hieß Moshe Levi. Sie Leah Goldbloom.

Evi zückte ihr Smartphone, etwas, was Gerhard ablehnte.

Er wollte telefonieren. Sonst nichts. Er weigerte sich ja schon fast, eine SMS zu schreiben.

Evi hatte sich draußen im Schatten vor die Rezeption gesetzt. Ab und zu ließ sie ein »Puh« oder »Dacht ich's doch« vernehmen.

Das dauerte aber auch. Gerhard beherrschte sich und wartete, bis sie aufsah. »Und?«, fragte er.

»Moshe Levi ist eigentlich Dr. Moshe Levi. Sogar Dr. Dr. Er ist Archäologe am ›Sonia and Marco Nadler Institute of Archaeology‹ der Universität Tel Aviv. Schwerpunkt: Römer. Das liebreizende Fräulein Goldbloom studiert an diesem Institut. Das ist einer Publikationsliste zu entnehmen. Vielleicht ist sie seine Doktorandin.«

»Puh!«

»Ja, puh, Weinzirl! Ein Archäologe wohnt neben einem zweiten. Einer im Pod, der andere im Fass. Beide sind Römerspezialisten. Einer ist jetzt tot! Die haben uns voll verarscht, die beiden Kiffer!«

»Davon müssen wir ausgehen.« Gerhard war sauer. Vor allem auf sich. Die Göttin war also wirklich so eine Art Bond-Girl. Die beiden so was wie Bonnie und Clyde? »Komm mit!« Schon wieder schob Gerhard Evi in Position. Und eilte retour zum Pod. Der war nicht mal versperrt.

»Das können wir doch nicht machen!«, rief Evi.

»Welcher Staatsanwalt stellt dir denn einen Durchsuchungsbefehl für einen Pod aus? Einen Pod! Außerdem ist hier Gefahr im Verzug! Und offen ist auch!«, raunzte Gerhard.

Im Pod roch es dermaßen nach Dope, dass Gerhard schwere Befürchtungen hatte, dass die zarte Evi, die sicher höchstens fünfzig Kilo wog, augenblicklich aus den Schuhen kippen würde. Er robbte durch den Pod. Zwar hatte er Handschuhe an, aber die KTU würde ihn lieben, dass er hier Spuren hinterließ. Aber er war so wütend. Nichts! Er robbte wieder hinaus.

Gerhard war schon nahe dran aufzugeben, als sein Blick auf ein kleines Zelt neben dem Pod fiel. Darin lagerten zwei Taschen für den Gepäckträger der Räder. Eine Luftpumpe lag herum, Flossen, Taucherbrillen. Die beiden hatten sich eine Art Vorzelt gebaut, um im Pod mehr Platz zu haben. Was für ein Zigeunerleben! Gerhard kickte die Flossen zur Seite und eine dicke Jacke, die man momentan wahrlich nicht brauchte. Da lag ein kleiner Seesack. Er nahm ihn hoch. Er war schwer. Gerhard fühlte harte Kanten. Er trug sein »Paket« vorsichtig nach draußen und packte aus wie ein Kind seine lang ersehnten Weihnachtsgeschenke. Ein Laptop, eine Kamera und ein Handy, eingewickelt in eine Softshelljacke. Das Handy war ausgeschaltet. Und was, wenn das die Sachen von Martin Evers waren?

Evi starrte Gerhard an, der die KTU und einen Streifenwagen alarmierte. Er wollte die Sachen zügig untersucht wissen, sein Ton war mehr als unfreundlich. Und er nahm Kontakt mit den Kollegen im Ostallgäu auf, um diese zu informieren, dass er in Lechbruck jemanden zu verhaften gedachte.

»Übertreibst du nicht?«, fragte Evi. »Wir können die beiden doch momentan nur als Zeugen befragen. Du hast keinen Haftbefehl!«

»Den krieg ich später noch. Immer noch Gefahr im Verzug! Kein Wort zu den gefundenen Gegenständen. Ich will erst wissen, ob das Zeug Evers gehört hat. Aber ich will die zwei in jedem Fall in diesem Flößermuseum abfangen, und dann sollen mir Dr. Moshe Levi und Leah Goldbloom mal erklären, was sie wirklich hier wollten. Als Zeugen von mir aus! Komm jetzt!«

Sie durchfuhren Lechbruck, das entlang der Hauptstraße etwas konturlos wirkte, im alten Kern aber ein paar schöne Bauernhäuser besaß. In einem war das Museum untergekommen. Hier war Gerhard noch nie gewesen. Warum auch? Er, der Oberallgäuer. Sie bezahlten Eintritt, der ältere Herr beäugte sie kritisch.

»Woher willst du wissen, dass die wirklich kommen? Die können doch sonst wohin geradelt sein«, meinte Evi.

»Die kommen. Schau dir die Exponate an, du bist doch so scharf auf Kultur!«, schimpfte Gerhard und wandte sich ab.

Er war in äußerster Anspannung. Er war sich nämlich gar nicht so sicher, wie er tat. Er begann ebenfalls durch das Museum zu schlendern.

Dieser Lech hatte also Jahrhunderte das Schicksal so vieler Familien regiert. Seit der Römerzeit – schon wieder diese vermaledeiten Römer – hatte der Lech als Transportweg für die Holztrift aus den Alpen gedient, wo man Stämme zusammengebunden hatte, sie bis Augsburg getriftet, dort aus dem Wasser gezogen und anschließend als Brennholz verkauft hatte.

Die Flößer aus Prem, Lechbruck oder Schongau mussten nicht bloß kühn gewesen sein in den Stromschnellen und auf den gefährlichen Sandbänken, sondern auch verdammt gut zu Fuß. Denn wenn sie mit ihrer schwimmenden Holzfuhre in Augsburg angekommen waren, blieb das Floß dort zurück. Das hatte sich Gerhard noch nie überlegt, was für ein Leben musste das gewesen sein! Die Floßknechte – sie waren Tagelöhner im Dienste des Floßmeisters – nahmen nur Eisenteile mit und begaben sich auf den langen Marsch zurück. Und weil Marschieren durstig macht, tranken sie gern mal das eine oder andere geistige Getränk, und je länger der Rückweg – Flößer aus der Region gelangten bis Budapest! –, desto schlechter standen die Chancen für Frau und Kinder zu Hause, dass Geld bei ihnen ankam. Das Floß war quasi der Öllaster der Ahnen, und die Flößerfrauen waren bitterarm und mussten die Kinder abends mit dem Satz ins Bett schicken: »Nimm a Weihwasser und geh ins Bett.« Oftmals wurden sie dem Vater entgegengeschickt, damit wenigstens noch ein bisschen Geld in die Hände der Hausfrau floss und nicht alles als Lebenswasser in den Schlund des Ehemanns. Es war gut, ein wenig abgelenkt zu sein.

Er kam ein wenig runter, und dann waren Stimmen zu hören. Wohlbekannte Stimmen. Als der schöne Waschbrett-Doktor Gerhard erspähte und dessen Blick, da zuckte kurz etwas durch sein Gesicht. Er wusste, dass etwas hier gar nicht mehr stimmte.

»Dr. Moshe Levi, pleased to meet you! Any explications for your trip other than holiday?«

Na hoffentlich war das Englisch gewesen. Er hätte in der Schule bei den Sprachen wirklich besser aufpassen müssen. Nicht bloß beim Sport glänzen. Und in Religion, was ja an sich ein Witz war. Seine Eltern waren schon die totalen Agnostiker gewesen. Seine Mutter höchstselbst hatte ihm geraten, beim Beichten halt etwas zu erfinden. Er hatte dann gesagt, er hätte Äpfel beim Nachbarn geklaut. Die Vaterunser hatten sich in Grenzen gehalten. Also nun wieder Englisch ... zumindest klang Gerhard so bitterböse, dass der Herr Doktor beeindruckt sein musste. War er aber nicht. Er wirkte eher wie der Schurke im Bond-Film, der immer cool blieb.

Moshe Levi seufzte lediglich. »Was kann ich für Sie tun, Herr Weinzirl?« Er nickte Evi zu. »Und die Dame?«

Er sprach Deutsch, der Bursche! Und das nahezu akzentfrei! Und Gerhard hatte sich da einen abgebrochen mit seinem Englisch!

»Sie könnten uns erklären, warum Sie uns Ihre Identität verschwiegen haben und den Grund Ihres Hierseins, und ich würde es sehr zu schätzen wissen, wenn Sie uns in unser Büro folgen würden. Sie und Ihre Begleiterin. Ihr Taxi steht schon draußen.« Ein Streifenwagen war vor geraumer Zeit vorgefahren.

Levi seufzte nochmals und sagte in einer kehligen Sprache ein paar kurze schnelle Sätze zur Göttin. Diese machte riesengroße Augen.

Gerhard war nahe dran, sie zu beruhigen und zu beschwichtigen. Gleichzeitig rügte er sich. Israelische Frauen waren tough, gingen zum Militär. Sie war nicht das gute Bond-Girl, sondern die Gespielin des Gegenspielers.

»Gut, gehen wir«, sagte er nur.

Neun

Gerhard und Evi folgten dem Streifenwagen. Sie schwiegen. Gerhard war sogar der Appetit vergangen. In Weilheim gab er noch schnell Mari-Chakras Pflanzenbestandteile zur Analyse, die er seit gestern aufbewahrt hatte. Dann bat er die junge Frau zu warten und stellte Melanie zu ihrer Bewachung ab. Was für ein Paar! Diese leicht bekleidete Schönheit in absolut ebenmäßiger Gestalt und Melanie, die eher den Unterbau eines Kaltblutrosses hatte. Die in ihrer Uniform, die nie richtig saß, jetzt besonders ungeschlacht aussah. Melanie tat Gerhard in dem Moment wirklich leid. Man sollte den Schneidern deutscher Polizeibekleidung echt mal in den Arsch treten!

Dr. Moshe Levi nahm ein Mineralwasser und wartete.

»Sie sind Dr. Dr. Moshe Levi. Tätig am Archäologischen Institut in Tel Aviv. Spezialist für die römische Geschichte?«

Levi nickte.

»Herr Levi, haben Sie etwas dagegen, uns Ihre DNA zu geben?«

Er zuckte mit den Schultern und nahm Gerhard das Röhrchen ab. Entblößte makellose Zähne. »Bitte!«

Der Mann war pure Provokation. Gerhard musste sich zusammenreißen, um ganz gelassen zu klingen. »Neben Ihnen auf einem Campingplatz in Bayern hat ein Mann gewohnt, der sich ebenfalls in auffallender Weise für die Römer interessierte. Dieser Mann war seit Jahren damit beschäftigt, Ausstellungen in Römermuseen zu konzipieren. Dieser Mann wurde ermordet. Sie wohnen in einem Pod, der andere in einem Fass. Erzählen Sie mir nichts von Zufall! Oder dass Sie gern mal Urlaub im schönen Pfaffenwinkel oder Auerbergland machen wollten. Wir haben Zeugen, die gesehen haben, wie Sie den Mann verfolgt haben.«

»Soso, diese Reiter meinen Sie. Ja, die habe ich getroffen.« Moshe Levi lächelte Evi an, die ziemlich angespannt wirkte. Dann sah er Gerhard an. Lange. Durchdringend. Danach lehnte er sich zurück. »Ich kannte Martin Evers nicht persönlich. Sehr wohl kannte ich seinen Namen.«

»Aha. Schön. Und was soll uns diese Botschaft sagen?« Gerhard musste zugeben, dass ihn der Mann irritierte.

»Ich war längere Zeit am Britischen Museum tätig. In London. Dort gibt es die Vindolanda Tablets. Sie wurden am Hadrianswall gefunden. Sie stammen vom Vindolanda Fort, das etwas jünger ist als der Hadrianswall, der ja bekanntlich 122 nach Christus begonnen wurde.«

»Bekanntlich!«, maulte Gerhard. »Ja und? Was hat das mit Martin Evers zu tun, den Sie kennen oder auch nicht kennen?«

»Mit Verlaub, Herr Kommissar, ich versuche, Ihnen genau das zu erklären. Aber Sie benötigen wohl doch etwas Hintergrundinformation.«

Das war frech! Und eingeschüchtert war der Mann in keinster Weise. Dieses penetrante Waschbrett! Aber Gerhard schwieg und machte nur eine unwirsche Kopfbewegung.

»Inzwischen wurden siebenhundertzweiundfünfzig dieser Tablets, zu Deutsch Täfelchen, übersetzt, also transkribiert, und sie sind die ersten Beweise der Verwendung von Tinte in römischer Zeit. Geschrieben oder besser: geritzt wurde auf Birke, Erle und Eiche. Die Tablets sind 0,25 bis drei Millimeter dick und haben oft die Größe einer modernen Postkarte. Die Tinte, nennen wir sie mal so, bestand aus Kohlenstoff, Gummi arabicum und Wasser. Das absolute Highlight unter den Tablets ist die Einladung zu einer Geburtstagsfeier um etwa 100 nach Christus. Sie ist wahrscheinlich das älteste erhaltene Dokument in lateinischer Sprache, das von einer Frau geschrieben wurde. Da lädt Claudia Severa, die Frau des Kommandanten, eine Sulpicia Lepidina zu einer Geburtstagsfeier ein.«

»Geburtstagfeier?«, fauchte Gerhard.

»Ja, natürlich. Es wurde genauso geplaudert und hin und her geschrieben wie heute auch. Sozusagen die SMS der Frühzeit, wenn Sie so wollen. Es gibt Texte, da beklagt sich ein Legionär übers Essen, ein anderer will endlich die bessere Unterwäsche haben und die eisenbeschlagenen Stiefel. Probleme wie heutzutage, Alltagsleben! Jedenfalls fand man die ersten Tablets 1974 bei Baggerarbeiten und dachte sich erst gar nichts bei den Holzresten. Aber es war feststellbar, dass sie quasi gefaltet waren und beschrieben. Ich war bei der Übersetzung einiger dabei, ich bin Epigrafiker. Nun, in Israel ist das eine gefragte Profession. Sie kennen vielleicht …« – seine kurze Sprechpause und sein Blick auf Gerhard besagten, dass er ihn als eine ungebildete, minderwertige Existenz ansah – »… die Qumran-Rollen vom Toten Meer.«

»Die meines Wissens in Hebräisch verfasst sind, in Aramäisch oder ein paar auf Griechisch«, konterte Gerhard. Wie gut, dass er öfter nächtens im TV zappte und auf Arte, 3sat oder dem Dritten lehrreiche Sendungen kamen, die er gern mal verfolgte.

Dr. Levi blickte Gerhard zum ersten Mal interessiert an. »Dann ist Ihnen der religiöse Sprengstoff sicher bekannt, der darin liegt. Und immer, wenn schriftliche Dokumente gefunden werden, kann darin Sprengstoff liegen. Und hier sind wir nun bei Herrn Evers.«

»Doch schon!« Gerhard wartete und war froh, dass er nun nicht über die Qumran-Rollen diskutieren musste, so genau hatte er dann auch wieder nicht aufgepasst, sondern war eingeschlafen. Fernsehen half ihm immer so gut als Einschlummerhilfe, wenn ein Fall noch in ihm tobte und bohrte. Bildungsfernsehen wirkte eben doch auch einschläfernd, wenn man es zu stark genoss.

»Herr Evers fragte bei mir per Mail an, ob ich römische Kursivschrift lesen könne. Das war unser erster Kontakt.«

»Ja, und weiter?«

»Nun, ich habe das bejaht, wobei Old Roman Cursive wirklich sehr schwer zu transkribieren ist und das natürlich eine sehr vage Anfrage war. Evers antwortete, dass er mir gern ein Schriftstück mailen wolle.«

»Und das hat er getan?«, fragte Evi, die die ganze Zeit nur an den Lippen des schönen Herrn Levi gehangen war.

»Ja, seine Mail kam aus der Schweiz. Kam von einem Rechner aus Windisch, ich nahm also mal an, dass es sich um ein Schriftstück von dort handelte. Ich war einigermaßen aufgeschreckt, mir war bis dato nichts von Tablets, Schreibtäfelchen, aus Vindonissa bekannt.«

»Weiter!«

»Nun, es war ersichtlich, dass er selber wohl schon herumprobiert hatte. Sehen Sie, die Tinte ist oft verblasst. Viele der Täfelchen sind nur noch Fragmente. Die Schrift ist oft unwiederbringlich ausgebleicht oder wie abrasiert. Diese Täfelchen waren ja Jahrhunderte im Erdreich.«

»Und die von Evers?«, fragte Evi.

»Er hat in jedem Fall Infrarot-Aufnahmen gemacht, das ist ein gängiges Verfahren. Diese Aufnahmen hat er mir auch gemailt. Natürlich würde kein Kollege die Originale verschicken. *Cave!*«

»So ein misstrauisches Völkchen?«, fragte Gerhard und konnte seine Antipathie dem Mann gegenüber nicht unterdrücken.

»Herr Kommissar, Sie sind Polizist. Sie wissen, dass man keinem trauen kann. Und natürlich: Die Welt wird immer durchsichtiger. Es gibt kaum etwas, was noch nicht erforscht wäre. Wir haben das Web, wir haben Foren. Wir sind weltweit vernetzt. Sollte also ein Mann einer Sensation auf der Spur sein, dann hält sich der sehr bedeckt!«

»Ja, und konnten Sie nun was lesen, zum Donnerwetter?«

»Ich bin zweifellos Experte für Inschriften und Handschriften. Aber Sie dürfen sich das nicht so vorstellen, dass man die einfach so lesen kann. Römische Kursivschrift ist speziell. Selbst wenn sie gut erhalten ist, ist die Lesbarkeit höchst kompliziert. Das war eine Individualschreibweise; je nachdem, wer geschrieben hat, fallen die Lettern unterschiedlich aus. Es ist in ganz vielen Fällen unmöglich, c und p zu unterscheiden. Oder auch a and r. In anderen Texten sind s und t fast das Gleiche. Sie müssen sich das als komplizierte

Prozesshaftigkeit vorstellen. Man kombiniert immer neue Varianten, bis eventuell ein sinnvoller Text entsteht. Wenn es sich um offizielle Dokumente handelt, dann mag man da womöglich noch reüssieren, aber bei privaten Texten ist man häufig chancenlos ohne Vergleichstexte.«

»Nochmals: Konnten Sie nun was lesen?«

»Fragmente – ohne eine echte Sinnhaftigkeit. Ich habe Martin Evers gefragt, woher die Sachen stammen. Das hätte meine Arbeit erleichtert.«

»Ja und?«

»Er wollte das nicht sagen. Er gab an, dass die Sachen nicht aus der Ausgrabung von Vindonissa seien. Aber mehr wollte er nicht sagen. Da musste ich ihn wissen lassen, dass ich so nicht weitermachen könne.«

»Und dann?«, fragte eine staunende Evi, und irgendwie kam ihr das vor, als sei sie eben doch in einem Indiana-Jones-Film gelandet.

»Ich kann nur raten: Er hat es sicher weiter selber versucht, er hatte sicher Ideen, aber wohl keine wirklich zufriedenstellenden. Es gibt sogar Beweise, dass Römer in der Zeit die Schrift nicht richtig lesen konnten. Es existiert ein berühmtes Beispiel in einem Theaterstück des Dramatikers Plautus, der den Sklaven Pseudolus mit seinem Herrn Calidorus sprechen lässt. Der Sklave ist völlig unbeeindruckt von einem Brief, den der Herr erhält, und er findet, dass man das Gekrakel nur einem Hühnerfuß zuschreiben kann. Nichts als Hühnergekratze, findet er. Das zeigt, wie schwer das zu lesen war, schon damals. Sie können sicher ermessen, wie schwer es erst zweitausend Jahre später ist!«

Und weil Evi nichts mehr sagte und Gerhard sich auch

nicht entblöden wollte, schon wieder »Und weiter?« zu fragen, blieb es kurz still.

Dr. Moshe Levi fuhr selbst fort. »Etwa drei Wochen später kam wieder eine Mail, die besagte, die Tablets stammten von einem Berg im Bereich Raetiens, datiert um 20 nach Christus.«

»Das half Ihnen?« Berge in Raetien gab es doch sicher genügend. Sein Nacht-TV-Wissen war immerhin gut genug dafür, zu wissen, dass diese Provinz Raetien ziemlich groß gewesen war und Teile des heutigen Südtirols, der Schweiz und Bayerns bis zur Donau abgedeckt hatte.

Seit der Waschbrett-Doktor ihn nun ernst zu nehmen schien, war er deutlich kooperativer geworden.

»Das fragen Sie zu Recht. Ich hatte um eine Eingrenzung gebeten. Und mit dem Hinweis, dass es nicht allzu weit von Cambodunum sei, auch eine erhalten.«

»Und damit kamen Sie gleich auf den Auerberg?«

»Er erschien mir wahrscheinlich. Holzerhaltung gibt es am Auerberg. Fraglos. Holzfunde gibt es nur bei Feuchtbodenerhaltung, also im Quellwasserbereich, aber auch das passt zum Auerberg. Und das wenige, was ich lesen konnte, deutete auf eine Stadt hin.«

»Damasia? Stand da ›*Damasia*‹?«, rief Evi aufgeregt.

»Bei mir nicht.«

»Wie – bei Ihnen nicht?«, fragte Gerhard.

»Ich bin mir hundertprozentig sicher, dass er mir nur die Hälfte gegeben hat. Oder weniger. Er hat etwas davon abgedeckt, was weiß ich? Ich nahm auch an, dass er womöglich sogar zwei Täfelchen hatte. Und wie gesagt: Es ist sehr schwer zu entschlüsseln. Heute würde man sagen, wer da geschrieben hat, hatte eine sehr schlechte Handschrift. Heißt das auf Deutsch ›Sauklaue‹? Evers war jedenfalls ungeheuer vorsichtig. Zu vorsichtig.«

»Zu vorsichtig für ...« begann Gerhard.

»... jemanden, der etwas Unbedeutendes entschlüsseln will. Oder etwas bereits Entschlüsseltes vielleicht uminterpretieren. Da war mehr.«

»Er war also an genau der Sensation dran?«

»Ich nahm das damals an und nehme das heute erst recht an!«

»Zwei Fragen drängen sich dann doch auf, Herr Dr. Levi: Erstens: Wer hatte die andere Hälfte zum Enträtseln? Und zweitens: Woher wussten Sie, dass Martin Evers in der Region sein würde?«

»Zu Ersterem kann ich Ihnen gar nichts sagen. Ich weiß es nicht. Es muss ein Epigrafiker sein. Und ja, ich denke, er hat mindestens einen Kollegen hinzugezogen. Wer das ist, kann ich nicht sagen.«

»Diese Epigrafiker gibt es weltweit?«, fragte Evi.

»Ja, es gibt aber einige bedeutende in Heidelberg und Köln. Da müssten Sie sich vielleicht mal umsehen.«

»Gut, und warum sitzen Sie im Pod neben Evers, der nun tot ist?«

»Ich habe meinerseits natürlich recherchiert über Herrn Evers. Ich hatte in der Schweiz mal vorgegeben, mich für eine Zusammenarbeit zu interessieren. Ich kenne dort eine Kollegin.«

Gerhard lag schon eine unflätige Bemerkung auf den Lippen. Wenn der schon eine Kollegin kannte!

»Mir wurde gesagt, Herr Evers sei auf dem Weg nach

Bayern. Er wolle im Oktober zurückkommen, um in Vindonissa ein weiteres Projekt zu realisieren. Nun, für mich lag es nahe, dass er hier ist.«

»Und dann haben Sie diesen albernen Pod gemietet und ihn bespitzelt? Er hätte doch sonst wo wohnen können!«

»Fraglos. Aber seine Vita deutete darauf hin, dass er wieder eher ursprünglich und unerkannt leben würde. Ich habe ein paar Campingplätze besucht, bis ich ihn gefunden hatte. Das war natürlich Glück, in einer der zahllosen Ferienwohnungen hätte ich ihn kaum gefunden.«

»Und Ihre Begleiterin?«

»Leah arbeitet an meinem Institut. Sie promoviert gerade. Und sie ist, ich erlaube mir mal, einige Ihrer Blicke zu deuten, bereits dreißig Jahre alt. Sie hat gute Gene, sieht weit jünger aus. Zudem war sie mal Hochleistungssportlerin, darin liegt der Ursprung ihrer zweifellos außerordentlich guten Figur.« Er sah Gerhard herausfordernd an. »Und ja, sie ist meine Freundin, wir haben vor, demnächst zu heiraten. Natürlich habe ich ihr von dem merkwürdigen Herrn Evers erzählt, und natürlich war auch sie gespannt, worum es geht. Also haben wir unseren Urlaub genommen und sind hierhergereist.«

»Warum der Aufwand? Dieses Inkognito? Herr Dr. Levi, das überzeugt mich nicht so ganz. Kannte Sie Herr Evers denn nicht?«, fragte Evi, die nun wohl doch beschlossen hatte, trotz Waschbrettanbetung mal wieder zur Ermittlerin zu werden.

»Er hat sicher einmal ein Foto von mir im Internet gesehen. Aber da hatte ich noch einen Bart und bin im Anzug zu sehen.«

»Klar, als kiffender Urlauber ohne Bart, aber mit Sonnenbrille sind Sie ja ein Meister der Tarnung. Diese Geschichte wollen Sie uns allen Ernstes auftischen?«, rief Gerhard.

»Das ist die Wahrheit. Ich wollte mir den Mann erst mal ansehen. Ihn etwas beobachten. Ich hätte meine Tarnung schon noch aufgehoben. Es gibt auch genug Verrückte in der Szene. Genug Schmeißfliegen und selbst ernannte Spezialisten. Ich bin da eher etwas zurückhaltend. Ich komme zudem aus einem Land, wo Vorsicht immer ein guter Ratgeber ist.«

Gerhard atmete tief durch. »Und Sie wollen mir erzählen, dass Sie ihn also beobachtet haben, nichts Nennenswertes entdeckt haben und völlig konsterniert waren, als Sie von uns erfahren haben, dass er tot ist.«

»So ist es!«

»Mit Verlaub, Herr Doktor«, Gerhard imitierte die gelangweilte Lässigkeit seines Gegenübers, »das glaube ich Ihnen nicht. Sie kannten seine Identität. Sie kannten sein Anliegen. Sie haben diese Tablets gesucht. Sie haben diese Tablets oder Täfelchen gefunden und ihn ermordet. Oder aber, Sie haben diese Dinger eben nicht gefunden, es kam zum Streit, und er musste sterben. Variante zwei wäre dumm für Sie. Sie wollten den Fund doch als den Ihren deklarieren. Wo sind diese verdammten Schreibtäfelchen, Dr. Levi? Und was steht jetzt so Sensationelles drauf?«

»Ich wünschte, ich wüsste es. Wüsste, was draufsteht!« Er sah Gerhard wieder aufmerksam an. »Herr Weinzirl, manches an meinem Verhalten mag Ihnen seltsam vorkommen. Ich war nach dem dreijährigen Wehrdienst noch weitere zwei Jahre bei den Streitkräften. Glauben Sie mir, man lernt viel bei uns, ich kann mit einer Glock oder Uzi umgehen. Ich würde kaum einen Menschen so stümperhaft in einem See versenken. Seien Sie versichert: Hätte ich Herrn Evers ermordet, wäre der wirklich verschwunden. Auf Nimmerwiedersehen.« Seine Stimme war leise und nachdrücklich. Und Gerhard war fast versucht, ihm zu glauben.

Er bat den Mann zu warten und ging mit Evi in den nächsten Raum, wo die Göttin, die angeblich dreißig olle Jahre alt sein sollte, wartete. Evi übernahm die Befragung, weil ihr Englisch eindeutig besser war. Gerhard verstand, was die beiden Damen plauderten, und er verstand auch, dass aus Evis anfänglicher Ablehnung gegen diese Schönheit so etwas wie ein netter Plausch unter Mädels wurde. Die schöne Leah war sich dessen bewusst, dass der Herr Doppeldoktor ein begehrter Mann war, den sie aber anfangs gar nicht so interessant gefunden hätte. Zu schön für einen Typen. Sie war nämlich Leistungsschwimmerin gewesen, und gut gebaute Typen hatte es in ihrem Leben inflationär gegeben. Da hätte Gerhard ja vielleicht doch noch Chancen, wenn sie auf Waschbretter gar keinen Wert legte.

Gerhard hörte zu. Bei einer Ausgrabung sei man sich nähergekommen, und sie hätte seine Souveränität zu schätzen gelernt. Männer müssten vor allem souverän sein und sich ihrer selbst gewiss. Evi nickte dazu bedeutungsvoll und warf Gerhard einen kurzen Blick zu. Er hätte sie erwürgen können, diese beiden Ladys. Jedenfalls bestätigte die schöne Leah eins zu eins die Aussagen ihres Lovers. Sie gab an, dass es gar nicht so komisch sei, auf einem Campingplatz inkognito zu reisen. Weil die Kollegen schon ganz schön neidisch und auch boshaft sein konnten. Weil die Beschäftigung mit Dingen, die längst tot waren und bloß in Fitzelchen vorhanden, ja auch wirklich nur eine spezielle Spezies Mensch anspreche. Sie sagte, dass sie wirklich entsetzt gewesen seien, als sie vom Tod des Mannes erfahren hatten. Dass sie erst einmal hatten abwarten wollen, was geschehen würde. Denn natürlich war ihnen klar, dass sie ihr Inkognito eventuell nicht würden aufrechterhalten können. Aber die schöne Leah und der kluge Herr Doktor hatten doch immerhin einkalkuliert, dass das Mordmotiv irgendwo ganz anders liegen könnte. Beziehung, Eifersucht, Geld – Klassiker eben. Dass die Archäologie damit gar nichts zu tun hätte, das hatten sie angenommen. Da es natürlich nicht genau bestimmbar war, wann der Mann mit der Pilzvergiftung in den See geworfen worden war, war die Frage nach den Alibis eher müßig.

Evi dankte, Gerhard auch, und sie machten sich wieder auf zu Dr. Levi.

»Na, ihr habt ja nett geplauscht!«, rief Gerhard im Gang aus.

»Kluge Frau. Sympathisch. Ich glaube ihr«, sagte Evi nur und grinste Gerhard an.

»Und glaubst du dem Herrn Doktor auch?«

»Ich weiß nicht. Er wäre der Typ, der so ein Ding allein durchzieht und sie rauslässt.«

»Bist du jetzt völlig in die Frauensolidarität abgetaucht?«

»Bis vor Kurzem hättest du ihr doch niemals zugetraut, etwas Böses zu tun. Und jetzt ist sie die Gangsterbraut. Du bist doch bloß sauer, weil dein Englisch so schwach ist. Hättest du mal in deinem Allgäu-Gymnasium besser aufgepasst, mein Lieber! Leistungskurs Sport genügt eben nicht.«

Gerhard lag Unflätiges und Schlimmeres auf der Zunge, aber genau das hatte er ja selbst schon gedacht, und er schluckte schwer daran. Schweigend betrat er das Verhörzimmer, wo Dr. Levi ganz entspannt saß.

»Ihre Freundin bestätigt Ihre Aussagen.«

»Natürlich tut sie das, Herr Weinzirl. Ich könnte ja auch ohne sie gemordet haben. Das wäre Ihnen lieb, oder? Aber ich war es nicht. Ich fasse gern noch mal zusammen: Wir haben Evers ein wenig beobachtet. Ich bin ihm zweimal gefolgt. Einmal habe ich diese Reiter getroffen. Er hat oben am Berg gegraben, ich zeige Ihnen gern die Stelle. Ich habe ihn beobachtet, wie er nachts sehr lange am Notebook saß, und ich habe einmal beobachtet, dass ein anderer Mann ihn im Schutze der Nacht bespitzelt hat. Mit einem Fernglas. Das hat mich allerdings alarmiert, ich wollte eigentlich am nächsten Tag mein Inkognito lüften und diesen Martin Evers warnen, aber da war er weg. Seine Sachen auch.«

Das war die Nacht gewesen, die auch Walter erwähnt hatte. Das hieß also, dass Evers tatsächlich sehr kurz danach, also dreizehn oder vierzehn Tage vor seinem Auffinden, getötet worden war. Danach hatte ihn niemand mehr gesehen. Und mit der Zeit, die so ein Körper brauchte, um rauszuploppen, passte das auch zusammen.

»Was heißt ›seine Sachen‹?«, fragte Evi.

»Ich war so frei, seine Schlafstatt mal aufzusuchen. Da waren kein Notebook, kein Handy und keine Kamera mehr. Aber ich wäre doch nicht auf die Idee gekommen, dass er ermordet worden ist. Ich nahm an, er sei weitergezogen. Vielleicht nach Kempten oder Augsburg. Je nachdem, was er zu beweisen gedachte.«

»Sie sind eingebrochen?«, fragte Gerhard und hielt mit seiner Information zu den Gegenständen im Seesack immer noch hinter dem Berg.

»Musste ich nicht, das Fass war offen.« Er lächelte, aber da lag auch eine Warnung in seinen Augen.

Gerhard gab ein Schnauben von sich. Er war nahe dran, dem Herrn Doktor an die Gurgel zu fahren. Arrogantes Waschbrett!

»Herr Dr. Levi, Sie sagen, ›was er zu beweisen gedachte‹. Sie sagen auch, Sie hätten auf den Schreibtäfelchen nichts Sinnhaftes lesen können. Aber Sie hatten doch eine Ahnung?«, fragte Evi.

»Solche Ahnungen widerstreben mir. Genau das ist die Vorgehensweise der Laien. Jede Theorie ist nur gut bis zum Gegenbeweis. Und natürlich kann man herrliche Kausalnexi ersinnen. Innerhalb des Systems klingt so etwas dann ganz schlüssig. Ich bin Wissenschaftler, nicht Quizmaster.«

Kausalnexi, der Typ hatte vielleicht eine Ausdrucksweise, dachte Gerhard, und er gab sich seinerseits wenig Mühe mit der gepflegten Hochsprache. »Und wenn Sie mal von Ihrem hohen Wissenschaftsross runterkommen und doch mal ein wenig theoretisieren würden? Nur so für uns Deppen hier unten. Für uns Kriechtiere! Sie stehen unter Mordverdacht, falls Ihnen das noch nicht aufgefallen ist.«

Evi warf Gerhard einen missbilligenden Blick zu. »Was der Kollege meint: Wenn Sie eine Idee hätten, wohin das alles geht, hätten wir vielleicht Ansatzpunkte, die Sie und Frau Goldbloom entlasten könnten.«

»Sie kennen ja die Problematik dieses Auerbergs, nehme ich an. Eine Besiedlung von 12/13 nur bis 45. Dazu aber Bronze, Glas, Bauten. Niemand weiß, was der Sinn der Siedlung war und warum sie so schnell aufgegeben wurde.«

»Das ist uns bekannt«, sagte Evi. »Und es gibt eine Anzahl von Leuten, die unbedingt das keltische Damasia, die Burg der Likatier, nachweisen wollen. Wir hatten schon die Idee verfolgt, Martin Evers hätte ebenjenen Damasia-Beweis gefunden und damit all die Keltenfans glücklich gemacht. Die Anhänger der Römerfunde aber gleichzeitig ziemlich verprellt.«

Dr. Levis Augen leuchteten auf einmal. Seine Gesten wurden größer. Er brannte, und Gerhard konnte plötzlich ermessen, dass er als Dozent sicher grandios sein musste.

»Darum, glaube ich, ging es nicht. Vielmehr nehme ich an, dass Evers auf etwas gestoßen ist, was die Bestimmung des Auerbergs endlich enthüllt. Also des römischen Auerbergs. Evers war Römerspezialist, ihn hat es nicht interessiert, ob auf dem Berg eine keltische Vorgängersiedlung war, die später römisch wurde. Das schließt ja auch keiner aus. Wenn von den Kelten einfach nichts mehr erhalten ist, heißt das ja nicht, dass es sie nicht gegeben hat. Und ob Damasia nun wirklich die Burg der Likatier war und genau auf dem Auerberg gelegen hat, das dürfte Evers nur am Rande touchiert haben.«

Evi sah ihn etwas verwirrt an. »Ja, aber was hat ihn denn dann interessiert?«

»Ich glaube, er weiß, ähm, er wusste, was der Auerberg war. Er hätte allen Spekulationen ein Ende bereiten können.«

Gerhard sah den Mann aufmerksam an. »Und was war der Auerberg?«

Evi setzte nach: »Bitte auch, wenn das rein die von Ihnen so ungeliebte Ebene der Spekulation ist.«

Levi atmete tief durch. Es schien ihm schwerzufallen, nun konkret werden zu müssen. »Der Auerberg war die Hauptstadt Raetiens, die dort entstehen sollte. Es sollte ein nordisches Rom, das auf einem Hügel begonnen worden ist, werden.« Dr. Levi sprach auf einmal leise, so als müsse er sich überwinden, das auszusprechen.

»Darf ich?«, fragte er mit einem Blick auf ein Flipchart, das im Raum stand.

»Bitte!«

Er warf in großen schwungvollen Buchstaben auf das Papier:

Vere (…)
vicum (…)
(…) ia (…)
(…) petere (…)

Gerhard und Evi schauten sicher nicht sonderlich schlau aus der Wäsche.

»Nun, das waren die Buchstaben, die ich gefunden habe. Die ich glaube gefunden zu haben, ist richtiger. *Vere* bedeutet als Adverb »wahr«, ist ein geläufiger Namensbestandteil und wäre aufzulösen in *Verecundus*.«

»Also ein gewisser Verecundus ist im Spiel?«

»Möglich. *Vicum* steht für stadtähnliches Dorf, das *ia* kann die letzte Silbe sein.«

»Ja klar, von *Damasia*!« Evi war Feuer und Flamme.

»Auch möglich. *Ia* wäre geeignet für *Damasia* oder für *Municipium Damasia*, aber es wäre auch *Aelia Augusta*, also Augsburg, die Hauptstadt Raetiens. Vergessen Sie nicht, Augusta Vindelicorum ist erst der spätantike Name.«

Gerhard und Evi war das immer noch zu hoch.

»*Petere* meint ›hingehen‹, ›beanspruchen‹.«

»Ja und? Was bedeutet das?«

»Augsburg könnte nach dem Legionslager und vor der Municipiumserhebung ein *vicus* gewesen sein, oder aber die Hauptstadt Raetiens wurde vom Auerberg nach Augsburg verlegt.«

»Das wäre aber sehr, sehr …«

»Ja, das wäre sehr, sehr dramatisch. Der Auerberg als Vorgängersiedlung von Augsburg, und wenn Evers womöglich noch mehr Schreibtäfelchen hatte, dann wusste er vielleicht, warum die Siedlung so schnell vom Auerberg nach Augsburg verlegt wurde.«

Sie alle schwiegen, bis Gerhard sagte: »Aber wäre das denn wirklich so sensationell?«

Er schnaubte. »Herr Weinzirl! Mit Verlaub! Wissen Sie, was in Kempten und Augsburg dann für eine Lawine losgetreten würde! Sie könnten die römische Geschichte umschreiben. Wenn der Auerberg ein Äquivalent zum Magdalensberg in Kärnten wäre, wenn also der Auerberg das für Raetien wäre, was der Magdalensberg für das Noricum war, dann bringt das Zündstoff in die verknöcherte Professorenschaft.«

»Der Magdalensberg liegt nordöstlich von Klagenfurt …«, sagte Gerhard und wartete. Auch weil ihm in seinem ungesunden Halb- oder Viertelwissen eben nicht mehr dazu einfiel.

»Ja, und am Südhang des Magdalensbergs wurde seit 1948 eine Siedlung aus spätkeltischer-frührömischer Zeit ausgegraben. Die Parallelen sind bestrickend, bis hin zu einer Kirche, die den Berg krönt. Die romanisch begonnen wurde. Die heute mit christlichem Machtanspruch das überstrahlt, was nur noch in Fragmenten da ist oder noch im Boden liegt.«

»Aber auf solche Parallelen, wie Sie sagen, muss doch schon mal einer gekommen sein«, sagte Evi.

»Sicher! Die liegen ja auf der Hand. Der Magdalensberg war vor und kurz nach der römischen Okkupation des keltischen Königreichs Noricum der wichtigste römische Handelsplatz, wo das wertvolle norische Eisen gehandelt wurde. Ausgegraben wurden bis dato das Forum, ein Tempel, Repräsentationsgebäude, Badehaus, eine kaiserliche Goldschmelze sowie etliche Handels-, Werkstätten- und Wohnhäuser. Auch am Magdalensberg sind die Keltengruppen ganz trunken von der Ausstrahlung eines angeblichen Gipfelheiligtums. Und auch dort ist bis heute keine keltische Siedlung gefunden worden.«

»Wie am Auerberg!«, rief Evi.

»Fairerweise muss man natürlich sagen, dass die Ausgrabungen sich immer auf Römisches konzentriert haben, und man muss auch sagen, dass leicht irgendwelche Bauern, die sich Steine als Baumaterial geholt haben, mal eine keltische Fibel oder Schnalle oder Münze gefunden haben könnten. Die haben dem aber sicher keine Bedeutung beigemessen. Und ich möchte gar nicht wissen, was wir in alten Bauerngemäuern an Inschriften in irgendwelchen Steinen finden würden, würden wir wissen, wer wo welche Steine verbaut hat. Auch das können Sie eins zu eins auf den Auerberg übertragen.«

Er machte eine kurze Pause. »Und auch in Kärnten ist mit neunzig Jahren eine vergleichsweise kurze Besiedlung zu verzeichnen – ich meine, im Verhältnis zum Aufwand. Da wurde ja richtiggehend propagandistisch gebaut. Seht her, wir sind die Macht, und wir schwimmen in *pecunia*. Aber im Falle Noricums weiß man, dass diese Stadt, die immerhin drei Quadratkilometer hatte, dann durch Municipium Claudium Virunum am Zollfeld abgelöst wurde. Das war eine planmäßig angelegte City, ein antikes Brasilia oder Canberra, wenn Sie so wollen, das an einer wichtigen zentralnorischen Straßenkreuzung lag.«

Puh, dachte Gerhard. Was man so alles wissen konnte! Was der Mann einfach so aus dem Ärmel schüttelte. Solche Menschen verunsicherten ihn.

»Gut, vom Auerberg weiß keiner, warum er so schnell aufgegeben wurde«, sagte Gerhard schließlich.

»Vielleicht wusste es Evers!« Dr. Levis Augen leuchteten noch immer.

Doch, dieser Mann hatte den richtigen Beruf ergriffen. Und erneut und tiefer fühlte Gerhard einen Stich. Er war in letzter Zeit zu oft konfrontiert mit Menschen, die sich begeistern konnten. War er wirklich so ein abgeklärter Universaldilettant, den gar nichts mehr wirklich ganz tief berühren konnte?

»Dann wusste er auch den Namen der Stadt?«, fragte Evi.

»Eventuell, ich meine, am Magdalensberg weiß man es auch nicht wirklich. Eine Theorie besagt, die Stadt habe Noreia geheißen. Eine andere, dass sie bereits wie ihre Nachfolgerin auf dem Zollfeld Virunum hieß. Also doch

Damasia? Oder eben Aelia Augusta, die Vorgängersiedung am Auerberg. Ich hätte das Herrn Evers zu gern gefragt!«

Gerhard musste auf der Hut sein. Auch er war gefährdet, der Ausstrahlung dieses Mannes zu erliegen. Vielleicht hatte er Evers ja gefragt. Und wusste Bescheid. War längst im Besitz der Täfelchen.

»Evers ist tot. Haben Sie ihn umgebracht? Ein Unfall? Ein Geständnis würde sich mildernd auswirken.«

»Ich habe ihn nicht umgebracht. Ich bedauere nur, dass ich ihn nicht früher angesprochen habe. Vielleicht wäre sein Tod zu verhindern gewesen. Vielleicht hätte sein Wissen ja Bewegung in die Region gebracht. Bisher ist am Auerberg lächerlich wenig ausgegraben worden. Allein unter dem Parkplatz könnte weiß Gott was stecken. Ich möchte der Bevölkerung hier ja nicht zu nahetreten, aber außer ein paar engagierten Laien, ein paar Irren und zwei, drei Leuten in München interessiert es doch niemanden, was dieser Auerberg womöglich für ein Schatz ist. Eine wirklich große Ausgrabungskampagne wäre die Lösung. Und wenn Herr Evers diese Sensation in der Tasche hatte, dann wäre es auch zu einer neuen Grabung gekommen.«

»Nun hat wahrscheinlich jemand anders die Sensation in der Tasche. Sie?«

Moshe Levis Blick besagte, dass Gerhard ihn langweile. Gerhard nickte Evi zu und verließ mit ihr den Raum.

»Ich glaube ihm«, sagte Evi.

»Sicher, Evi. Nicht jeder, der ein Waschbrett hat, ist ein Gutmensch.«

»Und nicht jeder, der einen Waschbärbauch hat, hat recht, Weinzirl!«

»Evi! Wer bitte sonst käme in Frage? Der mysteriöse Mr. X, der Epigrafiker?«

»Ja genau! Der, der den zweiten Teil hat.«

»Diese Annahme beruht einzig auf einer Aussage von Levi. Der kann uns doch viel erzählen. Was, wenn er von Anfang an der Einzige war, der Zugang zu diesen Täfelchen hatte? Im Gegenteil, meine Liebe: Dieser Evers, wenn er doch so vorsichtig war, der hält den Kreis der Mitwisser doch so klein wie möglich. Wieso sollte der zwei andere mit reinziehen? Levi manipuliert dich!«

Sie hatten Kaffee und Wasser dabei, als sie wieder in das Verhörzimmer gingen. Levi bedankte sich höflich. Der Mann war ein harter Brocken, und Gerhard befürchtete, dass der ganz anderen Verhören standhalten würde. Vielleicht schon standgehalten hatte. Folter war aber in Deutschland zumindest offiziell verboten, wiewohl Gerhard wusste, dass sich Kollegen da längst in Grauzonen bewegten.

»Herr Dr. Levi«, hob Evi wieder an. »Woher hätte Evers diese Tafeln denn gehabt? Woher hatte er Ihrer Meinung nach diese Tablets?«

»Ich habe das auch überlegt. Und mir erscheint die einzige wahrscheinliche Lösung zu sein, dass er sie im Germanischen Museum ausgegraben hat. Hätte er sie früher schon in Xanten oder Mainz oder in Österreich entdeckt, dann wäre er doch sehr viel früher in Aktion getreten.«

»Aus Nürnberg? Aber wie wären sie dahin gelangt?«

»Meiner Ansicht nach hat dieser Christian Frank einen Teilnachlass an das Museum gegeben.«

»Aber hätte der nicht den Wert erkennen müssen?«, fragte Evi verwundert.

»Ich sage: nein. Ich möchte Herrn Frank auch nicht unrecht tun, aber das waren diese Heimatler wie er, die der ernsten Archäologie einen Bärendienst erwiesen haben. Er hat Bücher im Selbstverlag herausgegeben: ›Deutsche Gaue, Denkmale der Heimat‹, Untertitel: ›Zwanglose Berichte, Skizzen, Erzählungen‹. Alles um 1910. Heimattümelei, mehr nicht! Allein das Wort ›zwanglos‹! Ich nehme an, die Tablets lagen irgendwo in einer Kiste, beschriftet mit ›unbestimmter Holzfund‹. Das ist nicht ungewöhnlich.«

Gerhard war sich klar, dass er nun nicht gerade mit einem Israeli deutsche Gaue diskutieren würde. »Und in Nürnberg? Hätte man da nichts merken müssen?«

»Waren Sie schon mal im Germanischen Nationalmuseum?«

»Nein.«

»Nun, lassen Sie mich es mal so sagen: Es gibt eine solche Fülle von Sammlungen, dass eben so manches im Detail durchrutscht. Die Vor- und Frühgeschichte ist ja nur eine Sammlung von vielen. Dazu endlose Archive, Katakomben, Keller – da liegt leicht einmal eine Kiste aus Kaufbeuren brach.«

»Und wie kam Evers an den Fund?«

»Darüber kann ich wieder nur spekulieren. Wobei Zufall wohl die unromantischste und doch wahrscheinlichste Erklärung ist. Aber dazu haben Sie ja sicher die Mittel, um Evers' Zeit in Nürnberg zu durchleuchten.«

Hatten sie die? Sollte er im Keller wühlen? Sie steckten fest, und bevor Gerhard etwas sagen konnte, klopfte es. Melanie streckte den Kopf herein und winkte Gerhard heraus.

»Die KTU hat gearbeitet. Die Sachen gehören Martin

Evers. Die Jacke gehört auch ihm. In der Kamera ist kein Speichermedium mehr. Am Laptop und Handy alles gelöscht. Ein Experte ist dran, eventuell ist noch was zu retten.«

Das war allerdings eine Nachricht! Hatte er es doch gewusst! Das Waschbrett log!

»Danke, Mel. Das bringt Bewegung in die Sache. Besorg mir einen Haftbefehl!«

Gerhard war in höchster Anspannung, als er wieder den Raum betrat.

»Herr Dr. Levi. Ich habe interessante Neuigkeiten für Sie! Im Seesack in Ihrem kleinen Vorratszelt waren die Sachen von Martin Evers. Haben Sie dafür auch eine Erklärung?«

Es war das erste Mal, dass die Lässigkeit aus Levis Gesicht wich.

»Was sagen Sie da?«

»Sie haben ein kleines Zelt neben Ihrer Konservenbüchse stehen. Darin befanden sich, nicht sonderlich gut versteckt, ein Laptop, eine Kamera und ein Handy von Martin Evers. Wie sind die dahin gekommen? Was war drauf? Sie haben alles gelöscht! Allmählich würde mich der Name dieser verdammten Stadt auf dem Berg auch interessieren, wenn der so spannend ist!«, brüllte Gerhard.

Evi starrte von einem Mann zum anderen. Sie musste das augenscheinlich erst mal verarbeiten. Gerhard fühlte sich auf einmal triumphal. Das war sein Sieg über das Waschbrett.

Dr. Moshe Levi hatte sich gefasst. »Das muss uns jemand untergeschoben haben! Ich weiß nichts von einem Seesack und Utensilien von Evers. Ich war in seinem Fass, das habe ich Ihnen ja bereits erzählt. Da war keine Spur von Evers oder seinen persönlichen Dingen. Sein Mörder hat mit Sicherheit alles gelöscht. Herr Weinzirl, Sie werden keine Fingerabdrücke von mir auf diesen Gegenständen finden.«

»Sicher nicht! Weil Sie clever sind, Herr Doktor!«

»Soweit ich Einblick in das deutsche Rechtssystem habe, sollte ich nun einen Anwalt bekommen«, sagte Levi. Seine Stimme war eisig und konzentriert.

»Selbstverständlich«, erwiderte Gerhard. »Ich muss Sie aber dennoch verhaften. Sie hatten das Motiv, und die Gegenstände des Ermordeten waren in Ihrem Besitz. Herr Levi, an den Weihnachtsmann oder den Osterhasen, der Ihnen den Seesack gebracht hat, glaube ich nicht.«

Eines war löblich an dem Mann. Er tobte nun nicht oder flehte. Er blieb ruhig. Nur sein Blick ließ Gerhard erschaudern. »Was passiert mit Leah?«, fragte er.

»Das hat die Staatsanwaltschaft zu entscheiden.«

Was sie tat. Dass nämlich die schöne Leah ebenfalls in U-Haft bleiben würde. Sie wollte natürlich auch nichts von den Evers'schen Utensilien gewusst haben. Der Staatsanwaltschaft war das zu dünn.

Evi war völlig durch den Wind. »Ich glaube den beiden. Weinzirl! Du bist doch sonst nicht so engstirnig!«

»Evilein, ich wiederhole mich ungern. Der Mann ist schön und klug. Das beeindruckt euch Weiber. Aber das schützt nicht davor, ein Mörder zu sein. Im Gegenteil!«

»Du lässt alle anderen Spuren im Sande verlaufen? Was ist mit Frau Chakra Dingsbums? Du hast ihre Pflanzen zum Analysieren gegeben? Wozu dann? Was ist mit dem Besitzer des Berges? Wir sind noch mittendrin in der Überprüfung der Museumsleute. Ist das jetzt alles kein Thema mehr?«

»Er hatte das Motiv. Das Wissen. Er hat diese Tablets irgendwo versteckt. Oder sie versendet. Ich werde das rausfinden. Du musst dich mal von deiner Waschbrett-Verblendung lösen. Wir sind hier nicht in einer Gerichtsshow. Das ist eine polizeiliche Ermittlung mit klarem Vorgehen. Aus. Äpfel. Amen.«

Evi, die selten die Beherrschung verlor, war ganz kurz davor, etwas zu sagen, was nicht ihr Niveau war.

Gerhard spürte das und suchte den organisierten Rückzug. »Ich habe mit dem Pressesprecher zu reden.«

Und weg war er. Sie würden auf den Anwalt warten, sie würden den Mann morgen nochmals verhören. Sie würden ein Geständnis bekommen. Er hatte doch gesiegt, oder?

Warum fühlte er sich nur so scheußlich? Welche kleinen Tierchen nagten in seinem Inneren? Es waren Parasiten namens Zweifel. Gerhard atmete tief durch. Es reichte jetzt. Er hatte einen Mann mit Motiv, mit dem nötigen Wissen. Einen Mann, der die Sachen des Toten versteckt hatte. Das war mehr als genug.

Zehn

Als Gerhard draußen war, war Evi lange dagesessen. Dann hatte sie nachgesehen, ob Gerhard weggefahren war. Was er getan hatte. Danach rief sie Jo an.

»Johanna Kennerknecht, ich muss mit dir reden. Obwohl ich genau das nicht darf.«

Evi fuhr im Abendlicht bei Jo vor; diese saß vor dem Haus und hatte Weißwein in einem Weinkühler kalt gestellt. Jo konnte inmitten von Tierhaaren und sehr nachlässigem Ambiente leben, ihre Weine waren aber stets erlesen, weil Jos Leben eben zu kurz war für schlechte Getränke. Sie war aufgestanden, gab Evi zwei Küsschen auf die Wangen und meinte: »Der Weinzirl?«

Evi atmete tief aus. »Ja, der Weinzirl. Und ja, was ich hier mache, kann mich meinen Job kosten.«

»Meine Liebe, meine Lippen sind verschlossen. Ich werde es kaum an die Zeitung geben. Jetzt red schon.«

Jo schenkte Evi Wein ein. Sie nippte. Evi, mit Bocksbeutel groß geworden und mehr oder minder Antialkoholikerin, hielt inne. Stutzte, nippte nochmals.

»Ist der gut. Wahnsinn.«

»Meine jüngste Entdeckung. Das ist ein Kerner. Von Manni Nössing aus Brixen. Der Mann ist genial. Wer so was machen kann, muss genial sein. Evi, dafür lohnt es sich zu leben! Das entschädigt für lange Tage voller dämlicher Gespräche.« Jo grinste. »Das entschädigt doch sogar für den Weinzirl. *Salute! Viva!*«

Sie stießen an. Evi lehnte sich zurück. Jo hatte recht. Aber Jo war ein so anderer Typ als sie. Jo kalkulierte Kontrollverluste ein, Jo liebte Grenzerfahrungen, sie hingegen hasste das.

»Also, nun sprich, was hat der Weinzirl wieder angerichtet? Mal wieder eine Zeugin oder schlimmer, eine Mörderin gevögelt?«

»Jo! Nein, das nicht. Er hat einen Mann verhaftet.« Langsam begann Evi zu erzählen. Und sie schloss: »Ich glaube ihm. Ich bin überzeugt, dass er es nicht war. Auch wenn alles gegen ihn spricht.«

Jo hatte Wein nachgeschenkt. Hielt das Glas gegen das Abendlicht. »Scheiße«, sagte sie schließlich.

»Du bringst es auf den Punkt.« Evi lachte. Es ging ihr besser.

Jo hatte die Lippen gekräuselt, was sie häufig tat, wenn sie nachdachte.

»Wenn dein Gefühl stimmt, dann hat jemand anders oder eine andere gemordet, oder? Wenn der schöne Doktor die Wahrheit sagt, dann hat der Evers wirklich den Beweis, was der Auerberg war, und mehr noch: Er weiß, warum diese Besiedlung so kurz war. Er weiß es. Der schöne Doktor weiß es nicht, hat aber einen Teil dieser Tablets übersetzt. Er kann also auch nur spekulieren. Und da ist der große Unbekannte, der zweite Schriftgelehrte, der eben auch einen Teil der Schreibtäfelchen gesehen hat. Den anderen Teil, logischerweise. Der ermordet Evers und hängt es deinem Doktor an.

Das ist doch eigentlich auch logisch. Wir finden den zweiten Epigrafiker und haben den Mörder.«

»Dieses ganze Konstrukt funktioniert aber bloß, wenn die Grundannahme stimmt. Wir stützen uns nur auf die Aussage von Dr. Levi. Da hat der Weinzirl schon recht: Das muss ja nicht wahr sein. Kann er sich ausgedacht haben. Vielleicht hatte er von Anfang an die gesamte Tafel oder die gesamten Tafeln.«

»Evi, aber du willst ihm doch glauben! Also ist das jetzt mal unsere favorisierte Theorie. Aber Evi, ganz ehrlich: Ich habe mich ja nun intensiver mit der Thematik beschäftigt – eben wegen dieses Via-Claudia-Projekts –, und ich sage dir: Da spuken so einige Gestalten rum. Das Problem ist, dass jeder von denen so was von ehrpieselig ist. Die haben alle meist so viel ehrenamtliche Arbeit in ihre Römeraktivitäten gesteckt, sich so reingebissen, dass die glauben, das sei das Wichtigste auf der Welt. Da fehlt jede Sicht über den Tellerrand, da ist auch diese geplante Kooperation mühsam, weil jeder Standort der wichtigste ist. Und ich mag mir gar nicht vorstellen, was passiert, wenn wir die Geschichte umschreiben müssten.«

»Du meinst also, es könnte auch jemand aus den hiesigen Römerkreisen sein, der eben seine Kreise nicht gestört haben will?«

»Ich meine nur, dass wir das nicht aus den Augen lassen dürfen. Diese Theorie impliziert aber, dass die Person wusste, wer Levi ist. Denn sonst hätte diese Person ihm den Seesack ja nicht untergeschoben.«

»Gott, ist das kompliziert!«, stöhnte Evi.

»Na, das ist Polizeiarbeit. Da müssen wir durch!«

Es war großartig, wie Jo »wir« sagte. Evi lächelte. »Und was fällt dir noch ein?«

»Also, diese Knollenblätterpilzgeschichte und die Spannbuchse! Ich bitte dich, warum sieht der Weinzirl das nicht! Das ist doch ein Wink mit dem Zaunpfahl. Das sind ja quasi römische Grabbeigaben. Das ist ein Zitat, eine Allegorie.«

»Zora Bach hat was Ähnliches gesagt. Da wären wir aber eher bei Chakra Houbertis. Das wäre doch ihr Stil.«

»Ja, und so wie du mir euren Besuch geschildert hast, ist die gar nicht nur gaga. Die ist eher sehr smart, oder?«

»Baier meinte, sie hätte nichts mehr zu verlieren.«

»Ja eben, da mordet es sich leichter. Sie will einen Keltenaltar am Berg. Da kommt einer und weiß alles über die Römergeschichte. Und nach ihm käme eine große Ausgrabungskampagne. Kein Altar mehr. Erst recht kein Interesse mehr an Kelten. So ein Mann muss doch weg in den Augen dieser Frau! Giftmorde begehen Frauen! Das ist in jedem ›Tatort‹ so!«

»Aber wo hätte sie ihn getroffen?«

»Ja, das wäre zu klären. Auch wie sie an die Buchse kam. Die Pilze hat sie wahrscheinlich in der Hausapotheke. Wir müssen rausfinden, wie die Buchse das Museum verlassen hat!«

»Da geht es schon wieder los. Es ist erneut pure Spekulation, dass diese Buchse an dem Tag des Stromausfalls gestohlen wurde.«

»Klingt für mich sehr wahrscheinlich. Es wird doch wohl keiner aus der Truppe um Paul Lustig mit dem Schlüssel aufsperren und im eigenen Museum eine Spannbuchse wegnehmen und sie an einen Toten binden.«

»Warum nicht? Das wäre doch clever. Weil jeder denkt, so was täte keiner.«

»Evi, ich kenn diese Leute ein bisschen. Sie sind kleingeistig, engagiert, nett, aber keine Mörder. Das Ding ist am Tag des Stromausfalls entschwunden. Wer war an dem Tag im Museum?«

»Wir haben das Gästebuch. Wir wissen, wie viele Leute da waren, die Eintritt bezahlt haben.«

»Ja, und habt ihr das nicht ausgewertet?« Jo starrte Evi entgeistert an.

»Levi kam uns dazwischen«, sagte Evi lahm.

»Mensch, Evi, du musst die Namen aus dem Gästebuch realen Menschen zuordnen!«

»Jo, der Buchsenklauer wird sich kaum ins Gästebuch eingetragen haben.«

Für eine Weile senkte sich Schweigen herab. Es war fast dunkel geworden. Jo schenkte den restlichen Wein nach.

»Wenn einer sich seiner Sache sehr sicher ist? Wenn einer vor Selbstgefälligkeit nur so strotzt? Der täte so etwas.«

So ungeheuerlich der Gedanke auch war, er hatte was.

»Und was mach ich jetzt?«, fragte Evi.

»Du holst das Buch, heute Nacht noch. Du meldest dich morgen krank. Du siehst eh schlecht aus.«

»Jo, das nimmt mir der Weinzirl doch nie ab. Das wäre ja so was wie Arbeitsverweigerung.«

»Morgen ist Sonntag!«, rief Jo.

»Ja, aber das interessiert doch nicht, wenn wir einen Verdächtigen haben. Die Befragung geht morgen weiter.«

»Hol das Gästebuch. Lass dir was einfallen!«

Als Evi Jo verließ, war es duster. Und sosehr etwas in ihr

dagegen ankämpfte, sie fuhr ins Büro. Murmelte den diensthabenden Kollegen gegenüber etwas von »was vergessen«. Tatsächlich lag auf Gerhards Schreibtisch noch das Gästebuch. Er war und blieb ein Schussel. Evi sah sich verstohlen um und bugsierte es dann in ihre Handtasche. Was tat sie da?

Und doch nahm sie das Buch mit – ohne genau zu wissen, warum.

Evi war am Sonntag früh im Büro. Gerhard war noch nicht da. Als er kam, hatte er eine sehr dienstliche Stimme aufgesetzt.

»Im Einvernehmen mit der Staatsanwaltschaft bleiben beide in U-Haft. Glauben ist was für Christen, hier geht es um Fakten.«

Evi sagte nichts.

»Du stimmst mir also immer noch nicht zu?«

»Nein.« Auch Evi hatte beschlossen, sich sehr knapp zu halten.

»Ich nehme an, du möchtest bei den nächsten Befragungen nicht dabei sein?«

»Kann ich denn möchten?«, fragte Evi.

»Es ist Sonntag. Du kannst natürlich freinehmen. Du hast viele Überstunden. Ich kann Melanie mitnehmen, die Staatsanwaltschaft ist da. Levis Anwalt wird auch kommen. Ich brauche hier keine Polizistin, die ihren Job nicht machen will.«

Es war Eiszeit. Eiszeit mitten im Sommer.

»Wenn du meinst«, sagte Evi nur.

»Du meinst, meine Arbeit torpedieren zu müssen. Ich würde jetzt gern telefonieren.«

Evi nickte und sah Gerhard nach, der den Raum verließ. Sie fühlte sich beschissen, war nahe dran, einzuknicken, aber sie hatte diesen Weg jetzt eingeschlagen. Also ging sie nach Hause und begann, das Buch zu studieren.

»*Schönes Museum. Hat uns gut gefallen.*« *Lilli und Eugen Meerbusch, Bochum.*

Die beiden standen im Telefonbuch. Evi wählte die Nummer. Die Frau, die dranging, klang sehr alt. Evi gab sich als Mitarbeiterin des Fremdenverkehrsamts aus, das eine Umfrage mache, wie gut der Urlaub gefallen hätte. Ob man vorhätte wiederzukommen. Die Meerbuschs sagten, dass sie das vorhätten, sofern die Pflegerin Marlies wieder mitkäme. Zwei Menschen mit Rollatoren seien eben etwas eingeschränkt.

Evi bedankte sich und versicherte noch, dass man versuchen würde, das barrierefreie Angebot auszuweiten.

»*Ein paar schöne Stunden. Danke.*« *Marlies Neuenstein, Bochum.* Das war wohl die Pflegerin. Die beiden Alten hatten Evers sicher nicht umgebracht. Und die Pflegerin doch wohl auch nicht. Es sei denn, sie hatte eine Verbindung zu Evers.

Es folgten Krakelunterschriften einer Schulklasse.

»*Die Rasselbande hat was gelernt.*« *Michael Neumayr, Kaufbeuren.*

Der war wahrscheinlich der Lehrer. Auf der Homepage der dritten Schule in Kaufbeuren, die sie checkte, fand Evi den Mann. Er war Sportlehrer. Wenn er wenigstens Geschichte gegeben hätte ... Trotzdem: Evi wollte ihn im Hinterstübchen behalten. Dieser Kurrat Dingsbums Frank war doch auch aus Kaufbeuren gewesen.

»*Wir lieben den Auerberg. Seit wir so viel über seine Be-*

siedlung wissen, werden wir mit noch offeneren Augen hier spazieren gehen. Wir nehmen jetzt den Römerweg.« Edeltraut und Susanne Knoll, Neusäß.

Die beiden Damen aus Neusäß bei Augsburg waren Mutter und Tochter. Die eine Krankenschwester im Klinikum, die Tochter Abiturientin. Mit Leistungskurs Geschichte. Giftmorde wurden oft von Frauen ausgeführt. Das hatte Jo gestern erst gesagt. Aber das war doch auch viel zu abwegig, oder? Überhaupt: Diese Datenflut im Internet machte einen ganz unruhig. Man konnte einfach jeden und jede googeln. Man ging auf Facebook und erfuhr, wer wann und wo mit wem gesoffen hatte, wo gekotzt und in welcher Viskosität.

Es war wirklich zum Kotzen und bedrückend. Hinter jeder Person lauerte so viel Leben. Das der Welt öffentlich zugänglich war. Jeder war verdächtig. Evi war mehr als unzufrieden. Und verwirrt. Sie traute ihren Gedanken nicht mehr. Und rief Jo an. Um ihr ihre Zweifel mitzuteilen. Um ihr von den bisherigen Ergebnissen zu erzählen.

Jo wollte sich ausschütten vor Lachen. »Hätte ich dir gar nicht zugetraut, solche Geschichten zu erfinden. Umfrage vom Tourismusamt. So was fällt ja nicht mal mir ein.«

»Hältst du mich etwa sonst für phantasielos?«

»Nein, nur für etwas ... na ja, manchmal bist du etwas verdruckst. Zu ernst. Zu obrigkeitstreu.«

»Entschuldige. Ich arbeite für die Obrigkeit. Du, was ich hier mache, ist totaler Irrsinn. Wie konnte ich mich auf so was einlassen?«

»Quatsch. Ich komme und helf dir. Du wirst sehen, wir finden was. Am Ende ist der Rollatormann in Wirklichkeit gar nicht gehbehindert, sondern ein Ex-Marine und fit wie ein Turnschuh.«

»Ach, Jo!« Aber eines hatte Jo erreicht. Evi musste lachen, und ihr war wieder etwas leichter zumute.

Evi hatte das Projekt »Gästebuch« zur Seite gelegt und kochte. Kochen beruhigte sie immer. Sie war überhaupt nicht der Typ wie Jo, die alle naselang zum Essen ging. Oder Weinzirl, der dauernd etwas Essbares kaufen musste – egal ob beim Metzger oder im Gasthaus. Seine Vermieter hätten ihm bestimmt auch eine Wohnung ohne Küche anbieten können. Sie hingegen kochte gern.

Als Jo eintraf, gab es eine Gemüsepfanne mit Tofu.

»Lecker! Womit hab ich so was verdient?«, fragte Jo.

»Mit nichts. Mich beruhigt Kochen.«

Jo blickte sie an, wie man eine Irre anblickt, sagte aber nichts. Und weil Jo wusste, dass Evi außer Mineralwasser ohne Sprudel nie was im Hause hatte, hatte sie ihren Kerner dabei. »Wir brauchen Inspirationshilfe.«

Sie aßen und redeten.

»Es waren an dem Tag dreizehn Individualgäste im Museum und einundzwanzig Schüler. Die Schüler haben alle unterschrieben, mit dem Lehrer dann noch acht andere Erwachsene. Fehlen fünf. Und der Buchsendieb ist sicher einer, der eben nichts reingeschrieben hat. Jo, wir verrennen uns.« Evi klang trotz Essen und Wein immer noch verunsichert.

»Jetzt lass es uns doch versuchen. Das schadet ja nicht. Und mein Gefühl sagt mir, dass wir was finden.«

Evi zweifelte sehr an Jos Gefühl, das immer noch weit gefühlvoller wurde, wenn sie Wein trank. Und sie hatte schon zwei Gläser relativ schnell intus.

»Du hast ja schon fünf Leute gefunden, fehlen noch drei. Oder bloß zwei, wenn der Lehrer zu den acht zählt. Gib das Buch her, was steht da noch?«

Jo riss das Buch an sich. Auf jener Seite, auf der die Kids ihre Namen hinterlassen hatten – eine Klasse mit drei Annas, drei Leahs, zwei Lenas, zwei Mäxen und drei Leons sowie zwei Lucas, es gab wohl fast nur noch Kinder mit »L« als Anfangsbuchstaben –, war die zweite Seite leer geblieben. Und darauf war ein merkwürdiger Krakel. Oder was immer das darstellen sollte.

»Was ist das?«, fragte Jo. »Ein Kind, das Analphabet ist? Soll es ja heutzutage geben.«

Evi schaute genauer hin. »Das kenn ich irgendwoher. Wo habe ich so was schon mal gesehen? Wo war das bloß?«

»Das weiß ich doch nicht!«

»Warte, warte, mir fällt das wieder ein. Das ist noch gar nicht lange her.«

Evi ließ die letzten Tage Revue passieren. Gerhard, Baier, die Wasserleiche, ein netter Kellner. Ein Kakadu im Zelt. Ein Waschbrett, die Augen des Waschbretts bei der Befragung. Dieses Mädchen. Die Kelten im Schlamm. Blitze am Himmel. Baier. Die wirren Haare von Chakra Houbertis. Und da war es auf einmal!

»Das ist ein keltisches Symbol. Diese irre Houbertis hat überall an ihren Wänden keltische Symbole aufgemalt. Das ist das keltische Dreieck, es soll gegen Phantasielosigkeit helfen. Und gegen Depressionen. Hat sie uns empfohlen.«

Jo starrte Evi an. »Das würde dann heißen, dass die Frau im Museum gewesen ist? An dem Tag?«

»Wahrscheinlich. Das Buch ist vorher und nachher beschrieben.« Evi überlegte. Dann begann sie, das Buch erneut durchzublättern. Ihre Ahnung hatte sie nicht getrogen. »Sie hat sich öfter verwirklicht. Vier Mal in diesem Buch, das das laufende Jahr abdeckt. Drei Mal keltische Symbole. Eines im Winter, eines im Frühjahr, dann wieder zwei Wochen später. Und nun dieses Dreieck. Was hat sie im Museum gewollt?«

»Wow!« Jo war aufgesprungen. »Noch ganz anders gefragt: Das muss doch jemandem aufgefallen sein, dass sie da war?«

»Muss es! Wir fragen den Lustig. Kannst du in deinem Zustand noch fahren? Mein Auto steht am Büro.«

»Na komm, natürlich. Ich habe kaum was getrunken! Wenn die Obrigkeit mir vertraut. Ich vertraue meiner Fahrkunst.«

Evi war sich schon hinter Weilheim nicht sicher, ob der Vertrauensvorschuss hätte gewährt werden sollen. Jos Fahrstil konnte man getrost als sportlich bis übermotiviert bezeichnen. Weil die Straße von Peiting nach Schongau wegen eines Unfalls gesperrt war, schoss Jo südwärts und dann westwärts. So schnell war Evi noch nie gen Westen katapultiert worden.

Hinter Steingaden huschten Urspring und Steingädele nur so vorbei, das Grün der Weiden in der weiten Karlsebene verwischte, die Wälle in Anthrazit dahinter waren auch nur Zerrbilder. Gottlob durchfuhr sie Lechbruck etwas langsamer, gottlob überlebten die Radler. Gottlob gab es den Kreisel, der Jo ein wenig ausbremste.

Das Museum war offen, Herr Lustig vor Ort an diesem

Sonntag, der deutlich kühler war als die Vortage. Er erkannte Evi, fragte gar nicht nach, was Jo dabei verloren hatte. Evi hatte das Buch im Anschlag.

»Warum malt Frau Houbertis Symbole in das Buch? Mehrfach? Vier Mal?«

Lustig bat die Damen in die urige Honeleshofstube. Er stöhnte. »Sie will uns ärgern. Sie geht durch das Museum und nervt uns. Am Anfang hat sie Exponate verstellt, Tafeln abgehängt. Sie hat Besucher belästigt und denen ihre Keltengeschichten erzählt. Das Museum hat sie verunglimpft. Und uns Betreiber auch.«

»Und das haben Sie zugelassen?«

»Nein, natürlich nicht. Sie bekam Hausverbot, und seither schleicht sie sich herein und hinterlässt ihre Symbole, damit wir sehen, wie omnipräsent sie ist. Damit wir an ihre Druidenfähigkeiten glauben. An ihre Tarnkappe. Das Problem ist eben leider, dass wir unterbesetzt sind. Sie hat keine Tarnkappe, aber wir haben hinten keine Augen und können nicht überall sein. Und deshalb schleicht sie sich ein, verändert irgendetwas, hinterlässt ihr Signum und freut sich diebisch. Wir leben damit; wenn ihr das guttut und sie damit Dampf ablassen kann, von mir aus.«

»Herr Lustig, sie war an dem Tag, an dem die Buchse verschwand, auch da!«

»Nein!«

»Doch!« Evi deutete auf das Dreieck.

Er war offensichtlich völlig konsterniert. »Ich habe nicht drauf geachtet. Ich dachte, das gehört zum Eintrag der Schulklasse. *Turpissima!*«

»Was?«

»Diese Vogelscheuche! Ich habe sie wirklich nicht gesehen. Aber dann könnte sie ja ...«

»Diese Buchse genommen haben?«

»Verdammt! Ja, das wäre genau ihr Stil! Der uns demonstriert, wie überlegen sie ist.«

Ja, das war wohl ihr Stil. Und wahrscheinlich war der Stromausfall wirklich ein dummer Zufall gewesen. Einer, der ihr zupassgekommen war. Zwar hatten sie noch nicht alle Namen in dem Buch gegoogelt, aber es war doch mehr als wahrscheinlich, dass diese selbst ernannte Druidin die Buchse geklaut hatte. Eine Buchse, die am Fuß eines Toten gehangen hatte. Aber was hieß das dann? Dass die Ex von Baier die Mörderin war? So vieles sprach dafür, und Weinzirl verhörte immer noch den Herrn Doktor! Evi war wütend und verwirrt. Was passierte hier?

»Herr Lustig, herzlichen Dank. Passen Sie auf Ihren Krempel auf«, sagte Evi salopper, als es ihre Art war.

Jo betrachtete Evi interessiert. »Ist das die neue Evi? Obrigkeitsfrei?«

»Nein, das ist die Evi, die weiß, dass sie an die Obrigkeit denken muss. Ich muss Gerhard anrufen. Das ist doch ein ganz neuer Aspekt.«

Jo schüttelte den Kopf. »Evi, denk mal nach. Du hast dieses Buch von seinem Tisch genommen. Du hast eine Idee, die wieder nur sehr vage ist. Der alte Weinzirl ist eh schon angefressen. Was glaubst du wohl, was der dir erzählt?«

Evi war in einem Dilemma. Und sie wusste, dass sie auf dem Weg war, sich weiter reinzumanövrieren, wenn sie jetzt nicht ganz flugs die Reißleine zog. Aber Jo hatte irgendwie ja auch recht.

»Jetzt lass uns zu dieser Irren fahren. Du bist die Polizei. Konfrontier sie! Wenn was rauskommt, können wir Gerhard immer noch informieren. Dann haben wir wenigstens was zu präsentieren.«

Das »wir« störte Evi sehr, aber das hatte sie sich selbst eingebrockt. Wie hatte sie ausgerechnet Drama-Queen Jo ins Boot, ja schlimmer noch ans Ruder lassen können? »Dann fahren wir halt zu der Müller-Houbertis.« Evi sagte das ohne Überzeugung. Vielleicht war sie ja nicht da, hoffte sie.

Elf

Evis Hoffnung, unverrichteter Dinge abziehen zu können, wurde leider zerstört. Die Dame war da – und wie!

»Das Polizeihäschen. In Begleitung. Bist du Lesbe?«

Evi war zwar klein und schmal, aber sie war kein Sensibelchen und auch keine Hysterikerin. Sie war weniger der emotionale Typ, eben keine Drama-Queen wie Jo, nein, sie konnte kalt sein wie eine Hundeschnauze.

»Sexuelle Ausrichtungen interessieren hier weniger. Frau Kennerknecht ist Profilerin.«

Sogar Jo riss die Augen auf, Mari-Chakra schnaubte. »Ich profiliere mich häufig.«

»Ja, damit, im Museum umzuräumen und als Botschaften Symbole zu hinterlassen. Ich nenne das nicht profiliert, sondern kindisch. Ihr ganz großes Problem ist nur, dass Sie im Museum eine Spannbuchse entwendet haben, und da müssen Sie mich jetzt nicht zutexten mit kruden Satzgebilden. Sie sind auf dem Video zu sehen.« Die Worte waren aus Evi einfach so herausgesprudelt, und sie war einem Impuls gefolgt: Diese Chakra hätte die Buchse doch auch genommen, wenn die Überwachung gelaufen wäre. Woher hätte sie wissen sollen, dass der Strom ausgefallen war? Und, oh Wunder, Evis Falle funktionierte.

»Ja und?«

»Wo ist diese Spannbuchse?«

»Nicht hier. *Ubique* ist sie.«

»*Ubique* ist sie nicht. Sie liegt bei der Polizei, weil sie nämlich am Fuß des toten Martin Evers hing. Den Sie erst vergiftet und dann in den Lech geworfen haben. Frau Müller, Sie sind des Mordes verdächtig, und ich kann Sie jetzt hier und auf der Stelle verhaften. Ich weiß nicht genau, ob Ihr Gehirn noch in normalen Bahnen laufen kann, aber wenn es das könnte, dann wäre jetzt der Moment, mal die Maske abzulegen und Klartext mit mir zu reden. Es geht um Mord, nicht um faule Druidenzauber!«

Jo, die die ganze Zeit den riesigen Kater gekrault hatte, der wie ein Felllappen auf ihrem Schoß hing, stand der Mund offen. Evi war ja wie entfesselt. Ohne den alten Weinzirl war sie eine völlig andere.

Das schien auch Mari-Chakra zu spüren, erstmals blickte sie verunsichert von Evi zu Jo. Dann zu ihrem Kater, der halb zerfloss vor Hingabe. Und auf den Hund, der auf Jos Füßen lag.

»Du magst Tiere?«

»Mehr als die Menschen. Sie manipulieren nicht, sie taktieren nicht«, sagte Jo, und ein wenig klang das verunsichert. Die Frau war so merkwürdig, und sie berührte Jo auf eine irritierende Weise.

»Du kannst es. Du kannst telepathisch kommunizieren. Du müsstest es nur zulassen«, sagte Mari-Chakra.

»Also ich wollte jetzt nicht über Telepathie reden. Ich ...«, unterbrach Evi die Frau.

»Mit dir red ich nicht, Polizeihäschen. Du kannst es sowieso nicht. René Descartes war es, der vor rund dreihundertfünfzig Jahren die These aufstellte: ›Eine solche Sprache nämlich ist das einzig sichere Indiz dafür, dass hinter der Fassade des Körpers ein Denken verborgen ist, und ebendieser Sprache bedienen sich zwar alle Menschen ... aber kein einziges Tier.‹ Ziemlich verhängnisvoll für die Tiere, denn wer nicht sprechen kann, darf gequält und aufgefressen, für Tests einer neuen Salbe missbraucht oder als Nahrungsmittelproduzent in Massentierhaltung eingequetscht werden«, sagte die Frau mit einer so eindrücklichen Stimme, dass Evi erst mal schwieg. Sie schien auch gar nicht mehr da zu sein, denn das war ein Gespräch zwischen Jo und der Frau.

»Aber die Wissenschaft in jüngster Zeit gibt zu, dass Tiere ein Bewusstsein haben und über ein sehr komplexes, präzises und intelligentes Kommunikationssystem verfügen. Tiere kommunizieren über eine Kombination aus akustischen, chemischen und optischen Signalen. Auch die Wissenschaft spricht ihnen nun Gefühle zu, die Fähigkeit zu trauern«, sagte Jo und schickte ein »Gott sei Dank« hinterher.

»Na, dem brauchst du als Letztem zu danken. Wegen diesem Gott haben so viele Tiere Leid erfahren. Die alten Ägypter verehrten Katzen, die germanische Göttin Freya hatte zwei Katzen, die ihren Wagen zogen, und in den Schreibstuben irischer Mönche waren Katzen gern gesehen. Aber dann kam die christliche Kirche nicht so schnell voran, wie sie wollte. Man denke nur an diese ersten irischen Mönche. Sie waren Kelten, immer noch verwurzelt im ›heidnischen Glauben‹. Es musste ein ›Buhmann‹ her, Hexen wurden ausgerufen, und die besaßen schwarze Katzen, Eulen, Fledermäuse, Kröten und Schlangen oder einen schwarzen Ziegenbock.«

Mari-Chakra atmete schwer. »Ich halte viel von Hildegard von Bingen, aber sie hatte unrecht damit, dass der Katze dämonische Kräfte innewohnen würden. Und dann kamen Fanatiker wie der Franziskanermönch Bruder Berthold von Regensburg, die predigten, dass der Atem der Katze die Pest verbreite, und kein Geringerer als Papst Innozenz VIII. erließ 1484 ein Dekret, das der Hexenverfolgung dreihundert Jahre lang Tür und Tor öffnete und damit auch dem Töten von Katzen, Kröten und Fledermäusen. Im 16. und 17. Jahrhundert nahm die Hexenverfolgung ihren traurigen Höhepunkt, Tieren wurde allen Ernstes der Prozess gemacht, und es folgten dann öffentliche Hinrichtungen von Katzen, Eulen oder Fledermäusen. Ketzer, Räuber, Hexen und deren Tiere wurden erhängt, mit Pech übergossen, in Kloaken ertränkt, mit kochendem Wasser übergossen ...« Sie stockte.

Jo sah sie genau an. »Ich weiß, und schwarze Tiere waren besonders gefährdet; Herrscher wie Napoleon ließen sich auf unschuldigen weißen Schimmeln malen. Schwarz war böse, die Nacht war böse«, sagte Jo.

»Drum ist mein Kater auch ein Tiger mit der Seele eines schwarzen Katers. Aber das weißt du.« Sie wandte sich an Evi. »Polizistenhäschen! Fast jeder Mensch kennt diese Situationen, wo er tief drinnen ganz klar weiß, was er tun müsste. Seine Ratio aber verbietet es ihm, die wenigsten hören auf ihr Inneres. Du bist auch so eine. Pure Ratio. Aber Hellsichtigkeit, Hellhörigkeit und Hellfühligkeit schlummern in allen Menschen.«

»Ja, schön, aber das ...«, fing Evi wieder an.

»Du willst mit mir reden? Du drohst mir, du Fünfzig-Kilo-Mäuschen? Wenn du reden willst, wirst du in meiner

Welt mit mir sprechen müssen.« Sie atmete wieder schwer. »Also, Häschen. Ich war ein ganz normales Kind, aber ich hatte immer schon diese merkwürdigen Erlebnisse, dass ich beispielsweise genau wusste, was meine Lehrerin morgen anhaben würde. Ich wusste, was Baier trug und was er sagen würde.«

Ein wehmütiges Lächeln huschte über ihr Gesicht, und für einen Moment war für alle sichtbar, wie schön die Mari damals gewesen sein musste. »Ich bin dann weggegangen. Habe mich mit Energiearbeit beschäftigt, mit uralten Wegen, sich mit den Wesen zu verbinden, die mit uns auf dieser Erde leben. Naturvölker taten das immer, der moderne Mensch hat sich sehr weit von der Natur zurückgezogen. Die australischen Ureinwohner waren im absoluten Einklang mit der Natur und ihren Geschöpfen, und Informationen oder Wissen auf telepathischem Wege auszutauschen, war ganz normal. Fühlen auf Distanz – viele könnten das. Tiere können das. Wenn eine Katze scheinbar irgendwohin starrt, nimmt sie eine Aura wahr, und es ist kein Zufall, dass Katzen sich bei innerlich und äußerlich verletzten Menschen dorthin begeben, wo es wehtut.«

Sie sah Jo mit einem bohrenden Blick an. »Deine Aura ist eine Katastrophe. Da wird man ganz konfus beim Hinsehen. Das spürt auch der Kater. Drum geht er jetzt. Der Hund bleibt, er ist mehr ein Nasentier. Deine Füße riechen anscheinend gut.« Sie schüttelte den Kopf. »Du lässt alles an dich heran, du bist ein emotionaler Schwamm. Du bist so bunt, so viele Schattierungen sind ungesund. Werde klarer!«

Jo sagte nichts, Evi auch nicht. Das war alles ein bisschen viel. Wortschwalle, Satzergüsse, und sowohl Evi als auch Jo hatten eine Ahnung davon, was alles in dieser Frau schlummerte. Dass ihre albernen Attacken gegen die Römerliga wohl nur ein Bruchteil dessen waren, was in ihrer komplexen Person verborgen war.

»Also gut«, meinte Mari. »Setzts euch.« Und diesmal schob sie ein paar Dinge zur Seite. »Also nun zu deinen Fragen, Polizistenhäschen.«

Und Mari erzählte. Von ihrem Besuch im Museum, wo sie über die Küchentür hereingekommen war und wo eine Horde Kinder unterwegs gewesen war. Wo Lustig, »der witzfreie Kretin«, am Schwadronieren gewesen war. Als sie diese Buchse genommen und in ihren Beutel gestopft hatte, war sie über einen Mann gestolpert, der sie so komisch angeblickt hatte. Sie hatte wie immer ihr Symbol ins Buch gemalt und den Mann noch mal gesehen, der auch etwas hineingeschrieben hatte. Sie war nach Hause gefahren, und wenig später war der Mann bei ihr aufgekreuzt.

»Er muss mir gefolgt sein.«

»Und weiter!«

»Er wollte wissen, warum ich die Buchse gestohlen hätte, und ich habe ihm von meinen Kunstprojekten erzählt, wo ich diese Buchse verwenden wollte.«

»Und das war so?«

»Keine Ahnung, der Mann erschien mir dubios. Ich spiele nicht alle Karten aus.«

»Es wäre schön, wenn wir das volle Blatt zu sehen bekämen!«, schimpfte Evi. »Sie haben den Ernst der Lage immer noch nicht begriffen, oder?«

»Jetzt wartet halt mal. Mir erschien er dubios, ich rede nicht mit jedem über alles. Ich habe über Kunst gesprochen, über meinen Altar am Berg. Ich habe eher ihn reden lassen, und er sagte mir, dass er an etwas dran sei. Er war selbstgefällig, arrogant. Ein Alkoholiker, würde ich sagen. Ein gefährlicher Mann, er hatte eine sehr negative Aura.«

»Und weiter?«

»Er ist gegangen.«

»Oh prima! Er ist gegangen. Und das entlastet Sie nun?« Evi war immer noch bissig.

»Warten Sie. In der Ruhe liegt die Kraft. Er war mir unheimlich, und ich bin ihm meinerseits gefolgt. Er war am Berg, und er hat einen anderen Mann bespitzelt. Eindeutig, sonnenklar. Der andere war nervös, getrieben, angstbehaftet. Und als sei da irgendwo ein magisches Band, an dem Männer zappeln, war da noch einer. Ein schöner Mensch mit sehr guter Aura.« Sie nickte zur Bekräftigung.

Evi atmete tief durch. »Sie sagen also, Ihr Besucher hat einen anderen Mann verfolgt, und der wurde von noch einem anderen verfolgt?« Evi zog das Bild von Evers aus der Tasche. »Das habe ich Ihnen schon mal gezeigt, oder besser der Kollege Weinzirl hat es Ihnen gezeigt. Sie sagten, Sie kennen den Mann nicht.«

»Ich kenn ihn auch nicht. Ich habe ihn gesehen, und was ich von ihm gesehen habe, war ein Teil, es war seine unruhige, ungute Aura. Aura-Sehen ist nicht gleich Kennen.«

Was hatte Baier gesagt? »Sie kennt etwas von ihm«, hatte er gesagt.

»Also gut.« Evi versuchte, ruhig zu bleiben. »Der Mann ist der Tote, dessen Name Martin Evers war. Ich habe hier noch ein Bild.« Sie legte das von Levi vor.

»Ja, das war der Dritte im Bunde. Der mit der schönen

Aura. Es ist nicht unbedingt so, dass attraktive Menschen eine gute Aura haben. In seinem Fall aber spielte das zusammen.« Sie sah Evi an. »Du bist auch schön. Deine Aura ist auch gut, aber du kontrollierst zu viel. Du lässt nie los. Ich hätte da ein paar Tees für dich, mit denen …«

»Ich will keinen Tee!«, brüllte Evi.

Mari-Chakra schüttelte nur den Kopf und sah Jo an. Jo streichelte den Hund, der tatsächlich statt des Katers geblieben war. Für einen Moment war es ganz still, und doch schossen Gedankenpfeile zwischen den Frauen hin und her.

»Wir kennen den Toten. Wir wissen, wer der Mann mit der guten Aura ist. Wir wissen aber nicht, wer Ihr Besucher ist. Hat er einen Namen genannt?«

»Nein!«

»Frau Müller, das reicht mir nicht. Das ist ein Märchen aus ›Tausendundeiner Nacht‹, aber wie kam die Buchse an den Toten?«

»Er hat sie genommen«, sagte Mari-Chakra ganz schlicht, so wie sie die ganze Zeit schon normal sprach. Allein das machte den Umgang mit ihr so schwierig. Mal dozierte sie, dann spielte sie Theater. Dann versteckte sie sich hinter Fremdwörtern, und manchmal redete sie völlig normal. »Ich habe ihn in meiner Küche gesehen. Ich war im Schuppen, ich habe eine Skulptur dorthin gebracht. Er hat mich nicht gesehen, und Hieronymus bellt nicht. Ich habe ihn beobachtet, er hat sich an den Zutaten zu meinen Tees bedient, und er hat die Buchse genommen.«

»Sie können mir ja viel erzählen!«

»Kann ich, du kannst mich ja verhaften.« Sie sah Jo an. »Kümmerst du dich dann um meine Tiere?«

Jo war stumm, sie kämpfte noch mit den Aussagen zu ihrer Aura. Das war nur eine Irre, diese Trulla. Aber irgendetwas in Jo sagte ihr, dass die Frau eben doch nicht so irre war. Sie fühlte sich ertappt.

»Also, was ist mit meinen Tieren?«

»Ja, ich pass auf«, stieß Jo hervor.

Mari-Chakra streckte nicht ohne schauspielerisches Talent ihre Arme nach vorn. »Polizisten-Engelchen! So verhafte mich nun! Unschuldig, wie ich bin! Ich weiß nichts von dem toten Mann, ich weiß nur, dass zwei andere Männer Interesse an ihm hatten. Und ich weiß, dass der eine sich in das Buch im Museum eingetragen hat. Seht nach, dann findet ihr heraus, wer er war.«

Mit einer großen Geste öffnete sie ihren Sari. Evi und Jo starrten sie an. Ihr Körper trug die Male von schweren Brandverletzungen, und ihre Gestalt war wie ein »S« geformt. Unter dem Sari fiel das nicht auf.

»Ich wäre einst fast verbrannt. Mein Rückgrat ist ruiniert. Ich kann keinen Mann tragen und im Lech versenken. Ich habe das Morphium längst abgesetzt. Ich habe meine Mittel, die Mittel der Kelten, die Mittel von Hildegard. Die Dosierung macht das Gift. Glaubt mir oder lasst es bleiben.« Langsam wickelte sie sich wieder in den Sari ein.

Evi war aufgewühlt. Etwas in ihr wollte Gerhard anrufen, etwas hielt sie ab. Jos Ansicht war klar, Jo würde ihr natürlich glauben. Aber man durfte nie glauben. Der Glaube war ein Gaukler. Trotz ihrer Zweifel hörte Evi sich sagen: »Ich untersuche das mit dem Buch. Sie bleiben hier und stehen zur Verfügung. Ist das klar?«

»Wohin sollte ich, Polizisten-Engelchen? Ich bin immer

in der Nähe.« Sie sah Jo in die Augen, und diese fühlte sich wie durchbohrt.

Evi hatte sich erhoben. Sie unterdrückte den nächsten Impuls, Gerhard anzurufen. Aber nun war eh schon alles egal. Jo war ebenfalls aufgestanden und bedachte Mari mit einem schiefen Blick.

»Puh!«, machte Jo, als sie draußen war. »Die Frau schafft einen.«

»Das liegt an deiner Aura. Die prallt auf ihre«, sagte Evi miesepetriger als nötig. Im Prinzip war sie sauer auf sich selbst. Sie hätte Jo nur bremsen und erst gar nicht deren Hilfe suchen sollen. »Wir sehen uns jetzt die weiteren Namen an. Und wenn das im Sande verläuft, verhafte ich diese Druiden-Irre.«

»Sie ist ein Wrack«, meinte Jo.

»Auch Wracks können morden. Gerade die.« Wieder dachte Evi an Baier, der gesagt hatte, sie hätte nichts mehr zu verlieren. Sie fuhren schweigend retour. Jo hielt sich strikt an die Verkehrsregeln. In Evis kleiner, immer picobello aufgeräumter Wohnung nahmen sie sich das Buch wieder vor.

»Also gut.« Jo las den nächsten Eintrag vor. »›Ich wollte endlich einmal in meiner Heimat den Nahraum erkunden. Toll, das hatte ich gar nicht gewusst, was es am Auerberg Spannendes zu erleben gibt. Weiter so! Lore Killisperger, Schongau‹. Eine Frau, die mal 'nen Ausflug gemacht hat. Die wird auch nicht die Mörderin sein«, meinte Jo. »Und ein dubioser Mann ist sie auch nicht.«

»Wenn du nun alle Frauen rauslässt, dann kommen eh

nur der alte Herr und der Lehrer in Frage«, sagte Evi. Sie war müde und ausgelaugt.

»Na, ich glaube unserer Frau Chakra. Es muss ein Mann sein.«

»Der sicher nicht in das Buch hineingeschrieben hat!«

»Oder eben doch! Laut Chakra hat er das getan. Moment, der letzte Eintrag des Tages.« Jo zögerte etwas, denn die Handschrift war grauenhaft. »›Man muss im Leben Spuren hinterlassen.‹ Na, immerhin ist das etwas kreativer, der Eintrag. Ich kann den Namen nicht lesen«, sagte Jo. »Den Ort schon gar nicht.«

»Zeig mal. Ich bin eine Fachfrau für Hieroglyphen.« Evi studierte. »Herbert oder Hubert. Der Nachname ist schwerer. Licht, Lichter. Richte. Pickel. Ficker ... Scheiße ...«

Beide lachten. Endlich wieder. Es hatte sich so viel Schwere über sie gelegt im Haus der Druidin. Sie waren nun wie befreit, und Lachen half immer. Beide waren über das Buch gebeugt.

»Also ich würde sagen, Hubert Pickler«, meinte Jo.

»Ja, Fürst Pickler.« Evi stöhnte.

»Jetzt google den mal!«

Aber die Hubert Picklers waren dünn gesät. Sie versuchten es mit Hubert Pichler. Die gab es zuhauf. Auch Herbert Pichler gab es, Pichler hieß überhaupt halb Südtirol. Jo starrte immer noch auf die Unterschrift.

»Also in ›Herbert‹ und ›Hubert‹ ist das in jedem Fall ein ›t‹. Und im Nachnamen sieht das auch aus wie ein ›t‹. Der heißt Richter. Genau. Probier mal ›Richter‹.« Jo fuchtelte in der Luft herum.

Evi hackte in ihren Laptop. »Hubert Richter. Da gibt es Hunderte. Jo, das ist uferlos!«

»Was haben die für Berufe?«

»Alle möglichen. So ein Blödsinn, Jo. Wir brauchen Jahre, bis wir alle diese Männer gecheckt haben.«

»Dann müssen wir über den Ort ran. Was heißt das?«

»Das ist ein Krakel. Sonst nichts!«

»Ach was! Der erste Buchstabe ist ein ›M‹. Bestimmt!«

»Ja, oder ein ›N‹ oder ›W‹. Jo, jetzt sieh es ein, das führt zu nichts.«

Aber Jo war nicht zu bremsen. »Du gibst viel zu schnell auf. Drum wirst du auch nie Polizeipräsidentin! Du lässt dich zu schnell ins Bockshorn jagen.« Jo probierte weiter herum. »Der Mann kommt aus Mannheim oder Marburg.«

»Ja toll!«

Aber mit Hubert Richters aus Mannheim oder Marburg war wenig los. Jo wurde langsam sauer und tippte mit Vehemenz.

»Die Tasten können nix dafür!«

»Schlaumeierin!« Jo traktierte weiter den Laptop, und auf einmal hatte sie statt Hubert Herbert eingegeben. Herbert Richter war Kletterer oder Radsportler, auch Unternehmer und so vieles mehr. Aber wieder nicht in Mannheim oder Marburg. Jo gab ein: »Herbert Richter Römer Mannheim«. Sie scrollte über die Seiten, und dann verharrte sie. Drehte das Gerät zu Evi hin. »Da!« Ein gewisser Herbert Richterl hatte an der Uni Heidelberg eine Inschrift entziffert. Ein Dr. Herbert Richterl. Der Eintrag stammte von 1998.

»Richterl! Der Sack heißt Richterl!« Jo hüpfte herum wie ein Derwisch. »Wusste ich es doch!«

»Setz dich! Du machst mich ganz irre. Trink deinen Rebensaft und lass mich machen.«

Am Ende, von einer ungeduldigen Jo mehrfach unterbrochen, wusste Evi, dass Herbert Richterl ein Doktor der Archäologie war. Einer, der in Heidelberg gearbeitet hatte, der dann ausgeschieden war, seine Spur im Web verlor sich.

»Mari hat gesagt, er kam ihr wie ein Alki vor! Was, wenn er entlassen wurde oder so was? Und der Evers gräbt ihn aus. Gibt ihm den anderen Teil dieser Tafeln. Der ist genauso alarmiert wie dein schöner Israel-Doc und macht das Gleiche. Will den Evers mal live sehen. Will wissen, ob das die Sensation ist, die er erwartet. Er kommt hierher. Wie der Israeli auch.« Jo vibrierte richtiggehend in diesem Triumph.

»Das wäre auch nur eine Hypothese«, sagte Evi leise.

»Aber eine verdammt gute«, meinte Jo und sah auf die Uhr. »Es ist sauspät. Ich hab morgen ein Meeting, gleich in der Früh. Also pass auf: Der Typ, der Richterl, muss ja auch irgendwo in der Region gewohnt haben. Das find ich raus. Und du recherchierst mehr über den Mann.«

»Ich muss das Gerhard erzählen!«

»Ja, von mir aus, aber erst, wenn wir alles beisammenhaben.« Mit einem Küsschen auf beide Wangen wirbelte Jo hinaus.

Plötzlich war es still, viel stiller, als so eine Weilheimer Nacht war. Wo man ab und zu ein Auto hörte, mal ein paar Stimmen von späten Feierlustigen. Es war still wie in einer Gruft. Und auf einmal fror Evi. Alle Energie war aus ihr gewichen. Eine Mari-Chakra und Jo gemeinsam konnte man nicht aushalten. Vielleicht stimmte das mit der Aura ja doch. Und war sie wirklich so ein Kontrollfreak? Evi klappte das Gästebuch zu, räumte die Gläser weg. Zog sich aus und legte ihre Klamotten sorgfältig über den stummen Diener.

Zwölf

Als Evi ins Büro kam, war Gerhard noch nicht eingetroffen. Heute war ein kühler Montagmorgen, es war, als würde das auch helfen, einen kühleren Kopf zu bewahren. Heute, ohne Jos einnehmendes Wesen und außerhalb von Mari-Chakras verwirrender Welt, war Evi wieder Evi. Bitte schön, der Kontrollfreak! Bitte schön, die Korrekte! Sie musste Gerhard informieren, im Licht ihres eher spröden Büros gab es darüber doch gar kein Nachdenken.

Als Gerhard eintraf, sah er schlecht aus. Er warf Evi einen knappen Blick zu und sagte bissig: »Levi bleibt bei seinen Aussagen. Das freut dich sicher. Das wird ihm aber nichts helfen.«

»Gerhard, es ist klar, dass er bei seiner Aussage bleibt. Ich muss dir was sagen. Gestern ...«

»Was, gestern? Was hat die feine Evi am Sonntag denn gemacht? Nägel lackiert? Gesonnt am Gögerl? Einen neuen Bikini am Dietlhofer See ausgeführt? Ach nein, war ja gar nicht so warm gestern. Was man so macht an einem Weilheimer Sonntag? Ein Eis gegessen. Ach nein, ein Salatblättchen, Eis wäre deiner gesunden Ernährung ja abträglich.«

Evi starrte ihn an. Das war so was von gehässig. »Vergiss es. Du weißt ja, wie mein Tag gewesen ist.«

»Eben. Ich wäre dir dankbar, wenn du dich an die Dokumentation machst. Ich werde mit der Staatsanwaltschaft den Levi knacken. Er hat nach dir gefragt. Wo denn meine weniger hitzköpfige Kollegin sei.«

Evi sagte wieder nichts. Ihr Blick war flehend. Es war ein Blick, der sagte: Gerhard, halt inne. Merkst du nicht, wie fies du bist? Dass du alles noch viel schwieriger machst?

Gerhard deutete den Blick nicht und trampelte hinaus.

Evi schluckte schwer. Dann eben nicht. Sie schloss die Bürotür und begann, in ihre Tasten zu hauen. Sie telefonierte, mailte, ließ allen Charme bei ein paar Kollegen in Mannheim spielen und geriet an einen Mann vom Kriminaldauerdienst, der demnächst nach Heidelberg umziehen sollte. Die »Rundum-die-Uhr-Einheit« der Kriminalpolizei sollte fusionieren, man plauderte ein wenig über das Ausgeliefertsein an obere Mächte im System, und dann kam Evi auf Herbert Richterl zu sprechen.

Das Gespräch nahm Fahrt auf, weil der nette Kollege nämlich gern im Allgäu Urlaub machte, mehrfach in Lechbruck gewesen und zudem Fußballfan war. Da konnte Evi nun mithalten, denn auch sie liebte Fußball. Was man ihr häufig nicht zutraute. Grad nett ließ es sich plaudern, zwischendurch sah sich Evi die Facebook-Seite des Kollegen an – der sah auch noch richtig gut aus. Der Dialekt war etwas gewöhnungsbedürftig, also mehr als gewöhnungsbedürftig, aber schönen Männern verzieh man so was ja ohne Zögern! Jedenfalls legte sich der Kollege mächtig ins Zeug, setzte auch in Heidelberg einiges in Gang, und am Ende hatte Evi ein klares Bild vor Augen.

Dr. Herbert Richterl war ein gebürtiger Österreicher, der

aber schon als Kind nach Deutschland gezogen war, einen brillanten Abschluss in der Schule und im Studium hingelegt hatte. Er hatte in Köln summa cum laude promoviert und war dann in Heidelberg sehr schnell zum Spezialisten für Handschriften und Inschriften geworden. Anscheinend hatte er in all seiner wissenschaftlichen Brillanz aber seine Frau vergessen, die dann mit der Tochter abgehauen war, und zwar nicht bloß in den Nachbarort, sondern mit einem neuen Lover gleich mal bis Melbourne. Richterl baute ab, trank immer mehr, war der Polizei bekannt, weil er den Führerschein zweimal verloren hatte und ohne Schein auch noch in einen Gemüseladen gebrettert war – und Gott sei Dank nur den Tod von Melonen und Äpfeln verschuldet hatte. Die Uni entließ ihn, er trank sich durchs Leben und lebte von Gelegenheitsjobs. Er hatte dann keinen festen Wohnsitz mehr in Deutschland gemeldet, was natürlich nichts heißen musste, schien aber Verwandte in Chile zu haben und war dort wohl auch zeitweise untergekommen.

Ein abgestürzter Wissenschaftler, der aber sicher noch so klar war, um zu wissen, was da an ihn herangetragen worden war! Der wahrscheinlich sein furioses Comeback vor Augen gehabt hatte! Und so ein Mann war sicher unberechenbar. Der hatte nämlich wirklich nichts mehr zu verlieren, dachte Evi und war auf einmal wie elektrisiert. Sollte der Weinzirl doch machen, was er wollte. Dann würde *sie* eben den Fall lösen! Man konnte ihr nicht vorwerfen, dass sie es nicht versucht hätte ...

Auch Jo war nicht untätig gewesen. Es hatte sich zwar weit mühsamer gestaltet, über die Tourismusämter und die Meldelisten der Gäste den guten Herbert Richterl aufzutun, aber am Ende hatte Jo ihn dingfest gemacht. In einer Ferienwohnung in einem Ort namens Echerschwang, der bei Bernbeuren und Lechbruck lag und wahrhaft als verschwiegen bezeichnet werden konnte. Aber wenn einer sein Inkognito wahren wollte, war das sicher eine gute Idee. Auf einem Bauernhof, wo die Gastgeber genug Arbeit hatten und nachts sicher gern ruhten von des Tages Landarbeit, wurde man selbst in Ruhe gelassen. Da war keine aufmerksame Rezeptionistin, die einen kommen und gehen sah.

Jo teilte ihre Erkenntnisse sogleich Evi mit, die ihren Teil beizutragen hatte. Der abgewrackte Richterl verbarg sich in Echerschwang, und die Frage war, ob er Evers ermordet hatte. Aber genau das konnte man ihn ja nicht einfach so fragen. Und überhaupt mussten sie erst einmal klären, ob das der gesuchte Mann war. Außer Mari kannte ihn keiner, sie würde ihn wohl identifizieren müssen – so gern Evi auf weitere Zusammentreffen mit der Frau verzichtet hätte.

»Jo, wir müssen uns noch mal mit Mari treffen. Sie hat ihn gesehen. Sie muss ihn sich nochmals ansehen.«

»Wir? Heißt das, Gerhard weiß nichts? Du wolltest doch ...«

»Ja, das hat sich nicht so ergeben, also ich ...«

»Lass mich raten. Er hat dich angepflaumt. Gar nicht zugehört. Das macht er immer, wenn etwas in ihm arbeitet. Er wird dann unfair. Werden Männer ja häufig.«

Evi musste ein wenig in sich hineinlächeln. Die beiden kannten sich seit gefühlten Jahrhunderten. Sie wussten alles über den jeweils anderen. Sie waren wie ein altes Ehepaar, nur dass sie nie wirklich zusammen gewesen waren. Und Evi hatte da auch ein wenig Mitgefühl für Gerhard herausgehört. Wahrscheinlich waren Jo und Gerhard der Klassiker dafür, dass sie sich nun noch Jahre in sinnlose Beziehungen verrennen würden und dann mit sechzig heirateten. Die Idee hatte was, fand Evi.

»Egal. Er weiß nichts. Wir ziehen das jetzt durch und informieren ihn dann eben morgen.«

»Gute Idee«, sagte Jo, und die beiden verabredeten sich in einer Stunde bei Mari-Chakra. Sie wagten sich also mitten hinein in Mari-Chakras Hexenküche oder Räuberhöhle oder wie man das nennen wollte.

Sie riefen durchs Haus, und dann kam die Frau von oben die windschiefe Holztreppe herunter. Es war augenscheinlich, dass diese Treppe kein Genuss für das verkrümmte Rückgrat war.

»Ich müsst in eine barrierefreie Seniorenresidenz ziehen. Aber so was wie mich nehmen die da nicht. Ich wusste, dass ihr kommt.«

Evi hoffte inbrünstig, dass ihr ein weiterer Vortrag über Telepathie erspart bleiben würde. Und Jo stand der Sinn auch nicht nach weiteren Analysen ihrer Aura.

»Wir wissen aus dem Gästebuch, wie der Mann heißt und wo er wohnt. Das heißt aber nicht, dass Sie deshalb als Verdächtige aus dem Schneider sind. Er kann auch einfach so hier Urlaub machen«, sagte Evi.

»Polizistenhäschen! So wie du schaust, ist der Mann aber genau der Richtige. Was macht er? Publizist? Journalist? Anderes Mediengesocks? Lehrer, der Seuchenherd der Welt schlechterdings?«

»Er war Archäologe«, sagte Evi und wusste zugleich, dass Mari das gar nichts angegangen wäre.

»Ha! Ein Mann vom Fach! Und ›war‹? Ist er jetzt Koch im Fernsehen, oder was? Doch Journalist?«

»Das tut nichts zur Sache«, sagte Evi unwirsch.

Mari betrachtete Evi genau. »Er ist rausgeflogen. Ich sag euch doch, ein Alkoholiker! Vor mir kannst du dich nicht verbergen. Und jetzt? Was machen wir?« Mari war richtig aufgeräumt.

Noch ein »wir«, ein »wir«, das nun auch noch eine verstrahlte Druidin mit Gehbehinderung umfasste. Evi zweifelte an ihrem Verstand, aber es war nun nicht mehr zu ändern.

Jo hatte sich eingemischt. »Er wohnt in einer Ferienwohnung. Wir fahren dahin und schauen mal.«

»Schauen mal! Was willst du tun? Soll Frau Müller klingeln?«

»Unsinn, jetzt fahren wir mal, und dann sehen wir schon, was sich anbietet.«

Ja, Jo, schaun mer mal, dann sehn mer schon. Dein Gemüt möchte ich haben. Evi korrigierte sich innerlich: Was sie sicher nicht haben wollte, war Jos Gemüt. Denn da stimmte sie Mari zu: Jos Innenleben war eine Katastrophe.

Mari hatte sich ein großes Schultertuch genommen und sandte ihrem Hund nur einen Blick. Der verzog sich augenblicklich auf eine haarige Decke. »Auf geht's. Mata Hari steht bereit.«

Jo lachte herzhaft und begab sich auf den Rücksitz von Evis Auto. »Los! Findest du da überhaupt hin?«

»Wohin?«, erkundigte sich Mari.

»Echerschwang!«

»Na, da ist ja auch der tote Hund begraben«, meinte Mari, was Evi angesichts von Tannenberg als Wohnort als eine kühne Aussage wertete. Tannenberg wurde auch nicht gerade in einem Atemzug mit Paris, London, New York genannt.

»Wir müssen vorher noch nach Lechbruck. Da gibt's einen Blumenladen. Da muss ich schnell rein. Ich hab da so 'ne Idee. Beeil dich, sonst macht der zu.«

Evi sagte schon gar nichts mehr, natürlich würde sie auch zu dem Blumenladen fahren, und während Mari Jo ein paar weitere Erkenntnisse aus dem Reich der Tierkommunikation nahebrachte, hatte Evi die Chance zu schweigen. Gerade sprach sie von morphischen Feldern und einem Sheldrake.

»Den Ausgangspunkt der Überlegung gaben Tauben. Wie finden sie nach Hause? Wegen der Sonne? Sie erkennen *home, sweet home* am Geruch? Am Magnetfeld der Erde? Sheldrake vertritt inzwischen die These, dass Brieftauben dank der morphischen Felder wie durch ein Gummiband mit ihrer Voliere verbunden sind. Und er wollte das beweisen. Man müsse die Taube nicht an einem anderen Ort aussetzen, sondern ihr Zuhause, also die Voliere, an einen anderen Ort bringen. Würden die Tauben dann immer noch zur Voliere finden, wäre dies der Beweis, dass alle Theorien über Magnetfelder, Geruch und Sonnenkompass nicht stimmen.«

»Cool«, sagte Jo. »Und was kam raus?«

»Tatsächlich gewann Sheldrake einen Dokumentarfilmer für seine Idee, bekam Brieftauben von der Schweizer Armee und überzeugte die niederländische Marine, die Tauben auf einem Kriegsschiff mitzunehmen. Schweizer Tauben auf einem NATO-Schiff! Die ersten Flüge bestätigten Sheldrake: Die Tauben wurden mit einem zweiten Schiff ausgesetzt und fanden über dreißig Meilen zurück in die Voliere auf dem Mutterschiff. Kritiker sagten, dass das nichts beweise, sie flögen auf Sicht. Sheldrakes Reaktion: Ein zweites Schiff sollte über den sichtbaren Horizont hinausfahren. Ein Waffentest kam dazwischen, das Experiment fiel aus. Aber hätten sie es gemacht, die Tauben wären von einem Schiff zum anderen geflogen.«

»Hm«, machte Jo.

»Nix ›hm‹. Es sind morphische Felder, die es Katzen zum Beispiel ermöglichen, nach Hause zu finden. Zwar haben sie sehr gute Hörbilder im Kopf, aber bei weiteren Entfernungen greift auch diese Erklärung nicht. Tiere, aber auch Menschen treffen Entscheidungen nicht nur auf der Basis von technischen Hilfsmitteln, Gelerntem, Erfahrungen oder fachlichem Wissen, sondern aus dem Bauchgefühl heraus. Oder eben aufgrund morphischer Felder: Feinstoffliche Felder steuern die gesamte belebte und unbelebte Schöpfung und wirken wie eine alles durchdringende Matrix, in der sämtliche Informationen des Universums gespeichert sind, unabhängig von Raum und Zeit. Was auch immer ein Lebewesen tut, denkt oder fühlt, ist dort hinterlegt!«, rief Mari-Chakra, und selbst Evi musste zugeben, dass die Frau faszinierend war. Mal ganz unabhängig davon, dass sie an solchen Hokuspokus nicht zu glauben gedachte.

Sie hatten den Blumenladen erreicht, Jo bekam noch einen bunten Strauß und ordnete nun die Weiterfahrt nach Echerschwang an.

Der Bauernhof mit den Ferienwohnungen war leicht zu finden. Es standen dort ein Auto mit HD und eines mit VS.

Auf einer Schaukel tobten ein paar Kinder; diese klangen sehr schwäbisch nach VS.

»HD ist unser Mann. Ihr bleibt im Auto. Ich lock ihn raus, und Mari schaut nach, ob das der Mann ist. Der Buchsenklauer!«

Und bevor Evi Einwände erheben konnte, war Jo weg. Sie hörten sie irgendwas zu den Kindern sagen. Einer der Jungs sauste davon. Nach einer Weile kam er wieder und hatte einen Mann dabei. Evi konnte wieder nicht hören, was Jo sagte, der Mann schaute sehr skeptisch, dann lächelte er aber doch, und Jo drückte ihm den Blumenstrauß in die Hand. Und dann machte sie doch allen Ernstes ein Foto von ihm.

»Ein Teufelsweib«, sagte Mari anerkennend. »Das ist der Mann. Der aus dem Museum. Der am Berg. Der meine Kräuter und meine Buchse geklaut hat.«

»Die Buchse war ja wohl die des Museums!«, schimpfte Evi.

»Kleingeisterei!«

Jo kam retour und hatte ein breites Grinsen auf.

»Was hast du ihm erzählt, um Himmels willen?«, fragte Evi entgeistert.

»Die Wahrheit!«

»Was?«

»Na, dass ich die PR-Beauftragte der Ammergauer Alpen bin.«

»Jo, jetzt rede schon!«

»Ich habe ihm gesagt, dass ich die PR-Beauftragte der Ammergauer Alpen bin. Dass diverse Landkreise, also OAL, WM und GAP, dieses Jahr die Jubiläumsgäste ehren würden. Und er wäre eben unter den ersten zehn Gästen, die die

Millionengrenze geknackt hätten. Die einen Blumenstrauß bekämen. Ich habe es noch bedauert, dass er nicht die Nummer eins bis drei wäre, weil er dann ja einen Freiaufenthalt in Ogau im Hotel Böld gewonnen hätte. Er schien darüber sehr froh gewesen zu sein. Na ja, und dann hab ich lieb drum gebeten, ihn fürs interne Netz fotografieren zu dürfen. In die Zeitung kämen halt nur die drei Gewinner. Er hat zugestimmt und war froh, dass er mich wieder los war.«

Jo klang wie nach einem beendeten Triumphmarsch. »Ja, und ist er es?«, fragte sie. »*Adtum* ging es doch.«

»Ist er«, sagte Mari. »Hast du seine grauenhafte Aura gespürt?«

Jo sagte mal besser nichts, der Typ hatte grauenvoll nach Alkohol gestunken, das zumindest war ihr aufgefallen.

Evi schüttelte den Kopf. »Dass der dir das abgenommen hat!«

»Du kennst meinen umwerfenden Charme, außerdem wollte der mich unbedingt schnell wieder loswerden.«

»Und nun? Wie gehen wir vor?«, fragte Mari.

»Ich rufe Gerhard an und erkläre ihm die Zusammenhänge, wir befragen den Mann, wir haben Zeugenaussagen, und dann soll er uns erklären, warum er bei Frau Müller eine Spannbuchse entwendet hat, die an einem Toten hing.«

»Evi!«, riefen Jo und Mari wie aus einem Mund.

»Nach diesem Alleingang musst du dem Weinzirl schon etwas mehr liefern. Etwas Greifbares, der ist sicher etwas sauer auf dich«, schickte Jo hinterher.

»Und was willst du ihm liefern?« Evi hasste sich inzwischen wirklich selbst. Ihr neues »Ermittlerteam« war eine Heimsuchung, eine selbst gewählte allerdings!

»Jetzt fahren wir erst mal hier weg, sonst wundert sich der Archäologen-Alki noch, warum das Auto so lange hier rumlungert«, meinte Jo, und Evi tat wie ihr geheißen.

Als sie wieder vor Mari-Chakras Haus standen und ausgestiegen waren, sagte diese: »Eines ist doch hell und sonnenklar, meine Damen. Wenn er diesen Evers ermordet hat, und das vor Wochen, warum ist er immer noch da? Weil er etwas sucht? Weil er auf etwas wartet? Ich nehme an, Polizistenhäschen, dass es in deinem Erfahrungshorizont liegt, dass Mörder gern mal untertauchen. Auf was aber wartet der Mann mit der schlimmen Aura?«

»Genau! Guter Einwand. Entweder er hat das nicht bekommen, weswegen er gemordet hat, oder aber er wartet auf etwas ganz anderes«, rief Jo.

»Und ich habe eine Ahnung, auf was er wartet. Die Damen, ihr brauchts euren Schönheitsschlaf, ich nicht. Ich schlafe nachts sowieso selten. Ich muss ein paar Kanäle anzapfen. Morgen mehr.« Und sie drehte sich einfach um und ließ Evi und Jo stehen.

»Sauber!«, meinte Jo.

Evi hatte die Augen weit aufgerissen und schüttelte nur noch den Kopf. Dann wurde ihre Stimme eindringlich. »Jo, egal, was du jetzt sagen willst, es reicht. Ich muss mit Gerhard sprechen. Und zwar ohne deine tatkräftige Hilfe. Ich komm sonst in Teufels Küche.«

Jo hatte ihre typische Jo-Schnute geformt. »Dann rat ich dir nur eins: Lad ihn zum Essen ein. Fleischberge stimmen ihn etwas milder. Bring ihn zu Toni und flöß ihm Weißbier ein. Viel Weißbier.« Mit diesen Worten ging Jo auf ihr Auto zu und hob die Hand zum Abschied. »Wäre aber trotzdem nett, wenn du mich auf dem Laufenden hältst.«

Weg war sie, Evi starrte ihr hinterher. Dann ging sie zu ihrem Fahrzeug und fuhr langsam davon. Ihr Handy läutete, es war der Weinzirl.

»Evi? Wo bist du? Ich war etwas unwirsch heut Morgen. Ich ...«

»Ich würde ein Friedensgetränk anbieten. In rund zwanzig Minuten bei Toni?«, antwortete Evi.

»Gern.«

Aufgelegt. Evi fühlte sich wie vor einem Date. Verdammt, wie sollte sie diese Posse ihrem Chef nur nahebringen?

Ihr Chef sah wirklich etwas zerknirscht aus, der Ouzo kam fast schneller, als sie saßen. Evi kippte den ihren.

»Wow! So schlimm?«

Evi nickte, bestellte Wasser und Salat, Gerhard Weißbier und den geliebten Symposionteller.

»Also?«

»Ich rede nur, wenn du versprichst, mich nicht zu unterbrechen. Schwöre!«

Gerhards Lippen umspielte ein leichtes Lächeln. »Ja, ich schwöre. Keine gekreuzten Finger. Also los jetzt!«

Und Evi begann. Von der Entnahme des Gästebuchs von seinem Schreibtisch über die Recherche zu den Leuten, die sich eingetragen hatten. Sie kam auf Maris Keltenkrakel zu sprechen, auf Mari, auf deren Aussage und auf die mühevolle Suche nach der Identität von Herbert Richterl. Am Ende berichtete sie von Jos grandiosem Plan mit dem Blumenstrauß.

Gerhard hatte die ganze Zeit wahlweise auf den Tisch

gestarrt, hektisch neues Weißbier bestellt oder ab und zu den Mund geöffnet wie ein Fisch auf dem Trockenen. Aber er hatte seinen Schwur gehalten. In seinem Inneren tobte es. Jo und diese Irre ins Boot zu holen, Evi musste auf Drogen gewesen sein. Frauen waren und blieben unberechenbar, ein Mysterienspiel. Evi sah ihn nun an.

»Ich weiß, das ist auch bloß eine Hypothese, aber ich glaube, dieser Richterl hat den zweiten Teil der Täfelchen erhalten. Er war aufgeschreckt wie Levi, der den ersten Teil bekommen hatte. Beide wollten mehr wissen. Richterl hat bei Mari diese Buchse und ein paar Drogen entwendet und den Mann umgebracht. Entweder er hat diese Tablets nun, warum bleibt er dann aber da? Oder er hat sie trotz des Mordes nicht und sucht weiter.«

Gerhard sagte immer noch nichts.

»Jetzt red schon! Sag mir, dass ich bescheuert bin. Und unprofessionell. Und dass ich neben Jo mit Mari ja wohl die blödeste Wahl getroffen habe, wen ich in eine Mordermittlung reinziehe.«

»Wenn du das schon alles weißt«, knurrte Gerhard.

Bevor Evi etwas erwidern konnte, ging die Tür auf. Herein spazierte Baier.

»Dass von Ihnen mal einer auf sein Handy schauen würd!«, knurrte er. »Gott sei Dank hat Toni ein Festnetz. War ja klar, dass man hier hockt. Dennoch meine Verehrung, Frau Straßgütl. Sie hatten ja einen ereignisreichen Tag!«

Weil sowohl Evi als auch Gerhard sehr unintelligent schauten, fuhr Baier fort. »Mari war bei mir!«

»Ich denk, die hat kein Auto«, sagte Gerhard.

»Sie kam mit dem Bulldog, sie hat einen alten Schlüter.«

»Sie ist mit dem Traktor, der etwa achtzehn Stundenkilometer macht, von Tannenberg nach Peiting gefahren?« Gerhard starrte Baier an. »›Resi, i hol di mit mei'm Traktor ab‹?«

»Ja, ist sie. Und Gott sei Dank war meine Frau bei einem ihrer Ehrenämter und meine Tochter mit der Enkelin unterwegs. Wie hätte ich das erklären sollen?«

»Was wollte Mari?«, fragte Evi sehr leise.

»Nun, da sie ja einen erhellenden Tag mit Ihnen und der guten Frau Kennerknecht verbracht hatte, hatte sie eine Idee. Dazu wollte sie mich befragen.«

»Und fährt mit dem Bulldog zu Ihnen? Warum ruft sie nicht an?«, fragte Evi.

»Sie hat kein Telefon«, sagte Baier schlicht und trank seinen Ouzo ebenfalls in einem Zug aus. Dann sah er Gerhard an. »Weinzirl, ich nehme an, dass Sie von den Großtaten der Damenriege gehört haben. Mari jedenfalls war sich sicher, dass Frau Straßgütl als Erstes den Kollegen informiert. Damit hatte sie recht. Und sie hatte eine entscheidende Frage.«

»Welche?«

Baier fummelte einen Zeitungsbericht von heute heraus. Auf der Seite des Schongauer Lands.

Kolloquium soll Rätsel beleuchten

> Bernbeuren. Morgen wird sich der ganze Tag um die Römer drehen. Beleuchtet wird der römische Anstoß zur Entwicklung in Raetien – so nannten die Römer ihre Kolonie zwischen dem Alpenhauptkamm und der Donau, und das Auerbergland war zu römischer Zeit zentral in Raetien gelegen. Zu einem öffentlichen Kolloquium in der Auerberghalle in Bernbeuren laden kostenfrei ein: das Bayerische

Amt für Denkmalpflege, die Kommission zur vergleichenden Archäologie römischer Alpen- und Donauländer der Bayerischen Akademie der Wissenschaften, die Landesstelle für die nicht staatlichen Museen, die Gemeinde und der Museumsverein Bernbeuren sowie die Interessengemeinschaft Auerberg.

Zu interessanten Themen, die sich mit dem Leben und dem Wirken der Römer am nördlichen Alpenrand und bis hin zur Donau befassen, werden morgen von 10 bis 21 Uhr hochkarätige Referenten zu hören sein. »Alle auch für den Laien verständlich vorgetragen«, wie Zora Bach, die Leiterin der Interessengemeinschaft Auerbergland und Mitorganisatorin des Kolloquiums in der Auerberghalle, versprach. Die Initiatoren wollen auch das Projekt »Alpenrand in Römerhand – ein Museum an sieben Orten« vorstellen, das vom LEADER mit 6.800 Euro gefördert wird.

Mit dabei sind bei diesem Projekt die Gemeinden Bernbeuren (militärisch zivile Siedlung auf dem Auerberg), Peiting, Kohlhunden, Schwangau (je eine Villa Rustica mit ihren unterschiedlichen Akzenten), Altenstadt (Nachbau der Via Claudia Augusta) sowie die Stadt Schongau (Stadtmuseum). Auch Epfach ist mit der frühen Militärstation Abodiacum beteiligt. Ziel ist es, die sieben Orte zu vernetzen, sie auch touristisch interessant zu machen und einen roten Faden durch die Region zu legen. Diese Vernetzung lässt einen historischen Raum entstehen, der die römische Herrschaft im Alpenvorland von der frühen Kaiserzeit bis zum Untergang des Imperium Romanum im 5. Jahrhundert aufzeigt.   *Bodo Fischer*

Gerhard las, Evi las, beide sagten fast gleichzeitig zu Baier: »Sie meinen, dieser Richterl wird da morgen auftauchen? Er wird diese Tablets dabeihaben?«

»Und er wird der Wissenschaftswelt sagen, was der Sinn

des Auerbergs war. Das wird er wohl planen. Und da stimme ich Mari sogar zu. Warum sollte er sonst immer noch da sein? Er will mit großer Dramatik die Wissenschaftswelt aus den Angeln heben. Und gnade uns Gott oder Jupiter: Wenn da wirklich steht, wie die Stadt geheißen hat, und auch noch, was ihr Sinn war, dann hebt das die Wissenschaftswelt tatsächlich aus den Angeln. Und das ist noch sehr neutral formuliert!«, rief Baier.

Sie schwiegen kurz, bis Gerhard meinte: »Aber der Mann muss mitbekommen haben, dass Evers gefunden worden ist. Er wird doch wohl annehmen, dass wir über Evers Bescheid wissen. Er muss sich doch zusammenreimen, dass er des Mordes verdächtig ist.«

Evi wiegte den Kopf hin und her. »Nicht unbedingt. All unser Wissen zu den Täfelchen gründet auf Dr. Levi. Wenn Richterl aber nicht wusste, dass Levi vor Ort war?«

»Denkfehler!«, sagte Baier. »Wenn das alles so stimmt, dann hat er Levi die Dinge untergeschoben. Er kannte Levi, er hat ihn erkannt.«

»Und er glaubt, dass Levi der perfekte Verdächtige ist. Ist er ja auch. So weit hat das Manöver ja funktioniert. Er wird aber nicht wissen, dass wir Levi verhaftet haben. Er rechnet nicht damit, dass bei dem Kolloquium die Polizei vor Ort ist«, sagte Gerhard. »Er geht über Leichen, er ist besessen. Er hat ein Alkoholproblem. Seine Wahrnehmung ist verzerrt. So ungewöhnlich aus seiner Sicht ist das nicht.«

»Ja, schon. Aber spätestens wenn er die Täfelchen präsentiert, ist er derjenige, der sie hat. Vorher hatte sie Evers, also muss er der Mörder sein. Das wäre ein Fall, den würden ja sogar Fernsehkommissare lösen«, meinte Evi.

»Dass Evers Schreibtäfelchen in Römisch Kursiv hatte, können wir aber wieder nur von Levi wissen. Es stünde Aussage gegen Aussage. Was würde er tun? Wenn er schlau ist, würde er erzählen, er hätte Levi bei dem Mord beobachtet. Er hätte die Täfelchen entwendet, er hätte sie einem bösen Israeli entrissen, und er hätte sie unbedingt für die westliche Welt retten wollen, bevor sie am Roten Meer verschwänden. Irgend so was in der Art«, sagte Baier leise.

»Aber Maris Aussage?«, warf Evi ein.

»Wer würde ihr glauben? Und außerdem wissen wir ja nicht, wie er diesen Auftritt auf dem Kolloquium geplant hat. Vielleicht kommt er wie Kai aus der Kiste, zeigt die Dinger, verteilt ein paar Handouts und setzt sich wieder ab. Vielleicht will er nur Verwirrung stiften. Und dann, liabe Leit, was, wenn er die Täfelchen gar nicht hat? Vielleicht hat Evers sie gar nicht rausgerückt. Und vielleicht ist das alles sowieso ein völliger Nonsens, und der Mann hat nichts, Levi hat die Dinger und beharrt auf seiner Unschuld. Alles möglich! Viel zu viele Unbekannte. Warum fragen wir ihn nicht? Fahren in dieses Echerschwang?«, sagte Gerhard.

»Weinzirl, da würde ich aber nun auch eher dazu tendieren, morgen abzuwarten. Wenn er wirklich kommt, wenn er wirklich der Kai oder der Deus ex Machina ist, dann überführen Sie ihn so leichter«, sagte Baier.

Dass der ihm auch noch in den Rücken fiel. Aber bitte, dann würden sie sich eben morgen den ganzen Tag langweilige Vorträge anhören!

Dreizehn

Und so saßen sie also im Publikum. Er und Evi weiter vorn. Melanie und Felix weiter hinten, Jo und Baier, die offizielle Ehrengäste waren – da an Projekten beteiligt –, saßen bei den Honoratioren. Und so lauschten sie, und Gerhard zweifelte stark daran, dass Laien da etwas verstünden. War das öde!

»Er kommt nicht«, flüsterte Evi irgendwann am Nachmittag, als sie in einer Pause kurz mit Jo sprachen.

»Doch, er kommt. Du musst Geduld haben«, sagte diese.

»Du redest von Geduld, das soll wohl ein Witz sein.« Gerhard war kurz vor der Explosion, auch weil es in der Auerberghalle so stickig war. Laut Programm stand nun eine Schlussdiskussion mit Professor Winter vom Bayerischen Landesamt für Denkmalpflege an. Danach sollte es eine Räucherzeremonie geben. Und dann den Abendvortrag. Noch einen Vortrag würde er, Gerhard Weinzirl, Kulturbanause, nicht überleben! Und nach einer Räucherzeremonie stand ihm auch nicht der Sinn. Auf was hatte er sich da eingelassen? Diese dämlichen Weiber. Aber viel schlimmer war, dass er sich hatte einwickeln lassen. Einlullen von den Argumenten der Weiber. Und sogar von Baier.

Der Herr Professor war ans Podium getreten. Applaus brandete auf. Er begrüßte ein paar Leute, bedankte sich –

immer diese Begrüßerei und Bedankerei, und wehe, man vergaß einen. Er sprach ein paar Worte, die in Gerhards mangelnder Konzentration untergingen, als ein Mann begann, den Gang herunterzukommen. Es war eine Szene wie in einem amerikanischen Film, wo eine Hochzeitsgesellschaft in den Kirchenbänken sitzt und jene eine Person mit den Augen begleitet, die einen fest gezimmerten Ablauf stört. In amerikanischen Filmen ist der Störenfried meist der Lover, der in letzter Sekunde die Hochzeit verhindern will. Es ist die unpassende Kandidatin, die aber der Bräutigam doch viel mehr liebt als jene Industriellentochter, der er soeben das Jawort geben soll. Amerikanische Filme sind einfach. Das hier konnte kompliziert werden.

Viele Augenpaare folgten dem Mann, der langsam, aber stetig auf die Bühne zustrebte. Der Mann war mittelgroß, mittelalt, trug Jeans und ein hellblaues Hemd. Er war einer, den man auf einer Party sofort wieder vergessen hätte. Über das Gesicht des Professors huschte Irritation, er suchte mit Blicken Herrn Lustig und Zora Bach.

Der Mann sah sich kurz um, er schien in den Reihen jemanden zu suchen. Dann blickte er wieder geradeaus, straffte die Schultern. Er trug eine Schatulle vor sich her, wie den Heiligen Gral trug er sie. Es war totenstill, jeder im Raum spürte, dass hier etwas Außergewöhnliches passierte. Der Mann trat aufs Podium und stellte die Schatulle auf das Pult.

Evi starrte Gerhard an, und er machte eine beschwichtigende Handbewegung. Noch würde er nicht eingreifen. Er würde sich nicht zum Deppen machen, erst einmal sollte der Mann überhaupt in Aktion treten. Eine Waffe würde er ja wohl kaum in dem Kästchen haben. Hoffentlich ...

»Herr Winter, ich muss Sie leider unterbrechen!«, sagte der Mann mit einer Stimme, die purer Triumph war.

Der Herr Professor schien sich immer noch nicht sicher zu sein, ob das irgendwie zur Veranstaltung gehörte. An den sich drehenden Köpfen der Leute in der ersten Reihe aber war abzulesen, dass sie alle nicht wussten, was hier passierte.

»Ihre kleine nette Veranstaltung mag gut gemeint sein, aber warum erzählen Sie der Welt die Unwahrheit?«

Es war immer noch mucksmäuschenstill.

»Herr, äh ... was wollen Sie hier?« Der Professor war aus dem Konzept gebracht.

»Namen sind Schall und Rauch. Nehmen Sie Damasia.« Er sah ins Auditorium. »Damasia«, er betonte jeden Buchstaben.

Paul Lustig war aufgestanden. »Was soll das hier?«

»Nun seien Sie doch etwas geduldiger. Sie haben über zweitausend Jahre gewartet, da können Sie mir doch ein paar Minuten gönnen.« Er sah wieder ins Publikum und streichelte über seine Schatulle. »Hier drin liegen zwei Schriftstücke. Und die sagen uns klar und deutlich, wie die Stadt am Auerberg geheißen hat. Sind Namen doch kein Schall und Rauch? Und sie sagen uns auch, warum unser aller Freunde, die Römer, so schnell wieder von diesem Berglein abgezogen sind.«

Raunen ging durchs Publikum, Blicke wurden hin und her geworfen, es war sonnenklar, dass alle komplett überfordert waren. Gerhard hatte Evi eine Hand auf den Oberschenkel gelegt, zur Beschwichtigung. Es war immer noch zu früh. Nun wollte er wissen, was Richterl vorhatte. Denn das war ganz klar Herr Richterl.

Der Professor hatte sich gefasst. »Wenn Sie hier schlechte Witze machen wollen, Fasching ist lange vorbei. Sie stören hier eine Wissenschaftsveranstaltung. Ich würde Sie bitten, nun zu gehen. Die Anwesenden würden gern weitermachen.«

»Wissenschaft! Die hehre Wissenschaft. Die Herren und Damen Wissenschaftler in ihren Elfenbeintürmen. Verknöchert. Verbohrt. Je nachdem, welcher Schule ihr angehört, publiziert ihr. Wessen Brot ich fress, dessen Lied ich sing. Erbärmliche Charaktere seid ihr allesamt.«

Gerhard konnte nicht verhehlen, dass ihn das hier gefangen nahm. Das war speziell, so etwas erlebte auch er nur selten.

Paul Lustig war zum Professor getreten und tuschelte mit ihm. Dann sagte er: »Dürften wir Sie erneut bitten, den Raum zu verlassen?«

»*Lupus est homo homini, non homo, quom qualis sit non novit.* Sie kennen Ihren Plautus? Natürlich kennen Sie ihn. Sie alle sind ja allwissend. Euer Problem ist nur, dass ihr jeder etwas anderes wisst. Und ja, ihr könnt begründen. Ihr lasst eure Studenten arbeiten, lasst sie schreiben und in Schriften wühlen. Ihr verkauft das dann als eure Publikation, wenn ihr auf der besseren Seite steht, dann nennt ihr den Namen des Studenten sogar – ganz klein, ganz hinten. Spekulanten seid ihr, nichts als Rätselrater. Ihr lebt in einer Welt, in der nichts wahr ist, nichts dingfest gemacht werden kann.«

Der Pegel des Raunens war angeschwollen, einige hingegen starrten nur nach vorn, wie hypnotisiert.

»Ihr solltet froh sein, dass ich euch hier heute erlöse. Euch alle. Euer Leiden hat ein Ende. Ab heute wisst ihr, dass ihr fehlgegangen seid. Oder zumindest armselige Halbwahrheiten wissen durftet.«

Er drehte sich zum Publikum, kippte die Schatulle leicht an, öffnete den Deckel. Auf rotem Samt lagen da zwei Täfelchen. Gerhard, der weit vorn saß, konnte allemal erspähen, dass man Gekrakel darauf sah. Hühnergekratze, ja, so sah das wirklich aus.

Im Saal brach ein Tumult los, den der Mann mit einer großen Geste wieder eindämmte.

»Das sind Tablets, Schreibtäfelchen. Wie jene am Hadrianswall. Diese stammen vom Auerberg. Wer von Ihnen liest Römisch Kursiv? Sie, Herr Winter? Jemand von den Herren da unten?«

Ja, das war nun seine Show! Die Luft vibrierte.

Der Tumult schwoll wieder an, bis der Professor dazwischenschrie. »Ruhe! Ruhe!« Als die Lautstärke etwas abgeflaut war, sagte er mit eisiger Stimme: »Woher haben Sie die? Wie wollen Sie mir beweisen, dass sie echt sind?«

Richterl sah den Professor an, spöttisch. Fast mitleidig. »Letztlich hat sie einer von euch verloren. Verloren, verworfen, vergessen. Ihren Wert nicht erkannt. So wie ihr selbstherrlich so viel übersehr. Und natürlich sind sie echt. Dafür gibt es Gutachten.«

Paul Lustig war auf den Mann zugetreten, versuchte, die Schatulle zu greifen. »Das glaubt Ihnen hier keiner! Zeigen Sie mir Ihre angeblichen Tablets.«

Der Mann hatte die Schatulle an sich gepresst und schrie wie irr. »Hinfort, entweder Sie hören mich nun an, oder Sie erfahren nie, ob Ihr Damasia existiert hat. Ob es jemals so geheißen hat.«

Andere hatten sich nun auch erhoben, Gerhard sah Evi an.

»Zugriff!«

Sie spurteten nach vorn. Schoben ein paar Leute zur Seite.

»Ich verhafte Sie wegen des Mordes an Martin Evers. Sie haben ihn wegen dieser Täfelchen umgebracht«, rief Gerhard.

Und wie er den Mann gerade fassen wollte, stolperten ihm einige von denen, die sich nach vorn gedrängt hatten, vor die Füße. Ihm wurde die Sicht genommen, er sah den Mann noch rennen. Verdammt! Was war er für ein Trottel! Hatte zu lange gewartet. Weil auch er endlich hatte wissen wollen, was es auf sich hatte mit dem mystischen Berg. Weil die Show einfach zu gut gewesen war. Weil der Mann Akademiker verunglimpft hatte, Menschen, die Gerhard ja zeitlebens immer sehr skeptisch beäugt hatte. Er stürzte mit Evi hinterher, auch Jo und Baier waren losgerannt.

Der Mann war auf der Außentreppe. Er musste Sprinter gewesen sein in einem anderen Leben, er war schneller als der Schall, und das, obwohl er die Schatulle in der Hand hatte. Er spurtete zu einem Auto, sprang hinein, das Auto schleuderte los und überfuhr fast noch Baier.

Gerhard und Evi waren auch schnell, so schnell hatten sie noch nie ein Auto in Gang gesetzt. Der Mann war quer über eine Wiese gerauscht, Matsch und Grasreste flogen hoch, er schlingerte auf den Asphalt und hinaus auf die Straße. Bog links ab und gleich wieder rechts und schoss den Berg hinunter. Wahrscheinlich wäre er auf der Straße nach Lechbruck geblieben, aber ein Bulldog vor ihm und einer mit Ladewagen, der ihm entgegenkam, vereitelten den Plan. Er riss das Steuer herum und landete fast in dem grünlichen Brunnen. Und weiter.

»Dieser Idiot«, brüllte Gerhard. Knüppelte die Gänge hinein, donnerte hinterher. Evi war kreidebleich geworden und gab den Kollegen das Kennzeichen durch.

Sie verließen Bernbeuren und fanden sich auf einem Teersträßchen wieder, das sich durch Wiesen wand. Gerhard war sicher kein schlechter Autofahrer, aber wie der Mann fuhr, war ein solcher Kamikazestil, dass er nicht mithalten konnte. Richterl schlingerte immer wieder hinauf in die Wiese, touchierte fast einen Stadel, fand retour auf den Teer. Nun verschwand das Sträßchen im Wald, zwei Mountainbiker konnten sich nur noch mit einem Sprung in die Bäume retten. Eine Wasserflasche flog, sprang auf Gerhards Windschutzscheibe, Evi schrie auf. Weiter!

Es ging abwärts, links war eine Sitzgruppe, wo eine Familie wahrscheinlich den Schreck ihres Urlaubs erlebte. Oder aber das schönste Erlebnis desselbigen. Wer geriet schon hinter Bärabeira in eine Verfolgungsjagd? Der Mann fuhr wie vom Teufel besessen. Das Sträßchen traf nun auf ein anderes, das am Lech entlanglief.

Gerhard erhaschte im Augenwinkel einen Blick auf ein Schild. »Via Claudia Augusta«. Elende Römer! Der Mann mit der völlig überhöhten Geschwindigkeit donnerte nach rechts. Das Auto schlingerte von rechts nach links wie ein Boot, das Spielball der Wellen wird. Es war offensichtlich, dass das Auto sich immer weiter aufschaukelte, es war sehr zweifelhaft, ob der Fahrer es wieder würde einfangen können. Er trudelte weiter, und Gerhard rechnete damit, dass er so weit in die Wiese geraten würde, dass das Fahrzeug kippte. Er schlingerte ebenfalls durch die Wiesen rechts der Straße, schaffte es nochmals, das Auto abzufangen, und dann donnerte er nach links.

Splittern war zu hören, es krachte. Äste flogen. Es gab ein schauerliches Geräusch, und das Auto war weg. Gerhard bremste voll ab, direkt neben einem Stadel, und sprang aus dem Auto. Evi hinterher. Das Auto des Flüchtigen war den Abhang hinuntergefahren und mitten hinein in den Lech, der so träge und bräunlich dahinzuckelte. Nun allerdings hatte es als Lebensäußerung konzentrische Ringe von sich gegeben.

Ein paar Blesshühner waren aufgeflogen und schimpften, zwei Kanadagänse schimpften mit. Am Gegenufer unter Weiden, die bis zum Wasserspiegel hingen, standen Kühe und glotzten. Für einen Moment hatten sie sogar das Wiederkäuen vergessen.

»Scheiße«, brüllte Gerhard und riss das Handy heraus. Feuerwehr, Notarzt.

Er schrie wie ein Berserker. Hinter ihm stoppte ein Auto. Baier und Jo. Für Sekunden starrten sie alle auf den Wagen, von dem nur noch das Hinterteil aus dem Wasser ragte. Gerhard war zu seinem Auto gerannt, hatte das Abschleppseil dabei, band es sich um die Hüften und warf Baier den Rest zu. Es war extrem schwierig, den Hang hinunterzugelangen, weil Büsche und zersplitterte Äste den Weg versperrten.

Schließlich war er am Auto und versuchte, neben dem Wagen im Wasser, das ihm bis zur Taille reichte, Halt zu gewinnen.

»Sichert mich«, rief er nach oben, was Baier längst getan hatte, indem er das Tau um einen Baum gewunden hatte.

Das Auto war bis zum Mittelholm weg; Gerhard wollte die hintere Tür öffnen, aber der Druck des Wassers war zu hoch. Also die Heckklappe. Diese ließ sich öffnen, und er versuchte, in das kopfstehende Auto zu klettern. Der Fahrer hing im Wasser, völlig leblos; und so wie sein Kopf ein Eigenleben im Wasser zu haben schien, wusste Gerhard, dass er sich das Genick gebrochen hatte. Er versuchte dennoch, bis zu dem Mann zu kommen, der sich unter dem Wasserspiegel befand. Er fühlte dessen Schläfe, da war nichts. Das Auto ruckelte, wie von weit her hörte er Jos Schrei. Sehr vorsichtig kroch er aus dem Heck und rief hinauf zu Baier.

»Anziehen.«

Als er oben stand, blickte er in Augen, in denen Angst lag. »Er ist tot. Genickbruch. Wir müssen auf die Bergung warten. Das Auto versinkt weiter. Der Lech hat mehr Strömung, als man annehmen möchte.«

Der Lech hatte jahrhundertelang so viele Leben regiert. Auch Gezähmte behalten sich irgendwo ihre Wildheit – tief drinnen –, und irgendwann bricht sie hervor.

Es war sekundenlang still, als Evi flüsterte: »Aber diese Täfelchen.«

»Die haben zweitausend Jahre überstanden, dann werden sie doch ein kleines Bad überleben. Feuchtbodenerhaltung.« Gerhard bemühte sich, zuversichtlich zu klingen.

Die Feuerwehr war schnell. Die Kollegen, die absperrten, auch. Inzwischen hatten sich Radler, Spaziergänger und Inlineskater eingefunden. Wieder eine jähe Störung in der bunten Welt des Freizeitsports. Wieder eine Eruption im Paradies. Und plötzlich hatte Gerhard den Satz von Baier im Ohr.

»Am Lech kommt man nicht vorbei«, hatte er gesagt. Das hatte sich bewahrheitet. Für beide Männer. Für den einen, der an der Staustufe aufgetrieben war, und für den anderen, der vielleicht ein, zwei Kilometer lechabwärts sein Leben gelassen hatte. Wegen ein paar Täfelchen! Wegen eines Namens? Wegen eines flüchtigen Ruhms einmal, einmal nur besser zu sein als die anderen. Verdammter schöner Auerberg! Hättest du dein Geheimnis nicht früher enthüllen können?

Paul Lustig war von irgendwoher aufgetaucht. Und Zora Bach.

Und dann, nach einer gefühlten Ewigkeit, stand das zerbeulte Auto auf dem Weg, ach was, Weg! Auf der Via Claudia Augusta! Die Feuerwehr hatte den Mann herausgeholt. Gerhard hatte die Brieftasche des Mannes an sich genommen und dann noch einen Koffer aus dem Heck des Kombis geholt. Und vorn, im Fußraum, da war die Schatulle.

Gerhard öffnete sie. Was er vorfand, waren zerborstene Stücke, die sich ihrerseits langsam auflösten. Paul Lustig hatte die Absperrung ignoriert und Melanie zur Seite geschubst. Er starrte auf die Überbleibsel in Gerhards Händen. Ein »Nein« zerschnitt die Luft. Ein »Nein«, in dem alle Verzweiflung eines Hoffenden lag.

»Gips«, flüsterte er. »Gips. Er hat Gipsabgüsse gemacht. Die sind zerstört. Oh nein!«

Gerhard schob ihn zur Seite. »Wir geben das der KTU. Vielleicht ist noch etwas zu retten. Wir müssen jetzt hier unsere Arbeit machen.«

Ja, zum Teufel: Sie hatten einen Toten, der nun für ewig schweigen würde. Den er jetzt nicht mehr fragen konnte, ob er Martin Evers getötet hatte. Und warum er es so spannend gemacht hatte. Pilze, Spannbuchse, wieder dieser Fluss – und ja, bei Zeus: Auch er hätte gern gewusst, ob die Stadt Damasia geheißen hatte. Oder Aelia Augusta. Oder anders. Und was der Schreiber der Frühzeit-SMS über ihre Bestimmung hatte sagen wollen.

Das Kästchen mit den Fragmenten ging an die KTU, der Koffer auch. Vielleicht fand man ja etwas Verwertbares darin. Gerhard spürte ein schales Gefühl, und das rührte nicht nur von seinem schier ewigen Fernbleiben vom Weißbier her. Ein toter Mörder war kein geständiger Mörder. Das war ja wie Archäologie. Wieder nur Indizien.

Die Gaffer verliefen sich allmählich. Der Tote war abgereist. Das Auto auf einem Abschleppwagen auch. Gerhard, Evi, Baier und Jo standen noch immer da, und es war so, als könne keiner den ersten Schritt tun. Sie alle waren so voll von Gedanken, die umherwirbelten und zustachen wie die Stechmücken, die aus dem Lech ausschwärmten. In einem Fernsehkrimi wären nun wieder Blitz und Donner aufgekommen, und die Ermittler wären mit hochgeschlagenen Krägen in den Abspann gerannt.

Aber wie zum Hohn war es schon wieder hochsommerheiß bei einem wolkenlosen Himmel, und sie vier hatten keine Initialzündung, die sie zum Gehen bewogen hätte.

Es war Jo, die nach einer endlosen Weile sagte: »Aber wenn das Gips war, dann müssen die Originale doch irgendwo anders sein.«

»Ja, aber das weiß vielleicht nur er. Wenn's blöd kommt,

dann hat er dieses Wissen mit ins Grab genommen«, sagte Gerhard.

»Im Leben kommt es immer blöd«, quetschte Baier heraus und klang wie ein Meister der düsteren Prophezeiungen.

Keiner sagte etwas, und es fiel Gerhard schwer, Bewegung in die Sache zu bringen. Aber er hatte nun einmal einen Beruf. »Wir fahren in diese Ferienwohnung, wo er zuletzt gewesen ist. Womöglich liegen die Täfelchen da im Bauernschrank. Wo war die Fewo?«

»Echerschwang«, hauchte Evi.

Gerhard wusste, dass sie sich gewaltige Vorwürfe machte. Aber er musste sich die größeren machen. Er hatte das zu verantworten, sie hätten den Mann gestern nur festnehmen müssen. Gerhard hatte bis zum Schluss geglaubt, dass er nicht kommen würde. Er hielt Levi für den Täter. Aber nun war alles entgleist, entglitten, in den bräunlichen Lech gestürzt.

»Wir fahren in diese Ferienwohnung; wahrscheinlich hat er die Originale dort irgendwo versteckt.«

Evi stieg ein, Baier auch, und sie alle schwiegen beharrlich. Dass Echerschwang noch zum Landkreis Weilheim gehörte, das war Gerhard wahrlich neu gewesen. Dass einer wie Herbert Richterl sich dann auch noch außerhalb in einem Weilerchen in einem Gästehaus eingemietet hatte, das war wirklich eine Meisterleistung des Inkognitos.

Am Bauernhof war man etwas überrascht, Polizeiausweise zu sehen. Auch über das Ansinnen, das Zimmer des Herrn Richterl in Augenschein nehmen zu wollen. Mehr noch verdutzte die Aussage, dass der Herr Richterl nicht mehr zurückkommen würde. Am Ende wurde ihnen Einlass gewährt, aber erst, als Baier die landestypische Sprache ausgepackt hatte und seine ganze Autorität in die Waagschale geworfen hatte. Außerdem hatte er über Namedropping ein paar einheimische Namen eingeworfen, die man beiderseits kannte, und das schaffte dann doch Vertrauen.

»So, ihr setzt euch jetzt in den Garten oder aufs Hausbankerl oder sonst wohin. Ich gehe da allein rein. Ich möchte vermeiden, dass wir unnötig Spuren zerstören. Ich möchte vor allem ... ach!« Einen Japser von Evis Seite wiegelte er sofort ab. »Keine Widerrede; nach dem, was ihr euch da an Eigenmächtigkeiten erlaubt habt, ist das mein letztes Wort!«

Das schlechte Gewissen plagte sie immer mehr. Baier sah alt aus, und Evi war blass. Das waren seine Kriminalisten. Und Gerhard wusste natürlich auch, dass er gemein war. Denn ihm war klar, wie sehr sie alle litten. Sie gaben sich die Schuld am Tod des Mannes. Wäre er nicht so blöd geflüchtet, dann wäre er nicht in den Lech gefahren. Hätte man nicht dieses Laienschauspiel abgewartet, dann würde er noch leben. Vielleicht.

Gerhard wusste das, und er war wütend. Fuchsig. Müde zudem. Hungrig. Durstig und immer weiter wütend auf sich selbst. Das Kind war so was von tief in den Brunnen gefallen, dass alles, was er nun noch versuchte, keine Schadensbegrenzung mehr war. Für den Tod gab es keine Schadensbegrenzung!

Er betrat die Wohnung. Es gab eine kleine Diele, am Garderobenhaken hing eine Outdoorjacke, darunter standen dreckverschmierte Stiefel. Man gelangte in ein Wohnzimmer mit Küchennische und einer Couch, die man wohl als zusätzliches Bett ausziehen konnte. Es schloss sich ein Schlafzimmer an, in dem ein Bett bezogen war und ordentlich gemacht. Es gab ja Menschen, die so einen Kontrollzwang hatten, dass sie immer gut gestylt in jede Lebenslage traten – mit der Begründung, dass sie ja mal einen Unfall haben könnten und dann der Notarzt einen in einer schlabbrigen Unterhose vorfand oder in einem verwaschenen Sport-BH.

Solche Gedanken waren Gerhard fremd, und wahrscheinlich war dem Notarzt die Qualität von Unterwäsche auch egal. Aber eventuell war Herbert Richterl ja ein Kontrollfreak gewesen. Im Schrank jedenfalls lagen noch einige T-Shirts sehr ordentlich gefaltet, sonst nichts mehr. Im kleinen Bad mit Dusche standen ein leeres Deo, ein leeres Shampoo und ein Zahnputzbecher wie Soldaten beim Appell. Gerhard begann vorsichtig, alles abzusuchen, was ein Versteck hätte sein können. Auch den Klospülkasten. Dann nahm er sich den Hauptraum vor, er fand Wollmäuse und Reste von Twix-Papier, Schreibtäfelchen fand er keine. Er zog Schubladen heraus, entkernte das Bett, entblößte die Deckenlampen. Nichts! Das Einzige, was sehr öffentlich und einladend auf dem Esstisch stand, war ein Laptop.

Wenn der nun ein Passwort hatte? Er hatte.

»Damasia« öffnete den Sesam nicht, »Aelia Augusta« auch nicht. Dann gab er »Auerberg« ein, und siehe: Der Computer begrüßte ihn höflich. Na, sonderlich kreativ war der Mann auch nicht gewesen. Oder er war sich einfach seiner Sache viel zu sicher gewesen.

Er hätte Evi nun gut brauchen können, aber er war zu sauer, um sie zu bitten. Und schließlich öffnete er eine Datei, die auch wieder ganz einfach »Auerberg« hieß.

Dies sind Aufzeichnungen von Herbert Richterl. Sollte mir jemals etwas zustoßen: Alles, was hier steht, ist die Wahrheit, nichts als die Wahrheit.

Na, das entbehrte ja nicht einer gewissen Dramatik, dachte Gerhard.

Es ist unglaublich. Ich wage das kaum zu glauben. Aber es sind Tablets. Es sind Fotografien davon, aber ich zweifle nicht an ihrer Echtheit. Der Mann hat mich lange hingehalten. Aus Raetien seien sie. Ich habe nachgeforscht, recherchiert. Es kann nur der Auerberg sein, eine Siedlung, die irgendwo in der Agonie der Landbevölkerung versunken ist. Wahrhaft versunken und versunken im Desinteresse. Das Schicksal so vieler wertvoller Stätten. Steine wurden als Baumaterial recycelt, es geht dem Menschen doch nur um die Zweckhaftigkeit.

Aber der Mann hat den Wert erkannt, nur kann er die Schrift nicht lesen. Auch ich komme nur sehr schwer voran, die Qualität ist miserabel. Und er taktiert. Er hat mir nur die Hälfte gegeben. Oder weniger. Dieser vermaledeite Kerl, er muss etwas wirklich Großes entdeckt haben. Und er glaubt, er könne sich meiner Hilfe bedienen, ohne Informationen herauszugeben.

Und wer ist der zweite Mann? Er muss den anderen Teil einem Kollegen gegeben haben. Das ist clever. Scheinbar nur, denn das ist auch riskant. Wird der andere nicht das Nämliche wie ich denken? Wird nicht auch er wissen, dass er nur Teile in Händen hat?

Er heißt Evers, ist wohl so eine Art Museumspädagoge

und Konzeptemacher. Woher hat er die Tablets? Woher? Er arbeitet in der Schweiz. Ich habe meine Fühler ausgestreckt, er reist nach Bayern. Er reist zum Auerberg. Was will er da?

Das Internet hat Vorteile. In acht Wochen wird es ein großes Symposium geben. Ich bin mir sicher, dass er dann die Bombe platzen lässt. Das steht ihm nicht zu, diesem verhinderten Lehrerlein. Oh nein, da werde ich ein Wörtchen mitzureden wissen. Auch ich kann meine Identität verschleiern. Ich werde mich als Kurator eines neu geplanten Weinmuseums in der Pfalz ausgeben. Ich werde in jedem Fall eine Homepage ins Netz stellen. Er wird das sicher überprüfen. Man darf ihn nicht unterschätzen. Er hat eine Bombe im Gepäck, er wird den Zeitpunkt bestimmen wollen, wann er sie zündet ...

Bin hier angekommen. Was die Reisewelt wohl an Bayern findet? Eine Sprache, die kein Deutsch ist, Essen, das im Magen liegt wie Blei. Apropos Blei. Habe Evers heute gesprochen. Hatte ihn angerufen. Hatte seine Nummer angeblich von einem Freund und Weggefährten in Lienz. Habe vorgegeben, seine Ausstellung über die Austern gesehen zu haben. Gab mich bass erstaunt, als er sagte, er sei in Bayern. Wo ich doch gerade in München sei. Wir haben uns verabredet, ich hatte mich für sein Wissen über Blei interessiert. Er war ja so stolz, aber Evers weiß wirklich viel. Er hat ein komplettes Konzept für »süßes Blei«. Wein und Traubensirup, mit dem römische Köche ihre Speisen versüßten, waren stets mit Blei verseucht, sagt er. Kann er beweisen. Dass Arbeiter in Bleiminen von einer Vergiftung durch Bleistaub *bedroht sind, wussten schon die Römer, sie wussten aber nicht, dass es eine schleichende Vergiftung gab. Täglich ein Milligramm Blei reichte, und gerade reiche Römer haben in Bleitöpfen gekocht, aus Bleibechern getrunken, hatten Bleirohre fürs Wasser und bleihaltige Farben. Und die Römer setzten dem Wein oft auch eingedickten Traubensirup zu, der Sirup sollte die Haltbarkeit des Weines verlängern. Er tötete Fäulnisbakterien, aber er war durch das stundenlange Einkochen und Umrühren in den Bleitöpfen komplett kontaminiert. Und damit sterilisierten sich die Männer, die Frauen erlitten Fehlgeburten.*

Guter Ansatz von Evers, denn die adlige Elite hatte den besten Zugang zu Wein und Leckereien, und sie degenerierte am meisten. Blei war ihr Blut. Viele römische Kaiser hatten keine männlichen Erben. Bleibedingt. Aristokratensterben und damit neue Schichten, die als neureiche Emporkömmlinge antraten und auf der neuen Schwelle eben auch wieder ausstarben durch das süße Blei.

Habe ihn sehr gelobt. Ich muss sein Vertrauen gewinnen. Er ist sehr weitschweifig. Mir fehlt die Geduld, soll er doch am Blei verrecken. Aber ich muss ihn umgarnen. Ihn bezirzen.

Waren zusammen beim Essen. Ich sprach euphorische Sätze über die Landschaft hier. Gab an, ein paar Tage zu bleiben. Ganz spontan, weil ich doch Urlaub hätte. Auch, damit wir uns austauschen könnten.

Er ist vorsichtig. Er gibt an, dass auch er Urlaub machen will. Aber dass er bei seiner Vorbelastung eben doch ein wenig mit seiner Leidenschaft zu tun haben will. Dass er die Römerstätten rundum besuchen will. Ich habe einige Fangfragen gestellt. Er weiß wirklich nicht, wer ich bin. Er weiß wirklich nicht, dass ich seine Tablets zu entschlüsseln suchte. Er ist so vorsichtig und dann doch sehr arglos. Er ist selbstgefällig, viel zu selbstgefällig. Ich mag seinen Sprechstil nicht. Auch nicht dieses Hochdeutsch ohne jede Färbung. Er ist farblos, und doch ist er bewaffnet mit einer Sprengladung für die Wissenschaft. Wenn ich nur wüsste, wo er diese Tablets hat! Und mehr noch: Wer ist der, der den anderen Teil zu lesen bekam?

Ich war im Auerbergmuseum. Immer wieder putzig, wie in der Provinz versucht wird, Kultur zu schaffen. Lahme Ansätze, halbherzige Wahrheiten. Kleingeisterei. Die Schüler, die das Museum genötigt worden waren zu besichtigen, waren sämtlich desinteressiert. Lehrer sein ist nur was für Masochisten oder ebensolche selbstgefälligen Idioten wie Evers. Der ja auch einst Lehrer werden wollte.

Habe als Tourist herumgestöbert, war allein im Obergeschoss, als eine Frau hereinwehte. Hexengestalt, und was macht diese Alte? Die nimmt die Spannbuchse vom Katapult! Einfach so! Frech, dreist! Ich musste ihr folgen. Hab mich dann unten rumgedrückt, hab ins Gästebuch geschrieben. Man muss im Leben Spuren hinterlassen. Eigentlich köstlich. Und infam. Ich habe Humor. Hatte ich immer, auch wenn es manchmal schwer wird mit dem leichten Lachen. Aber diesmal lache ich zuletzt.

Bin der Dame gefolgt. Was für ein Haus! Was für ein Weib! Sie hat mich erst mal beschimpft. Aber auf hohem Sprachniveau. Ich spürte, dass ich hier am besten gleich mit der Tür ins Haus falle. Diese Hexe fackelt nicht lange. Ich fragte, warum sie diese Spannbuchse gestohlen hätte. Sie war in keiner Weise verängstigt. Sagte, sie habe viele offene Rechnungen mit Bernbeuren. Tue so was, um zu ärgern. Um ein Ärgernis zu bleiben. Sie sei oft im Museum und immer so, dass sie keiner bemerkte. Ihr ganz persönliches Spiel. Sie müsse die Wege ihrer Feinde kennen.

Ich war mir nicht sicher, ob diese Dame nicht eher in eine Anstalt gehört. Was sie damit machen würde, wollte ich wissen. Der Möglichkeiten seien viele, sagte sie. Erpressung vielleicht. Sie würde es zurückgeben, wenn man ihr entgegenkäme bei ihren künstlerischen Plänen. Oder sie würde ihr Diebesgut der Zeitung senden: So gut also achten Ehrenamtliche auf Kulturschätze.

Tatsächlich hat sie aus dem Museum noch einige Kleinigkeiten mehr entwendet. Sie baut ein Environment daraus, ein Kunstwerk aus Diebesgut. Eine Figur, die ein Gästebuch des Museums unter dem Arm trägt. Die Buchse könnte ein Schuh werden. So wird ein Schuh draus. Sie nennt das Werk Auerberg-Klaustrophobie. Zumindest sagt sie das. Ich habe die Skulptur nicht gesehen.

Sie hängt auch ab und zu Tafeln um und ändert Texte. Sie lässt Wanderer ins Leere laufen, indem sie die Beschilderungen verdreht. Sie hat daran diebische Freude. Und sie hasst. Sie hasst abgrundtief. Sie hasst ihre Umgebung. Die dummen Menschen rundherum. Vor allem aber hasst sie ihr Leben, glaube ich. Und sie ist beileibe nicht dumm. Sie will ihre Kelten. Sie will ihren Altar. Ihren Göttersitz. Ich ließ durchblicken, dass ich an etwas dran bin. Dass wir in Kontakt bleiben sollten. Sie sagte nur: Sie wissen, wo ich bin.

Die Wege der Feinde kennen.

Natürlich ist Evers ein Feind. Er macht mich aggressiv. Er ist so eine weiche Person. Er ist kantenlos, nicht fassbar. Er ist verbindlich und sagt doch nichts. Ich verfolgte ihn öfter. Er gräbt am Nordwesthang. Und dann bin ich auf etwas sehr Bizarres gestoßen. Er wird nicht nur von mir verfolgt. Da war noch einer. Bekanntes Gesicht. Evers wohnt in einem Fass am Campingplatz, und nebenan haust Dr. Moshe Levi. Aug in Aug.

Levi, ein Mann ohne Skrupel. Levi, ein Günstling der Götter. Levi mit der Traumkarriere. Levi ist der zweite Mann! Levi hat den zweiten Teil erarbeitet. Levi, Superstar, und den erkennt Evers nicht? Nun – er erkennt mich ja auch nicht. So einer gelangt an diese Tablets! Ausgerechnet so eine minderwertige Existenz. Aber ich muss dennoch vorsichtiger sein! Ich habe nachts versucht, aus dem Dunkel etwas zu sehen von seinem Tun und seinen Aufzeichnungen. Aber da war nichts zu erkennen. Wo hat er die Tablets? Wie viel weiß Levi? Mehr als ich? Weniger? Levi, Levi stört mich sehr.

Wir haben wieder übers Blei geplaudert. Ich suche immer Ansätze, unauffällig über den Auerberg zu sprechen. Er ist wie ein Kamel, das niemals durch das Nadelöhr ginge.

Ich habe ihn auf das Museum angesprochen. Er war dort, natürlich. Wie er die Leute da fände? Er sagte, semiprofessionell. Ich gab ihm Bier zu trinken, aber er trank fast nichts. Er gab an, keinen Alkohol zu trinken.

Seine Zunge lockerte sich aber dennoch ein wenig. Was er so denke über diese Siedlung? Er hielt sich bedeckt. Ich alberte herum.

Damasia war ein Versuchsgut, um Elefanten zu züchten. Damasia sollte eine Waffenschmiede werden, um einen Feldzug gegen den Norden zu führen. Damasia sollte eine Sternwarte werden, und alle führenden Wissenschaftler der Welt sollten dort arbeiten. Er lachte, er schien sich wirklich zu amüsieren. Wie schön. Wie lustig. Er jubilierte fast.

Und dann sagte er: Es war anders, ganz anders. Sie glauben gar nicht, wie viel anders. Ich war so aufgeschreckt. Er aber auch. Er wiegelte ab. Ich machte auf guten Kumpel, drohte mit dem Zeigefingerchen. Evers, Sie Schelm, was wissen Sie, was ich nicht weiß?

Lassen Sie sich überraschen, sagte er nur und fing wieder an vom Blei und der Traubensüße.

Tempus fugit. *Ich muss endlich weiterkommen. Ich war bei der weißen Frau. Sie aber war nicht da. Hab ein wenig gestöbert. Das Kunstwerk war nicht zu finden. Aber in der Küche hat sie allerlei getrocknet. Kräuter und Knollen – darunter auch Fingerhut, Knollenblätterpilz, Eisenkraut – eine ganze Mordapotheke. Was hat sie vor, diese Frau? Will sie töten? Und wen? Töten, wie die Römer es taten? Fingerhut ist eine Pflanze der Kelten, aber Eisenkraut, Aconitum und Knollenblätterpilz sind Gifte der römischen Giftmischerei. Die Spannbuchse lag noch am Tisch. Sie hat doch sicher etwas damit vor, oder? Sie manipuliert mit jedem Wort. Man kann ihr kaum vertrauen. Kennt sie Evers? Weiß sie, was er weiß? Und will sie ihn töten? Es ist mit Sicherheit nicht falsch, ein wenig von ihren Ingredienzien mitzunehmen. Und die Buchse. Vielleicht kann sie mir noch nützlich werden. Sie kann falsche Fährten legen, zum Beispiel. Eine Idee reift in mir ...*

Ich hab ihn zu einem Essen bei mir in meiner Ferienwohnung eingeladen. Es muss nun etwas geschehen. Das Symposion naht. Ich habe meine Semmelknödel mit Pilzsoße ein wenig gewürzt. Nicht allzu stark, möchte ich meinen. Er nippte wieder nur am Alkohol, und dann bekam er Schweißausbrüche. Ganz plötzlich. Ich sagte ihm, dass er ein wenig Knollenblätterpilz und etwas Aconitum zu sich genommen hätte. Ich stellte meine Fläschchen Legalon SIL und Anticholium auf den Tisch. Gute Gegenmittel bei Vergiftungen dieser Art. Ich wollte doch nur wissen, wo die Tablets sind. Ein wenig Todesangst beflügelt solche Entscheidungen. Ich schlug ihm vor, dass wir gemeinsam beim Symposium auftreten, er der Finder, ich der Entschlüssler der Kursivschrift. Er reckte die Hand nach den Fläschchen. Mein lieber Freund, erst die Tablets!

Und dann ging es ganz schnell. Er brach zusammen. Es war schrecklich. Er wand sich. Er erbrach. Ich hatte ihn getötet. Aber doch nicht mit dieser Dosierung! Sie war niemals letal. Niemals!

Ich weiß nicht, wie viel Zeit vergangen war. Dass er nicht hierbleiben konnte, war klar. Gut, dass meine Gastgeber mit den Hühnern ins Bett gehen. Gut, dass er nicht sehr schwer war. Ich griff mir einen Schirmständer, den ich mit Steinen füllen würde, einen Expander, der an der

Garderobe hing, und die Buchse, es war wenig zur Hand. Ich glaube, ich war ein wenig konfus.

In der Rückschau muss ich zugeben, dass ich panisch war. Ich fuhr durch die Nacht. Der kleine See? Zu unsicher? Der Lech, was sonst? Aber dieser Lech ist kein verschwiegenes Flüsschen, und ich irrte umher. Der Mann im Auto schien mich zu bedrohen, schien mir Dinge einzuflüstern. Bewegte er sich? Der bewegte sich doch? Dieser Lech, er ist verbaut, überall leben Menschen, man erreicht ihn nicht. Der Mann wisperte. In Gründl bog ich links ab, ein Feldweg, mehr Feldwege. Ich schleifte ihn über eine Wiese, da war steiles Ufer.

Er hat viel Wasser, der See. Er ging unter. Es wurde still. Kein Mond. Sehr still wurde es. Ich trank viel in dieser Nacht, sehr viel.

Mir war, als wäre das nicht passiert. Ein Alptraum. Aber da war Erbrochenes. Ich rannte in das kleine Bad. Ich war dort sehr lange. Ich bin ein Mörder. Doch was nutzt das nun? Bedauerlich, allemal. Ein bedauerlicher Unfall. Mehr nicht. So muss ich denken. Nach vorn sehen. Ihn vermisst keiner. Von seiner Existenz weiß keiner.

Gut, Moshe Levi, aber der wird denken, dass er einfach verschwunden ist. Moshe Levi, das ist mein Mann. Es war wieder dunkel, als ich zum Campingplatz fuhr. Ich saß lange am Lechsee in einem Weidenrondell. Ich starrte auf das ruhige Wasser, bis es zu regnen begann. Gut, das ist gut! Regen treibt Menschen vor sich her in ihre Behausungen. Ich hatte seine Schlüssel, sie waren in der Jacke, die bei mir zurückgeblieben war.

Es war so still, nur der Regen prasselte auf Caravans und Zelte. Campen ist unwürdig. Das Fass hatte einen Stauraum unter der Schlaffläche, da waren sein Laptop und seine Kamera. Gut so!

Aber keine Tablets. Nicht unter der Matratze. Ich muss nachdenken! Was würde er tun? Er würde sie nicht in diesem Fass verstecken, aber wo sonst? Wo käme er zu jeder Zeit hin? Was ist offen auf so einem Campingplatz? Die Waschräume, oder? Ich durchkämmte sie, und es war tiefe Nacht, als ich das Paket in Plastikfolie unter einen Waschtisch geklebt vorfand. Ich riss es an mich. Ging zurück ins Fass.

Verdamm mich! Evers, du mieser Verräter. Das sind Abgüsse. Aus Gips. Wo hast du die Originale? Wo! Aber ich habe diese Abgüsse. Es sind zwei! Jene, die er halbiert und mir und Levi gegeben hat. Und eine zweite Tafel. Die musst du selber entschlüsselt haben. Die ist auch weit besser erhalten.

Deine Übersetzung stimmt, Evers. So schlecht warst du nicht, Evers. Und bei Gott! Das ist mehr als eine Sensation. Und es ist mein Fund. Oh ja, mein feiner, alles verändernder Fund!

Oh Gott! Wenn das stimmt. Ich muss sofort ans Werk. Wenn das stimmt! Aber natürlich stimmt es, es lag nur lange verborgen. Was steht in deinem Laptop? Nichts, was ich nicht schon vorher gewusst hätte. Du hast nicht mal dort Spuren hinterlassen. Du bist ein Monstrum, und fragen kann dich keiner mehr, du kleiner selbstgefälliger Idiot. Es geht aber nicht um dich, es geht um Weltwissen, du verrätst die Wissenschaft. Ich aber werde der Welt die Augen öffnen, aber bis dahin muss ich noch vorsichtiger sein. Ich muss jeden Schritt abwägen.

Ich hab deine Daten gesichert, dann gelöscht. Ich habe deine Speicherkarte mitgenommen. Den Laptop und die Kamera bekommt der Herr Dr. Superstar. Levi stört mich sehr. Dort liegen sie gut. Sollte jemand die Zusammenhänge entdecken, ist er ein Mörder. Aber die Landpomeranzenpolizei hier wird wohl gar nichts ahnen.

Doch nun ans Werk, die Welt wird staunen. Sie wird kreischen. Weinen wird sie. Jammern und wehklagen. Und sie wird mich feiern. Mich, den sie schon fast vergessen hatte. Aber mich darf man nicht vergessen. Ich komme wieder, und mit dieser Sensation werden mir so viele Türen offenstehen. Die, die diese Türen zugeschlagen haben, werden mich bitten müssen. Auf die Knie werden sie sinken!

Eine aufdringliche Frau war da. Irgendetwas mit Gästezahlen. Sie war so was von aufdringlich. Sie hat mir Blumen überreicht. Ich war froh, sie wieder los zu sein. Ich bin zu öffentlich.

Aber morgen ist mein großer Tag. Der Tag X. Ich werde auftreten, und ich werde meine Wahrheit hinterlassen. Sie ist nur eine aus Gips, aber sie wird Staub aufwirbeln. Und ich werde sofort dorthin aufbrechen, wo ich sicher bin. Von dort werde ich agieren und agitieren. Dort werden auch die Originale sein.

Ich muss weg, Levi stört mich sehr.

Hier endeten die Aufzeichnungen. Gerhard war wie erschlagen. Er hatte Antworten auf sehr viele seiner Fragen erhalten. Alle Annahmen von Evi und ihren Amateurdetektiven stimmten. Mari Müllers Aussagen waren bestätigt. Richterl hätte sich nach dem Symposion abgesetzt. Wohin wäre er gegangen? Der Lech wäre es sicher nicht gewesen.

Gerhard hatte seine Lösung, er hatte seinen Mörder. Alle diese Menschen waren am Berg unterwegs gewesen. Sie hatten sich umschlichen, sie hatten sich umkreist, die Wege dieser nächtlichen Trabanten hatten sich gekreuzt. Keiner hatte vom anderen alles gewusst. Sie alle waren in einen Partisanenkrieg verwickelt gewesen. *Hide and seek*, so viel weniger witzig als bei Monty Python.

Sie hatten taktiert und manipuliert, und ihn und Evi hatten sie alle mit Halbwahrheiten abgespeist. Sie hatten gespielt mit hohen Einsätzen, das Spiel war entglitten. Moshe Levi hatte also die Wahrheit gesagt, Evi hatte recht behalten? Und dennoch war ihr Alleingang Wahnsinn gewesen. Seine Sturheit auch.

Gerhard fühlte sich völlig ausgelaugt, und etwas in ihm rumorte noch immer. Irgendetwas an diesem Tagebuch, wenn er es mal so nennen wollte, störte ihn. Aber er konnte dieses unbestimmte Gefühl nicht fassen.

Gerhard öffnete weitere Dateien, das waren augenscheinlich die Aufzeichnungen von Evers. Oder gewesen. Von den Mails, die er von Herbert Richterl und von Levi erhalten hatte, war da nichts mehr. Weit und breit keine der entschlüsselten Krakel, dieses römische Hühnergekratze.

Lediglich ein paar Bilddateien waren erhalten. Im Prinzip Urlaubsfotos vom Auerberg. Er war schon nahe dran, das Bild einer Tafel zu überspringen. Aber das war keine Erklärungstafel vom Auerberg. Das war eine Art Schatzkarte.

Sehr grob hingeworfen, nicht mal eingenordet. Lagen da die Originale? War das wirklich die Schatzkarte?

Gerhard sah auf sein Handy. Er war seit über einer Stunde in der Wohnung, es dunkelte, aber Evi und Baier hatten keinen Mucks von sich gegeben. Sie saßen auf einer Bank am Spielplatz, Evi hatte eine Flasche Wasser, Baier ein Bier in Händen. Die Bauersleute hatten die beiden versorgt.

Gerhard bekam von Baier auch eine Flasche, die er aus einem Sandkasten-Spieleimerchen zog. Gerhard nahm einen tiefen Schluck und begann zu erzählen. Evis Augen waren geweitet, Baier schüttelte ab und zu den Kopf.

Und ganz am Ende, als sich schon wieder ein bleiernes Schweigen über sie senkte, hauchte Evi: »Dann meinst du, es gibt eine Karte, wo die Originale liegen?«

Gerhard zuckte mit den Schultern. Morgen würden sie Levi und Leah freilassen, morgen würde er beginnen, sich zu verantworten. Er wusste, was da auf ihn zukam. Für den Moment waren ihm der Auerberg und dessen Geheimnisse völlig egal.

Anderntags hatten sie Berichte über Richterl: Er hatte sich definitiv das Genick gebrochen. Er war gezeichnet gewesen vom Alkohol. Sein Koffer war gepackt, wahrscheinlich hatte er lediglich ganz kurz zurück in die Wohnung gewollt, um den Rest zu holen, und dann wäre er weg gewesen. Die KTU hatte im Koffer ein verwaschenes Flugticket gefunden. Von Zürich nach Santiago de Chile. Nach Chile hatte er gewollt? Kein Auslieferungsabkommen! Ein Land, das von jeher beliebt war, wenn man ein gutes Leben führen wollte und einen Deutschland am Wickel hatte?

Dann hatten sie Herrn Dr. Moshe Levi und Frau Leah Goldbloom vor sich sitzen. Beide wirkten ein wenig erschöpft, aber Levi war souverän wie immer. Er hatte die Entschuldigung angenommen, es habe ja auch viel gegen ihn gesprochen.

Levi schüttelte den Kopf. »Herbert Richterl. Auf ihn wäre ich nicht gekommen!«

»Warum?«, fragte Evi.

»Er hat die Szene im Prinzip verlassen. Er ist aufgrund seines starken Alkoholabusus nicht mehr tragbar gewesen. Er verschwand von der Wissenschaftsbühne.« Levi stockte. »Aber er war gut – früher einmal. Sehr gut sogar. Und wie clever von Evers gedacht: ein abgewrackter Experte und einer wie ich, der sehr weit weg ist. Evers hat sich seine Leute sehr sorgfältig ausgesucht. Es sollte nichts schiefgehen.«

Sie alle schwiegen betroffen. Es war verdammt viel schiefgegangen. Eigentlich alles.

Gerhard legte Moshe Levi die Schatzkarte vor. »Ich nehme an, er hat hier die Lage der Originale verzeichnet?«

Levi sah genau hin, schob die Karte an Leah weiter. Sie blickten sich in die Augen. Nur kurz.

»Ich kann Ihnen lediglich das sagen, was Sie sicher schon wissen: Ohne Bezugsgröße, ohne echte geografische Bezeichnungen habe ich keine Ahnung. Das kann am Campingplatz sein, am Auerberg, in der Schweiz und irgendwo im Rest der Welt. Er hat das für sich selbst gemacht, um es wiederzufinden. Er hatte nur einen Vorteil im Gegensatz zu uns. Er wusste ja, wo er die Schreibtäfelchen platziert hatte. Er hat die Bezugsgröße, das Versteck muss nur so kompliziert sein, dass auch er sichergehen wollte.«

»Aber wo? Warum kompliziert?«, fragte Gerhard.

»Herr Weinzirl, was weiß ich? Ein Wald, da sehen Bäume gleich aus. Ein Felsplateau, da sehen Felsen nach einer Weile gleich aus. Ein Höhlensystem. Oder er hat eine Lagerhalle genommen. Oder gleich wieder den Keller eines Museums. Eines ist sicher. Es gibt keine größeren schwarzen Löcher als Depots von Museen. Und Vergessen ist die beste Form der Konservierung. War sie immer schon!«

»Aber dann erfahren wir wieder nicht, was die Römer am Auerberg gewollt haben?« Evi klang fassungslos.

Moshe Levi hob die Schultern. »Der Status bleibt der nämliche. Spekulation. Vielleicht findet jemand morgen oder in hundert Jahren oder erst in weiteren zweitausend Jahren diese Täfelchen erneut. Vielleicht weiß dann jemand, was der Zweck des Berges war. Kelten oder Römer – es bleibt sich gleich: *Noli turbare circulos meos*, Herr Weinzirl. Vielleicht steckt so viel mehr an spiritueller Energie in diesem kleinen Berg, als wir fassen können. Wir sind armselige, instinktlose Kreaturen.«

Er lächelte, und Gerhard wusste, dass er eigentlich gesagt hatte: Sie sind eine instinktlose Kreatur.

Langsam gingen die beiden davon. Ihrer beider Rückenansicht war sehr ansehnlich.

Levi drehte sich nochmals um. »Wie sagen Sie in Bayern? Nichts für ungut?« Er nickte Gerhard und Evi zu. »Wir reisen heute noch ab. Aber ich schicke Ihnen beiden dann eine Einladung zu unserer Hochzeit. Israel im Herbst kann sehr schön sein, gerade im Karmel, wo wir heiraten werden.« Er lächelte und schlenderte mit einem provozierenden Hüftschwung davon.

Sie alle sahen ihnen nach. Starrten fast.

»Störe meine Kreise nicht! Entzaubere nicht das Rätselhafte«, sagte Baier und lächelte auf eine ganz merkwürdige Weise. »Manche Orte darf man nicht entzaubern. Da grollen die Götter!«

Gerhard fühlte sich auf einmal wirklich müde. Auch zu müde, um den Blick, den sich die beiden Herrschaften aus Israel zugeworfen hatten, länger im Kopf zu konservieren. Hatten sie doch etwas erkannt? Kurz hatte Gerhard das gefühlt. Würden sie die Täfelchen finden? Und das der Welt dann jubelnd mitteilen? Oder eben nicht?

Der Gedanke war unheimlich. Gerhard bat um etwas Ruhe. Als es still um ihn geworden war, las er die Aufzeichnungen von Richterl erneut. Dieses Tagebuch erschien ihm immer noch seltsam. Ein Pfeil schoss in sein Gehirn.

Drei Mal hatte der Mann geschrieben: »Levi stört mich sehr.« Warum? War das ein versteckter Hinweis? Und worauf?

Es war ein zu großer Gedanke für einen Kriminaler im Oberland, befand Gerhard. Was, wenn Levi und Richterl zusammengearbeitet hatten? Was, wenn dieses Tagebuch auch nur Teil eines großen Plans gewesen war, der ganz anders ausgegangen wäre, wäre der Mann nicht in den Lech gerast? Der Gedanke bohrte und bohrte.

Gerhard ließ auch ein paar Kontakte spielen. Ein Dr. Moshe Levi und eine Frau Leah Goldbloom flogen heute nicht von München nach Tel Aviv. Sie flogen nach Montevideo. Südamerika.

»Störe manche Kreise nicht! Entzaubere nicht das Rätselhafte. Manche Fragen darf man nicht stellen. Da grollen die Götter eben«, sagte Gerhard leise und verließ den Raum, während draußen am Himmel ein neues Donnerwetter aufzog.

DANKE

Danke an Peter Ernst und die Crew des wunderbaren Auerbergmuseums. Danke an die großartige Barbara Zach. Danke an die kenntnisreichen Herren Obmann und Flügel, die bei aller Wissenschaft ein Herz für mörderische Autorinnen und jede Menge Esprit beigesteuert haben. Danke an Dr. Zahn, dass ich mir seinen Hof für eine Szene leihen durfte. Danke an Torsten für einen Gastauftritt. Danke an die echte »Rentnergang« der Villa Rustica! Danke an Fee und Ernst, dass ich auf dem Campingplatz so kriminell agieren durfte. Danke an den großartigen Walter, Kati und die Dauercamper. Danke an eine Heimat, die so inspirierend schön ist!

GLOSSAR DER DIALEKTBEGRIFFE

Lapp – einfältiger Mensch, Tölpel
kearndlgfuaderter Bayer – ausdauernder, robuster, widerstandsfähiger bayerischer Naturbursche
Grantler – ein übel gelaunter, mürrischer Mensch; der bayerische »Grant«, also eine gewisse mürrische Grundstimmung, ist eine Kunstform und Philosophie …
Fuiz – Filz, Moorgebiete heißen im Bayerischen »Fuiz«
Datschiburger – Augsburger, spaßhafte Bezeichnung, die da herrührt, dass die Augsburger angeblich den »Datschi« (mit Obst belegter Blechkuchen aus dünnem Hefeteig) so mögen
zaach – zäh
wenn ihm ein Schoaß quersaß – wenn ihm ein Pups quersaß
deppert – dumm, dämlich
Schwammerlsoß' – Pilzsoße, wird gerne mit Semmelknödeln gegessen
Schleichts eich! – Verschwindet!
Buale – Bub, schwäbisch verniedlichend
Nachtkastl – Nachttisch
liabe Leit – liebe Leute
Spezln – Freunde, Kumpels

Allgäuer Feschtwoch – Allgäuer Festwoche, eine Gewerbeschau und Institution in Kempten, die eine Woche lang im August stattfindet

Zuagroaßter – Zugereister, Neubürger – also einer, der seine Wurzeln nicht über Generationen/Jahrhunderte vor Ort nachweisen kann!

Bierfuizl – Bierdeckel, Bierfilz

Do kimmt – da kommt

Do is desmol aber nix Gescheits dabei – da ist diesmal aber keine Vernünftige/Hübsche/Aparte dabei

zwider – sehr schlecht gelaunt

G'Spinnerte – Irre, Spinner

Schlampet d' Sunn rum, wie sie wöll, mai Ührle gaut rächt. – Auch wenn die Sonne schlampig ist, meine Sonnenuhr geht richtig.

Goaßn – Geißen, Ziegen

Kaschperletheater von Bärabeira – despektierlich für den Gemeinderat: Kasperletheater von Bernbeuren

verdruckt – allgäuerisch für jemanden, der schüchtern/wenig redselig/sehr in sich gekehrt ist; das wunderbare Wort »verdruckt« lässt sich nicht eins zu eins ins Hochdeutsche übersetzen

Stadel – Feldscheune

Hausbankerl – Hausbank; Bauernhäuser haben neben der Eingangstür eine Bank, auf der man gerne am Abend noch sitzt und »ratscht« (redet), sehen und gesehen werden im Dorf

Nicola Förg

Nicola Förg ist im Oberallgäu aufgewachsen. Neben ihren sehr erfolgreichen Krimis hat sie auch Reiseführer und Bildbände veröffentlicht. Als freie Reisejournalistin arbeitete sie für namhafte Tageszeitungen und Magazine. Mit ihrer Familie sowie Ponys, diversen Kaninchen und Katzen lebt die Autorin auf einem Anwesen im südwestlichen Eck Oberbayerns, dort, wo man schon mit dem Ostallgäu flirtet. Bei Goldmann erscheint ihre Kommissar-Weinzirl-Reihe.

Die Kommissar-Weinzirl-Krimis von Nicola Förg
in chronologischer Reihenfolge:

Schussfahrt. Ein Allgäu-Krimi
Funkensonntag. Ein Allgäu-Krimi
Kuhhandel. Ein Allgäu-Krimi
Gottesfurcht. Ein Oberbayern-Krimi
Eisenherz. Ein Oberbayern-Krimi
Nachtpfade. Ein Oberbayern-Krimi
Hundsleben. Ein Oberbayern-Krimi
Markttreiben. Ein Oberbayern-Krimi

JUTTA MEHLER

Mord mit Streusel

Broschur, 192 Seiten
ISBN 978-3-95451-396-3
Auch als eBook erhältlich

Bei dem Versuch, eine kontrollierte Explosion vorzuführen, kommen zwei junge Feuerwehrleute mitten auf der Feuerwache ums Leben. Ein Unfall, meinen Polizei, Gutachter und Staatsanwalt. Ein Mord, glaubt der Kommandant. Und bittet das rüstige Rentnerinnen-Trio Thekla, Hilde und Wally um Hilfe. Doch die Ermittlungsarbeit der drei Damen erweist sich als lebensgefährlich …

emons:

www.emons-verlag.de
www.facebook.com/EmonsVerlag